意林

公元787年，唐封疆大吏马总集诸子精华，编著成《意林》一书6卷，流传至今

意林：始于公元787年，距今1200余年

U0863791

意林®轻文库

轻小说 青春最美，梦想出发

中国式优质轻小说第一品牌

世界第一的女王陛下

Shijie Di-yi de
Nüwang Bixia

I 女王法则

忘川晴 著
WANG
CHUANQING WORKS

吉林摄影出版社
· 长春 ·

意林轻小说 出品
图书在版编目（CIP）数据

世界第一的女王陛下. ①, 女王法则 / 忘川晴著. -- 长春：吉林摄影出版社, 2016.11

（意林轻文库. 恋之水晶系列021）

ISBN 978-7-5498-2787-9

Ⅰ. ①世… Ⅱ. ①忘… Ⅲ. ①长篇小说—中国—当代Ⅳ. ①I247.5

中国版本图书馆CIP数据核字(2016)第254460号

世界第一的女王陛下①女王法则

Shijie Di-yi de Nüwang Bixia①Nüwang Faze

著　　者	忘川晴
出 版 人	孙洪军
总 策 划	安　雅　张　星
责任编辑	施　岚　胡晓路
图书统筹	非　非
特约编辑	阿　婉
绘　　图	E.Pcat
书籍装帧	胡静梅
美术编辑	王　春
开　　本	700mm×1000mm　1/16
字　　数	300千字
印　　张	12.5
版　　次	2016年11月第1版
印　　次	2016年11月第1次印刷

出　　版	吉林摄影出版社
发　　行	吉林摄影出版社
地　　址	长春市泰来街1825号 邮编：130062
电　　话	总编办：0431-86012616 发行科：0431-86012602
网　　址	www.jlsycbs.net
经　　销	全国各地新华书店
印　　刷	河北鹏润印刷有限公司

书　　号　ISBN 978-7-5498-2787-9　　**定价：**23.80元

目录

Contents

目 录

Contents

第一章

蔷薇花色初相识

第一节

这所容纳了近五万名学子，被称为国内第一男子高中的洛兰科斯，即将迎来一个新的学年，这个学年和往常有些不同，一个原本与洛兰科斯男子高中完全没有任何关系的人，将会降临于此，并且掀起一场翻天覆地的惊涛巨浪。而此时此刻，她正坐在房间的书桌前，冲着摆放在书桌上的那张录取通知书干瞪眼。

苏央然整张脸都气红了，当初明明填写的是兰临女校，现在怎么一下子变成洛兰科斯男子高中了？她一把抓起可怜的纸片，飞快地跑下楼，直接将它拍在了饭桌上："妈！这是怎么回事？你们窜改了我的志愿表格？"

淡定非常的老妈正在厨房里忙活，她连头也没回："你弟弟报考的是这所学校。"

"我知道苏彦报考的是这所学校！可他是男生，我是女生，你们真的是疯了吗？让我升学去洛兰科斯男子高中？那是男校啊，男校啊，我是女的啊！"苏央然重重地在桌面上拍打着。因为声音太响了，二楼另一个房间的门被推开，一个穿着白色衬衣的少年从上面走了下来，五官精致，皮肤白皙，唇上有些血气不足，泛着淡淡的白："怎么了，姐？"

苏央然立刻转过头："怎么了？你说怎么了？你升学去了洛兰科斯男子高中，我们伟大的妈妈为了让我照顾你，修改了我的升学志愿表格，让我也一同去你的学校！"

曾经有人说，如果身边有一个弟弟，那会是一件很幸福的事情。也许在你做功课时，他会顽皮地扯你的头发；也许在你买完新衣服不久，他就恶作剧地剪碎它；也或许在你带朋友回家的时候，他会吵闹不休，赶走那些"入侵者"。哪怕有那么多的麻烦事，但你也一定是幸福的，因为拥有一个弟弟，就代表在这个世界上多了一个与你血脉相连的人。

可是……可是苏央然却从来都不这么认为！她甚至很怀疑，这个弟弟到底是不是他们家的孩子。

一家四口人里面，父亲和母亲的身体一向是要多棒就有多棒，四五十岁了，什么高血压高血脂通通没有。苏央然也一样，从小体力好，身体棒，不生病，一次盐水都没挂过；而她的弟弟苏彦却已经进了几百次医院！

小时候咳嗽感冒贫血不断，到了初中更是惨不忍睹，原本她比苏彦高一年级，马上就可以升高中了，结果却因为父母要求照顾他而被迫留级一年！她以全校第一的成绩留级一年啊！

好不容易要升高中了，弟弟选择了一所男校，本以为这次可以按照自己的想法填写志愿，却没有想到他们居然会窜改她的升学志愿表格，居然让她一个女生去男校念书，还在她的升学表格上的性别一栏写了“男”字！

“可这是男校啊，妈……这是男校啊！你为什么不把苏彦的改了？偏偏要改我的！”苏央然最后一句话让紧闭的厨房门一下子被推开，老妈双手拿着锅铲雄赳赳气昂昂地站在她面前：“你弟弟能男扮女装去你的女校吗？你整天跟个男孩子一样吵吵闹闹，不是更容易扮男生嘛！”

这算什么理论啊！

绵延漫长的水泥路，两边飞扬着的花瓣在苏央然的眼里已经没有一点儿情调了。这个传说中的洛兰科斯男子高中，有必要把大路修得那么宽、那么长吗？从正门一路走到宿舍居然用了半个多小时还没有到！

她扛着两个箱子满头大汗地往前走，后面穿着白衬衣的少年急匆匆地跟上来：“姐……姐，我来帮你拿吧。”

“算了吧，你这身子别说拿两个箱子了，让你拿两条毛巾你就要死要活的了。”苏央然咬着牙，“还有，我现在是男生，在学校里喊我哥！”

男生……的确，为了能够成功进入这所学校，她剪短留了好几年的长发，被迫穿上大汗衫，炎炎夏日还要在胸口绑上裹胸！仰头望望苍天，一行热泪差点儿就滚了下来——自己居然真的答应来这所学校，苍天啊……她为什么没有早点儿悔悟，一开始就拒绝这项不可能完成的任务呢？

“哥……”苏彦小声地在后面跟了一句，他心里其实是歉疚万分的。当初之所以填报了洛兰科斯男子高中，就是不想再连累苏央然。从小到大都是苏央然保护着自己，无论他在哪里，父母都会把苏央然踢过来让她陪在他的身边。

跌倒了，苏央然会扶他起来；被人欺负了，苏央然会为他报仇；难过了，苏央然会哄他高兴；走不动了，苏央然会背他回家……他从来都不需要惧怕什么，也从来都不会孤单，因为只要转过头，就可以看见苏央然站在自己身后。无论前方的路多么险峻，苏央然都会一直陪着他。然而他知道，他不能一辈子依靠着她，不能一辈子都躲在她的羽翼下，更不能总是这样累赘似的留在她身边。

所以在填报志愿的时候，他毅然选择了洛兰科斯男子高中。

可是令他万万没有想到的是，父母居然会窜改她的升学志愿表格，居然让她女扮男装陪他一起上这所学校！这下，她肯定更讨厌他，更气他了……

“弟弟，”正走着，苏央然忽然停了脚步，她回过身来，“换另一条路。”

“怎么了？姐……呃，哥。”苏彦抬起了头，看到苏央然已经扛着两个大箱子转了另一条路。

“前面有人打架。”

打架这档子事儿她是绝对不会参与的，特别是这种男校，一定要离得远远的，不然连书都不能好好念。如此想着她加快了步伐，急匆匆地转到了路边另一条小径上。

还没有走几步，苏央然看见小径里头居然也有人在打架，还是一大群人。离她比较近的一棵樱花树下，站着一个银色头发的少年，胸口别着一枚纯白的玫瑰徽章，手里翻着一本词典，熟视无睹地靠在树上看书。

“真是麻烦……”苏央然刚要转身找别的路，打架的人群里一个五大三粗的胖子被一脚踹了出来，突然撞到了她的身上，她来不及躲就被撞飞几米远，两个箱子也被甩到了地上，衣服乱七八糟地散落了一地。

第二节

苏彦的箱子倒还好，自己的箱子里可是放着许多女孩子用的东西，她连忙手脚并用地站起来，赶紧把衣服卷成一堆，身后的苏彦急急忙忙赶上来扶起她："哥。"

"没事，把东西捡起来。"苏央然拖过自己的箱子，把衣服塞了进去，然后蹲下身把一堆乱七八糟的书、日用品放进里面，苏彦也赶紧帮忙一起捡。那个撞到苏央然身上的胖子已经从草地上站了起来，他脸上红肿了一块，看见旁边站着两个人，立刻把气撒在了他们身上，对着苏彦就挥出一拳："碍手碍脚搞什么鬼！"

苏彦根本躲不过，眼看那拳头就要打到他身上了，忽然蹲在地上的苏央然手一伸，直接把苏彦拉到了身后，自己迎了上去，让那拳头打到了她的脸上。

苏央然整个头都侧了过去，拳头打得牙齿磕到了嘴角，立刻就破了皮。

那胖子打了一拳解气之后，骂骂咧咧继续加入之前的战斗。苏央然伸手擦了擦嘴角，然后拎着两个箱子从地上站了起来。

这已经不是第一次为他挡拳头了。从小到大，那完全是一种条件反射，只要有人欺负他，她就会站在他的前面。

倚靠在树上看书的少年微微抬了头，视线落在了渐渐走远的苏央然身上。刚才那一拳她躲得很好，看似受伤，其实力气都被她躲开了。在那么短的时间内就做出如此准确的判断，应该不是一个普通人能做到的。他挑了挑眉毛，手里的书一合，站直了身体。

对面原本还在群殴的人看到他这个动作，通通停了下来，其中一个带头的少年小声地问了一句："朔大人？"

"新生的入学式要开始了。"胸口的那枚纯白的玫瑰徽章被树叶间映透下来的阳光折射得五彩斑斓。他拍了拍衣袖上的灰尘，转过身就要沿着小径的石子路离去。

刚才的几个少年中，其中有一批胸口上别着灰色的玫瑰徽章，他们跌跌撞撞地站起来要从另一头逃走，那些佩戴着纯白玫瑰徽章的人立刻将他们拦了下来："喂，就这样逃走了？快点儿决定加入我们，否则我保证你们在这个学校里不会有好日子过。"

被拦下来的显然是刚进学校没多久的新生，根本不知道发生了什么事情。

那个打了苏央然一拳的胖子走过去，抓起其中一个人的领口，伸手把上面别着的灰色徽章拿了下来："挑上你们是你们的福气，以后跟着我们，保证你们有好日子过。"

徽章上的玫瑰饰物是被金属扣着的，只要用手指一按就可以取下来。胖子握着从徽章上取下的灰色玫瑰饰物，轻巧地替换上了一枚纯白的玫瑰佩饰。

几个新入学的少年互相看了看，通通顺从地摘下了原本灰色的徽章交给他。

拿着词典的银发少年不冷不热地弯起嘴角，踏上石子路离开了这片树林。

新生入学式是在洛兰科斯男子高中的大礼堂举行的。原本这座大礼堂是19世纪末20世纪初英国人建造的基督教堂，后来成立了洛兰科斯男子高中，这里就变成了开会和举行各种典礼的礼堂了。每年都会翻新重修，大礼堂也保存得如同当初一般华丽肃穆。

在宿舍放下行李之后，宿舍长把校服和校徽发给了苏央然。

校徽非常漂亮，是一枚灰色的玫瑰花徽章，徽章周围一圈缠绕着银白色的叶片装饰，听说这样一枚校徽价值五千多块钱，上面的灰色玫瑰花是灰玉，同样也价值不菲。

整理好东西就要去大礼堂参加入学仪式了。被分配在其他房间的苏彦过来敲门，苏央然让他先去礼堂集合，她稍后就到。

苏央然站在洗手间的大镜子前看着自己。

一直以来，她为了照顾苏彦舍弃了许多东西。她没有一个女性朋友，没有一个好姐妹，没有一个能够倾诉的对象。别人和姐妹成群结队地逛街，买衣服，她就只能留在家里照看苏彦……而现在，她又打扮成这副鬼样子，来到这个鬼地方。

恼火地一拳砸在了洗手间的水槽上，她套上大汗衫从洗手间里出来，正打开门要走出去，根本没料到外面有人要进来，直接撞到了那人的胸口。

“抱歉。”她急着去大礼堂，连头也没有抬就从楼梯口走了下去。

被撞的那个银发少年饶有兴味地弯起了嘴角：“被安排在我的宿舍了吗？”

苏央然赶到大礼堂的时候入学仪式还没开始，里头闹哄哄的，男生成群结队地站在里面，鲜少有落单的。她左看右看也没有看见苏彦的影子，心里着急起来，正要喊他的名字，忽然看到之前在树林里撞到她的那个胖子，胸口佩戴着白色玫瑰徽章，从人群里挤了出来，走到苏央然面前上下打量了一番：“细胳膊细腿儿的，难怪到现在也没有人找上你。”

“什么？”苏央然一头雾水。

“哼。”胖子不屑地冷笑了两下，然后绕着她走了一圈，“算了，我们正缺人，虽然细胳膊细腿儿，当个炮灰也不错。喂，要不要加入我们？”

“加入……你们？”这是什么意思？难道是社团招人？她是有听说，一些学校的社团非常缺人，新生还没有进来就先被调查了个清楚，然后在开学的第一天就挤上来抢人。不过像这种男校应该也没有适合女生的社团，还是拒绝了吧。

她想罢摆了摆手：“不了，我喜欢一个人待着。”

第三节

她话音刚落，整个大厅一下子安静下来，所有人都转过头将视线落在她的身上。这里的学生有些佩戴着白色的玫瑰徽章，有些佩戴着红色的玫瑰徽章，有些佩戴着蓝色的玫瑰徽章，他们各自成群结队地站在大厅里，原本互相闲聊，结果苏央然说了一句“喜欢一个人待着”的时候，所有人都看向了她这边。

“听见了没，那个新来的说要一个人待着。”

“该不会是疯子吧，看那细皮嫩肉、细胳膊细腿儿的。”

“在洛兰科斯，还没有人敢‘一个人待着’呢。”

他们交头接耳地窃窃私语。

苏央然更是一头雾水：怎么？说错话了？难道这所学校还强制入社团不成？

胖子只是冷笑，一句话也不说走开了。他对着那些佩戴白色玫瑰徽章的同伴使了个眼色，那些同伴立刻眼神尖锐地朝着苏央然看过来。

她全身都紧绷了起来……这种眼神在以前被野狗追的时候感受过。那个时候年幼的苏彦好心用肉包子喂狗，结果被狗恶狠狠地咬了一口。苏央然立刻把那只狗揍了一顿，谁知这狗居然还有同伴，到最后他们被一大群狗追得拼命跑。

记得当时苏彦还因为跑得太快差点儿就喘不过气窒息而亡，为此苏央然挨了老妈一巴掌，至今记忆犹新。

她正想着要不要说一些话缓和气氛，台上忽然传来一阵尖锐的响声。她抬起头，看到一个穿着白色镶金边校服的男生站在上面调话筒，底下的学生立刻排好了队伍。

是新生代表，还是洛兰科斯男子高中学生会的代表？能够一下子让这帮杀气腾腾的男生都安静下来，看来台上那个男生并不简单，如此想着，她更仔细地观察起他来。金发，眼瞳深蓝，衣领上别着蓝色的玫瑰徽章，手臂上还戴着黑红相间的袖章，袖章上画着一些符号，大概是某个社团的标记。因为隔得比较远，只觉得台上那个人有些拒人千里的感觉。脸上也没有笑容，一副平静如水的模样。

他调了一下话筒之后就开始讲话了，首先是感谢今天参加新生入学式的学生、老师和校长，之后又介绍了洛兰科斯男子高中的大致情况。苏央然早在报到之前就看过学校发来的资料了，对这些没有多大兴趣，便继续拼命地寻找弟弟苏彦的影子。

才这么一会儿工夫，苏彦到底跑哪儿去了？该不会没来大礼堂吧？难道迷路了？还是在路上遇到了什么事情？

苏央然忽然有些担心起来。台上的人还在没完没了地讲话，她扭头就走到大礼堂的门口，直接拉开门要出去。

这下动静可大了。“咯吱”一声，光线一照进来，所有人的视线都看向了她这边。

“呃……我肚子……有点儿疼，想出去一下。”这时的尴尬比之前说出“喜欢一个人待着”更甚，她就这么撑着门迎着所有人的视线憋出了这句话。

台上的男生微微蹙了下眉，隔了好长时间才应了一句：“去吧。”

“呃，谢谢。”她立刻飞也似的跑了出去。

苏央然立刻沿着去往宿舍的那条路寻找起来。她的心中有些不安，洛兰科斯男子高中是私立学校，能够在这所学校里念书的学生，都是家庭背景雄厚的。这些孩子做事没有任何顾忌，他们有坚强的后盾，如果苏彦碰上他们在闹事……那就糟了！

心里一急，她脚下的步子迈得更快了，正巧转到一堵花墙后面，她看见一群佩戴着白色玫瑰徽章的学生按着什么东西在地面上敲打。

她想也没想就冲了过去，伸手一拳打飞其中一名学生，然后猛地拉住另一名学生的手臂吼道：“住手！”

所有人都被吓住了，他们目瞪口呆地看着苏央然，她气喘吁吁地将视线移到地面上……一把断了脚的椅子上扎着几枚钉子。

原来，他们刚才在修椅子。

“哎哟喂！哎哟……”刚才被一拳打飞到几米外的男孩疼得整个人都抱住脑袋蜷缩起来，其他还拿着修理工具的学生立刻后退几步，像看鬼一样看着苏央然……明明是一副弱不禁风的模样，居然拥有这么大的力量，可以把人打飞那么远！

苏央然本以为他们在打苏彦，根本没想到原来只是在修椅子，尴尬得头都抬不起来，一个劲儿地道歉：“啊，对不起对不起，我认错人了！”

一边说着一边上前要把那个学生扶起来，他哪里敢让她扶，吓得扭头就逃走了。

苏央然伸出来的手还悬在半空中，略微尴尬地转过身：“我真不是故意的。”

其他人也一溜烟跑了，根本不听她的解释。她无奈地呼了一口气，直起身，听见旁边有一个声音弱弱地传来：“哥。”

苏央然立刻转过头：“你去什么地方了？我在大礼堂找了你半天！你就算是乌龟也该爬到大礼堂了吧！还有，你怎么从灌木丛里钻出来了？”

“我迷路了……”苏彦身上的校服早就被划破了，脸上也脏兮兮的。

苏央然气得真想一拳打过去：“迷路？从宿舍到大礼堂就一条笔直的路！你要在身上背个导航仪才行吗？”

第四节

“对不起……”苏彦的声音犹如蜂鸣。

从小到大，他对着苏央然说得最多的恐怕就是对不起了。自己被人欺负了，哭哭啼啼地站在她面前，苏央然跑去跟欺负他的人干了一架伤痕累累地回来，他说对不起；被一群野狗追着跑，苏央然挺身而出跟那群疯狗搏斗，最后被拉到医院打狂犬疫苗的时候，他说对不起；被女生告白，不知道该怎么拒绝，苏央然替他开口，结果脸上挨了两巴掌，他说对不起……

其实他一直想自立起来，不要再依靠苏央然，但是到现在他还是只能说对不起。

苏央然却早就习以为常了。

她伸手一把拉过他的手腕，重重地替他拍打身上的灰尘：“算了，反正你这样也不是一次两次了，再发火也没用。对了，这个学校的社团招新有点儿严重，你如果没有特别喜欢的社团，就哪个也不要进，我看他们都不是什么好人。”

“嗯。”苏彦就站在那里，任凭苏央然重重地在他身上拍打。

他知道，现在的苏央然的视线始终在他的身上，因为他是她的弟弟。

如果有一天，苏央然的生命里忽然出现了另一个人，那么，他便不再是她最重要的人了吧。

毕竟这么多年来，她是多么想拥有自由啊。

整理了乱七八糟的校服之后，苏央然就带着苏彦去了大礼堂。

玫瑰花墙的另一侧，那一层一层堆砌的白玉石级上，原本蒙着书睡觉的银发少年站了起来，衬衣领口的白色玫瑰徽章折射着夏日的光芒：“果然不像看到的那么简单呢。”

身体瘦瘦小小的，居然可以一拳把一个比自己体形大一倍的人打出去那么远，手劲很大嘛。

入学式举行完之后新生被各自班级的班主任带到了教室。苏央然和苏彦的成绩都非常出色，被分到的班级自然也是洛兰科斯最好的。班主任带他们到教室之后吩咐了一些事情，喊上几个看上去较有力气的男生去办公室搬书，瘦瘦小小的苏央然则被留在了教室里。

旁边几个男生正旁若无人地研究着杂志上的模特儿，还有几个男生手里拿着PSP（索尼公司开发的多功能掌上游戏机）玩着游戏，时不时地发出一些“嘿哈”“喔呀”之类的声音……

“哎，你的徽章……还是灰色的？”忽然边上有个男生注意到什么，伸手指了指她的衣领口。

“你没有加入派别吗？怎么还是灰色的呢？”那个男生显然很惊讶，“在洛兰科斯，没有加入派别的学生很少欸。”

“派别？”这下苏央然有些明白了，从刚进校门时看到的那些学生，到后来在大礼堂被某个胖子询问要不要加入他们那边……

难道说这所学校的学生还被分成了好几派？她有些不解地看着那个男生。

男生立刻一脸“我明白了”的表情，伸手拍了拍她的肩膀：“看你一副什么也不知道的样子，还是让我来教教你吧。洛兰科斯的校徽是以玫瑰为中心、花藤为辅助的形式设计的，看我身上的校徽，是白色的；再看那边的同学，是蓝色的。

“你应该知道玫瑰有好几种颜色吧，白色、蓝色、红色、黄色，甚至黑色。洛兰科斯的玫瑰花颜色都是不限定的，起初入校的学生都可以自行选择玫瑰的颜色，但是到了后来，局面开始发生变化。

“洛兰科斯的学生，关系比较要好的，便会使用同一种颜色的徽章。有些学生从小就比较强势，他们为了扩大自身势力，而强行命令其他同学加入他们。那些不愿意加入的就会遭到殴打，时间久了出于害怕也只能加入他们。

“如此一来，不断有人扩展同色的校徽，不同派别之间便会闹出各种矛盾。矛盾一起就会发生一些冲突，输的一方更会为了报复而增加自己的成员，以同样的方式扩展自己的同色徽章。这样的内战延续到现在，同校里许多颜色的校徽都被吞并，留下来的只有六种颜色：白色、蓝色、红色、灰色、黄色、黑色。

“白色、蓝色、红色是常见的，是学校最大的三个势力，他们各自拥有首领，被称为洛兰科斯的三王。灰色是新生入学时的颜色，一般不到一个星期灰色就会消失，很快被其他颜色并入。黄色是学生会的颜色，学生会直属于洛兰科斯校办处，没有人敢动他们……黑色的话……整个学校只有一个人是黑色。

“那个人神出鬼没，我也没有见过。听说他喜欢穿一身黑，所以徽章也是黑色的。还有人夸张地说他是妖怪，能够从十米高的楼上跳下来毫发无伤。”男生的声音压得很低，好像在讲鬼故事似的附在苏央然耳边。

苏央然兴味索然地点点头：“原来是这样。”

“对了，你打算加入哪个派别？要是不加入派别，很容易被人欺负呢。听说上学期有一名学生坚持要用自己的颜色，结果没过一星期就退学了。”另一边在玩PSP的男生忽然插了一句嘴。

他的话让苏央然皱起了眉头。

加入派别……没想到男校这么麻烦："学校就不阻止吗？如果学校统一颜色的话，就不会有这么麻烦的事情。"

那个给她解释的男生耸耸肩膀："早就统一过一次了，就是灰色校徽。可是他们依旧我行我素，还是把校徽的颜色分了开来，没办法管。再说，学校里很多学生都家大业大，老师们也不敢得罪。"

第五节

在三年前洛兰科斯的确实行过一次校徽统一。学校把所有颜色都取缔了，换成了从来都没有过的灰色。玫瑰分为很多种颜色，但是在百科里并没有出现过灰色的玫瑰花。当时统一之后遭到了绝大部分学生的反对，他们起初佩戴了灰色校徽，但是在手腕上系标志自己派系的绳子，照样每天吵架，打闹。久而久之学校便不再管了，一直延续到现在。

如今洛兰科斯最大的三大派系就是白、蓝、红。三大派系的首领被称为洛兰科斯的三王，他们分别为：白王朔连城、蓝王沧弛染寒、红王华尚。

白王朔连城的家族世代经商，传闻最早的时候是古代最大的盐商，之后随着时代的发展，他们涉足了船行、电器、电子商务、石油、煤等多种行业，家族企业遍布全世界，可以说是隐藏在地下的最大金融集团，支撑着整个地域的经济。朔连城是朔家产业的继承人，被外界称为朔氏少爷。

蓝王沧弛染寒是典型的有钱少爷，爷爷以前打过仗，父亲则在政府部门身居要职，母亲是弛家帝业的董事长，前五十强企业。因为沧弛染寒自小教育严格，为人冰冷，不喜与人结交，常常一个眼神就让人动弹不得。

红王华尚是邻国某一贵族的后裔，祖辈之中有人拥有公爵的称号，其母亲是费埃罗斯家族的独生女，父亲是当代著名影星。由于父亲的关系，华尚在六岁就出道演戏，如今是新生代偶像组合RED的成员，拥有非常高的人气。

三王的势力强大，但是白、蓝、红派系的人数并不相同。白色人数居多，红色居中，蓝色甚少。然而能够进入蓝色派系的人个个都是精英，所以白色以多为主，蓝色以精为主。红色是一个很奇怪的派系，加入的人不算最多也不是最少，处于红色派系最上层的成员同蓝色派系一样，均为精英，其余则个个都是差生，学习不好，体育不佳。不过也正是因为有红色派系支撑着，洛兰科斯的总体成绩名列前茅。

苏央然有些犹豫。如果不加入某一个派系，势必每日都会遭到骚扰。若是加入了某个派系，恐怕也会被吵得不能安生。不是这边打架就是那边打架，连念书的时间都没有了。

不过从这几个颜色的派系来看，红色是最为安逸的，大部分人都在念书，少部分精英支撑在最顶端。黄色是学生会成员所在的地方，要进入学生会肯定没那么简单。至于黑色……整个学校只有一个人是黑色派系的，会是什么人呢?

"哥，"坐在旁边的苏彦知道苏央然在考虑派系的事情，开口问道，"我们该怎么办？"

"看看再说吧，能进个安稳的地方就去安稳的地方。"她可不想在男校里惹是生非，这群男生一个个都血气方刚的，指不定惹怒了谁就得挨一顿揍。她就算忍也想平平安安地度过这三年，等到以后考上大学，那就天高皇帝远，谁也管不着了。

她沉思了片刻，忽然一把拉住旁边一男生的衣摆：“喂，学生会是怎么进的？那个颜色的派系想要进去难不难？”

那男生本来只是经过她身边，压根儿就没想到会有人拉住他，差点儿摔到地上。他一把拍开苏央然的手：“滚开，没看见我正忙着吗？”

手上顿时浮出一道红印，苏央然怔在原地，旁边几个同学都视若无睹地做着各自的事情，唯有刚才跟她搭话的两个男生靠过来小声提醒她：“看吧，你如果不加入派系，就会被欺负。其实我也想像你一样自由自在，只是身不由己嘛。对了，你刚才问学生会的事情吧？加入学生会那不叫很难，而是难如登天啊！我告诉你，在洛兰科斯，想要进入学生会，必须是全校成绩在前五十名以内的人才可以参加考试，考试还得分成三部分，笔试、面试、体能测试。通过了才能入选，而且如果干不好，就会被直接踢出来。”

“这么复杂？”苏央然嘴角抽了抽，这比考大学还恐怖啊！

“我劝你还是进我们白色派系好啦。我们白色派系来者不拒，而且看你长得还挺不错的，我可以跟老大推荐推荐，让你进我们组来。”那个男生一边说着一边伸手要揽住苏央然的脖子。

苏央然巧妙一闪直接躲过：“不用了，我再考虑一下吧。”

“嘁，你再犹豫不决，到时候惹祸上身可不要找我帮忙。”本来想搭上去的手还晾在半空中，男生有些不悦地抿了抿嘴。他的视线依旧停留在苏央然身上——瘦瘦弱弱的，完全是一副弱不禁风的模样，皮肤很白，嘴唇红嫩，如果不是在男校里遇到她，还真会以为是一个女生呢。

书搬来之后，老师便开始做自我介绍，并且让班上的其他学生也轮流说一下自己的姓名、来自哪里、兴趣爱好之类的。苏彦是一个挺害羞的人，轮到他的时候声音小如蚊吟，旁边几个男生立刻拍着桌子嘲笑起来：“喂，大声点儿，听不见！”

“哈哈，到底是不是男人啊，说话这么轻飘飘的，早饭没吃饱啊？”

“就是，看他那模样，整个一受气包。”

“砰”一声，忍无可忍的苏央然一掌拍在了桌面上，整个教室瞬间安静，众人转头看向她。她眯着眼睛站起来扫视了一下整个教室：“苏央然是我的名字，兴趣爱好嘛……”

伸手一拳砸进了旁边的墙壁里，墙壁顿时出现一个大窟窿，碎片噼里啪啦掉下来，尘灰散开一地："就是拳击！"

讲台上的老师一脸尴尬地站在那里，她咽了咽口水，拼命挤出笑脸："苏同学的兴趣爱好还真是……特别呢……"

她的话音刚落，那本来就砸出一个大窟窿的墙壁居然噼里啪啦地裂开无数道缝隙，整面墙壁都快要坍塌似的。吓得坐在那墙附近的学生一个一个搬着凳子跑到了边上："天啊，这人是疯子吗？"

"看到没有看到没有，一拳头把墙都给砸坏了。"

"天啊，这实在是太恐怖了，难怪他的徽章没有换。"

"今天新生入学式的时候我就看到他了，白色系的人想要招他，他都拒绝了，说想要自己一个人待着。"

"好了好了，同学们，不用担心，我们洛兰科斯学校的墙壁是非常坚固的，虽然有些破碎了，但是一定不会倒下的。"老师也被弄得惊恐不已，她连忙安慰在座的同学，结果她话音刚落，那墙壁就哗啦一下倒塌了一半！

于是第二节课，他们换到顶楼的一间仓库作为教室，等着之前那间教室的墙壁修好为止。

苏央然一直很懊悔，刚才不应该那么冲动的。这下好了，班里没有一个同学敢坐到她旁边，除了弟弟苏彦。不过幸运的是，那些人也不敢再嘲笑苏彦，每次经过他们的时候都躲得老远，生怕被她的拳头教训一顿。

而苏彦只是沉默地坐在位置上，他抓紧了自己的衣角。每一次，都是依靠苏央然才可以得救，每一次自己遇到麻烦都是苏央然站出来，他才是男孩子，他才应该保护自己的姐姐，可是，为什么就那么无能，那么懦弱？

如果可以的话，他也希望自己像苏央然一样强大，强大到可以保护身边的人，强大到可以毫无畏惧。

"苏彦，你怎么了？"苏央然感觉到苏彦情绪的变化，转过头来问了一句。

他立刻摇摇头："没……没什么……哥。"

"嗯？"

"你会离开我吗？"

第二章

奇怪室友朔连城

第一节

会离开他吗？如果按照身上流着的血来说，她当然不可能离开他。哪怕今后两个人分隔两地，他依旧是她的弟弟。苏央然弄不懂苏彦为什么会忽然问出这句话来，难道是受了什么刺激吗？

她很随意地耸了耸肩膀："不会。"

纤长的睫毛微微一颤，苏彦立刻绽开一个笑容，他点了点头："嗯！哥，你说话要算话，不要离开我。我会让自己强大起来，绝对不会再拖累你！"

苏央然挑了挑眉毛，她伸手朝着他后背一拍，苏彦立刻咳嗽起来。她好笑地说出一句："你先把这身子练好了，再说那句话吧。"

还绝对不会拖累她？他都拖累了她这么多年了，也不差这么一时半会儿。

苏彦咳得脸都涨红了，他也非常懊恼，为什么偏偏会是这样一副身子，明明父亲母亲身体都非常棒，为什么只有他身子那么差？该不会自己是捡来的吧？以前苏央然也说过类似的话，当然她只是开玩笑。但是时间久了，这个念头就像疙瘩似的长在心口，也许有一天会破土而出，长成参天大树。

还没有上完两节课，忽然门外吵了起来。好像是之前在新生入学式上有人踩了另一个人的脚，那个人没道歉还骂了对方。结果两个人闹得不愉快，之后加入了各自的派系，立刻带上朋友到教室门口来闹事了。

带头来的那个红头发小子穿得像个舞台剧演员似的，靴子都快高到膝盖了，大夏天的偏要在校服外面套上一件风衣，每次骂人都会甩动风衣的衣摆，想要营造一种很强势的感觉。

这边是一头黑发个子瘦瘦小小的男生，一副黑框眼镜，骂人非常厉害。不到几分钟，两派人就开始扭打起来，无数乱七八糟的东西从外面飞进来，尺子、粉笔、圆规……

苏央然自然是人不犯我我不犯人，她平静地握着笔在纸上做笔记。就在这个时候忽然一支圆规飞进来直接砸到了她的手背上，圆规的尖角在皮肤上划出一道口子，笔被这么一撞，笔划在纸面留下了一道长长的印迹。

"唰"地一下，她几乎是毫无征兆地就站了起来，苏彦来不及阻止她，她已经扛起桌子直接砸了出去。

外面的人被吓得跳开几米远，桌子撞击到地面散架了。

他们扭过头，苏央然已经站到了门口，握着门板的手越来越重，铁门直接凹进去一些：“叽叽喳喳，啰啰唆唆，吵吵闹闹……你们到底有完没完？打架不会去楼下操场上打吗？没看见教室里那么多人都在学习，你们眼睛看不见还是都长头顶上了？看到那边贴的‘禁止喧哗’了吗？我警告你们，要是再在我的教室门口吵，我就让你们见不到明天的太阳！”

门口所有的人都怔在那里，他们倒不是被苏央然那气势汹汹的话吓到，而是被那铁门上的五个手指印吓到了！这个小子到底是吃什么怪药长大的啊？

他们吞了吞口水，都不敢动，苏央然站在门口大骂了一通，喘着气回教室去了。

“累死我了，那群浑蛋，居然在我写作业的时候吵我！还有这个破圆规，居然这么精准地飞到了我手上！我的手都受伤了。”她一把抓起那划伤她的圆规直接扔进了垃圾桶。

“哥，你的手……”苏彦看着那破开一条血口子的手背，担心地皱起了眉头。

他刚要从衣袋里取出手帕为她擦拭，门外传来了一阵敲门声。只见一个领口佩戴着黄色玫瑰徽章的男生，毕恭毕敬地站在门口询问道：“请问，苏央然同学在吗？”

学生会的？学生会的人找她干什么？难道才打架就要被抓了？她也没打架啊，就摔了一张桌子，吓唬吓唬人。

班上其他同学的视线立刻转到了她身上。

门口的少年也看了过来，他试探性地又问了一遍：“请问你是苏央然同学吗？会长请你去办公室一趟，你的学籍档案有些问题。”

糟糕！学籍档案当然有问题，因为她是女生啊。就算窜改了填报的内容，户口簿上的信息可是变不了的啊。老爸老妈这么想要她转到男校来，就不能把所有的事情考虑周全吗？

“哥……”苏彦也想到这一点，他紧张地一把拉住了她的袖子。

苏央然深吸一口气，拍了拍苏彦的肩膀，然后抬头对学生会的那个少年道：“知道了，我随你们去一趟。”

“哥，我和你一起去。”苏彦也站了起来，如果学生会的人知道她是女生，不让她在这所学校念书的话，他至少可以说明原因，不要害她被自己牵连，争取让苏央然去她一直想去的学校念书。

第二节

苏央然很平静地转过头，对弟弟说："我一个人去就可以了，你留在这里。"

——我去帮你，你留在这里不要惹是生非，或者去办公室待在老师身边。我会帮你把这件事情处理好。

——我一个人就行。

——你待着不要动，我自己去就可以了。像你这样病恹恹的身子，指不定给我多惹事端。

一瞬间，许多曾经的画面都从眼前闪过，苏彦站在课桌前，他看着苏央然从身边走过，头也不回地离开了教室。从拥有记忆开始，她永远是一个人挡在他的前面，不管遇到任何困难，她总是独当一面。他连跟随在她身后的资格都没有，哪怕鼓足勇气开口，也会被她拒绝。

他知道他的身体很差，他知道就算跟着她也未必帮得上忙，但是他真的不想一直这样无能下去，他不想永远躲在她的身后。他也想站起来，他也想强大起来，他希望有一天自己可以与她调换，让他挡在她的前面，让他忍受风吹雨打，为她撑起一片晴朗的天空。

"哥……"苏彦忽然跨出了一步，在苏央然就要走下楼梯的时候喊住了她。她转过头来，看见苏彦站在教室的门边，他抓紧了衣角，异常坚定地抬起头："我要同你一起去！"

要同你一起去，他不想再被丢下，不想再被保护在温室里，不想永远躲在她的身后！

苏央然头一次见到如此坚定的他，有些诧异地站在原地。前头带路的那个学生会少年有些好笑地说道："不必担心，只是带你哥哥去询问关于学籍资料的事情。"

"我要一起去。"他几步走出来站到苏央然身边。

苏央然无奈地点点头："好吧，但是你一句话都不能说，乖乖站在我身边。"

"嗯。"他扬起了一个笑容。

或许，这是自己第一步，他要尝试着站起来，尝试着走出去，尝试着举起手，为他想要保护的人，撑起一片蓝天。

学生会办公室在另一座教学楼里，他们走了大约半个小时才看到那幢楼。非常大的英式建筑，两边都有花墙，正中的路上有一个佩戴着黄色玫瑰徽章的学生正在扫地，看到他们过来立刻打开了门。

苏央然被带到了三楼，脚上踩着的地毯看上去价格不菲……到底是校学生会，跟城堡似的，太有钱了。

正打算拉开门，结果那门自己“砰”一下撞了开来，苏央然条件反射后退一步躲开，站在她面前的那个少年直接被门打中鼻子，鼻血哗哗流了下来。他黑着脸对里面的人吼道：“会长！”

一个穿着黑蓝相间小礼服的小男孩握着纸飞机从里面跑出来，他笑嘻嘻地扑到了苏央然身上：“你来啦，苏央然。”

旁边流鼻血的少年看着乱七八糟的办公室，和被撕成纸片的文件，气得眼睛都要冒火了：“不要拿批阅的文件折飞机！”

当时苏央然的反应是：自己进了一所小学吗？这个看上去只有十岁的小孩子居然是洛兰科斯男子高中的学生会会长！她在脑海中构思了无数个见面时的场景……可能是一个穿得花哨手里拿着玫瑰花，像偶像明星一样华丽的男人；可能是一个戴着眼镜，一板一眼的书呆男；可能是长着胡子一脸横肉，在这里复读了十年的大叔；可能是一个文质彬彬，穿着白衬衣的斯文男……她脑海里勾勒了无数个形象，但都不可能是眼前这个抱着她大腿，手里还拿着纸飞机的小孩子！

“会长，会长！这是校庆的文件，你怎么可以撕成这样折飞机？天啊，这是下个月的预算报表啊！啊，那个是创业大赛的名单，这些都是要你审核批阅的，你怎么可以弄成这样？”带路的少年早已吓得脸色铁青，扑到办公室里拼命捡着地上乱七八糟的纸飞机。

那个小男孩压根儿就没有理睬他，而是兴奋地抱着苏央然仰起头：“喂，你真的是女生吗？”

这话一出，苏央然的心咯噔了一下。她立刻转头朝着四周看了看，那个小男孩嘻嘻一笑：“不用担心，这个楼层只有我和副会长两个人在，没有人会知道你的事情。不过你真的好厉害，我从来没有见过一个女生居然可以扮男生扮得那么像，一点儿都看不出来啊。”

她的心情一时间很复杂。

“今天我查看学籍文件的时候才发现的，你的户口簿复印件上写着的是女生哦。所以我便让副会长找你过来问问这到底是怎么回事。”明明是一副小孩子的模样，说话语气却如此老成。

苏央然还没有开口，身后的苏彦立刻接道：“姐姐是为了我！”

小男孩一怔，将视线落到后面那个一直没有说话的少年身上。看上去白白净净的，身上还散发着一股药香，按资料记载，他应该是苏央然的弟弟，从小体弱多病，体育成绩是不及格的，但是文化课成绩不错，所以被学校录取了。

“姐姐是为了我……”苏彦低下头，他握紧了自己的衣角，“我从小体弱多病，所以父母便让姐姐陪在我身边，从幼儿园开始，到小学、初中，姐姐一直都陪在我身边。原本她比我高一年级，为了照顾我，甚至被要求留级了，那个时候姐姐的成绩是全校第一的。原本我以为上了男校便可以不用让姐姐照顾我了，却没有想到父母还是让姐姐随我一同来洛兰科斯了。都是我害的，不关姐姐的事，姐姐也不愿意女扮男装来这里，都是因为我，都是我的错！”

“够了！”

第三节

苏央然几乎是大吼着制止了他："我愿不愿意到这所学校念书与你无关！你只要做好自己应该做的事情就够了，别的事情我会处理！"

这大概是她第一次如此凶地吼他，苏彦的脸色一白，站在原地一动不动。

苏央然甩开他的手要走进办公室，那个小男孩也饶有趣味地看了他一眼，正要转身，忽然手臂被人拉住，他转过身来，看见那个苍白着脸的少年紧紧握住他，一点儿都没有要放开的意思："这件事情与姐姐没有一点儿关系，都是因为我，才让母亲修改了姐姐的升学志愿表格。我愿意承担所有的责任……"

"你有什么可以承担的？不要在这里胡说八道！"苏央然真是急了，她一把将苏彦推了出去，"我说了，这件事情我会处理！要来这所学校是我的主意，也是我自己填写的升学志愿表格，你不用管这么多！"

"姐……"

苏彦还想说什么，手里拿着纸飞机的小男孩终于开了口："我想你们误会了，我把苏姐姐喊过来，并不是想要惩罚她什么，只是一些常规的询问而已。况且这样有趣的事情，也不是每一个女孩子都做得出来，是不是？"

苏央然一怔："你的意思是……"

"我的意思就是，我会保守这个秘密。当然了，如果你的身份在学校被发现了，到时候第一个出来制裁你的，必定也是我。现在我可以睁一只眼闭一只眼，权当什么都不知道。不过，你要通过正常的考核模式加入我们学生会，只要进了学生会，我们便有办法随时监督你。如果你无法通过考核，那我劝你尽早退学。"男孩慢条斯理地走到了办公室的真皮沙发上坐下。

可怜的副会长正满地捡着纸飞机，并且把它们一只一只摊开放好。

让她参加学生会的考试倒是不难，只是她有些弄不明白，为什么这个学生会会长会有这样的想法，本来不是应该立刻揭穿她，然后通报批评，把她赶出学校吗？

见苏央然一脸狐疑地看着他，他晃着小脚扬起灿烂的笑脸："干吗这么严肃，我只是很无聊嘛。自从当上学生会会长之后，每天都要批改文件，根本不能出去玩，一点儿新鲜事都没有，还要处理各个派系之间的事情，烦都烦死了，你一来正好，嘻嘻……一定会很有趣呢。"

"我冒昧地问一下，"苏央然扯了扯嘴角，"您几岁了？"

"我？十六岁。"小男孩一本正经道。

苏央然伸手比画了一下两个人之间的高度，然后上下左右仔细打量他。小男孩的额头立刻冒出一个“井”号：“比什么比，我只是坐着而已！”

可是你站着也没有多高啊，她暗暗想着。

从学生会出来，苏央然一句话也没说，在前面走着，脚步也不停顿一下。苏彦身体不好，跟不上她的速度，只能喘着气小跑，脸也渐渐发青，有些喘不过气来。

苏央然听到后面的喘气声，立刻停下了脚步：“你刚才不应该说那些话！”

她的语气很重，声音凌厉。苏彦垂下头：“我只是不希望你被退学，如果你现在被退学了，很难找到可以上学的地方。这都怪我，如果当初我不是……”

“这根本与你没关系！你能不能不要这样自作主张！你想过没有，如果你也被洛兰科斯退学了，家里的人会怎么考虑？妈妈一直希望你能有出息，能考上好的大学，你念书不仅仅是为了你自己，也是为了他们！”苏央然呵斥道。

也是为了他们……苏彦一下子咬住嘴唇。

是的，他早就知道了，苏央然这么多年来愿意留在他的身边，愿意照顾他，都是为了他们。因为父母希望自己有出息，苏央然便牺牲自己来让他有出息……小时候他成绩并不好，苏央然第二天就要考试，却为了教他一道题目熬到半夜，考试的时候犯了困，成绩一落千丈；小时候他总是被人欺负，苏央然舍弃做功课的时间站出来保护他，帮他教训那些欺负他的人；小时候他被人冤枉了，苏央然就拉着他上门一个一个解释，直到他们对他道歉为止。

如果没有他的话，苏央然可以走得更远，走得更高，走到他根本无法触及的地方。就好像一只展翅高飞的鸟儿，她可以去往更广阔的天空，而不是陪在他的身边。

不知道为何心突然一紧，他猛地抬起头：“我不想要为了他们念书，我……”

“如果你不想要为了他们念书，那我就不用再累死累活留在这所学校照顾你！”苏彦的话还没有说完，就被苏央然打断了。

他怔在原地，看着她扭过头，一步一步走远。

如果不是为了爸爸妈妈，如果不是他们强行要求，她恨不得立刻离开这个没用的弟弟。明明一直以来都是这样认为的，可是话真的从她嘴里说出来，自己竟然会难受得一句话都无法反驳。眼眶早已承载不了重量，眼泪一下子涌了出来。

苏央然其实并不是想要说这么重的话，她走了一段路之后忍不住回头看看，却发现苏彦居然没有跟上来，心里立刻气急起来：这么大的学校，又跑到什么鬼地方去了？

万一又迷路的话……

第四节

大片大片的荷叶在湖面摇曳，倒映着柳树的湖面上，依稀可见单手撑着树干，并且拼命擦着眼泪的苏彦。他已经忘记自己有多久没有哭了，自从下定决心不再让苏央然为了自己付出那么多的时候开始，他就学着不再哭泣。但是今天听到她说的话，眼泪根本无法抑制。就好像胸口被人恶狠狠地扎了一刀，疼得撕心裂肺！

风吹过湖面，伴随着大片荷叶的摆动，那涟漪一圈一圈泛开，打碎了水中的倒影。

苏彦努力让自己忍住眼泪，衣领却已经全湿，上面别着的玫瑰徽章也浸透了泪水。就在这个时候正巧两个高年级的学生从对面走过来，看到苏彦领口别着的玫瑰徽章，立刻挑起了眉毛："新生，还是灰色的。"

听到声音的苏彦抬起头，看到有人靠近便想要离开，谁知其中一个手脚飞快地几步上前一把抓住他的衣领："哟，跑什么呢？看这细皮嫩肉的，还戴眼镜！难怪没人拉你入派啦，这副身板肯定打不过别人，不过没关系，我们派系向来来者不拒，人多就行了。把徽章给我们，我们帮你换个白色的。"

"不——"苏彦一把抓下徽章握在手里。他想起苏央然对他说过的话，进一个安稳的地方，他要和苏央然进同一个派系，绝对不会加入他们！

听到自己的建议被拒绝了，两个男生立刻恼火了，其中一个抓着苏彦的衣领就把他拎了起来："别敬酒不吃吃罚酒，信不信我现在就修理你！"

"你可以动手试试。"突然另一个声音从身后传了过来，抓着苏彦的那个男生才转过头，脸上就重重挨了一拳。

他疼得连忙松开手，苏彦被摔到了地上，手腕都擦破了一层皮。

"原来还有帮手！"另一边的男生挥起拳头就朝着刚出现的苏央然打过来，她脚尖一转退到了他的后面，然后直接一个手刀把他打晕在地上。

"真是麻烦。"拍了拍手上的灰尘，苏央然转头看向还坐在地上的苏彦，"如果你不想拖累我，就紧紧跟在我的身边，不要走着走着就没了人影儿，我可不想给你脖子上拴一根链条。"

苏彦咬了咬牙，从地上站起来："我要同你一起考入学生会。"

"什么？"苏央然一愣，她还以为自己幻听了，"你要考入学生会？成绩我相信你没什么问题，但是体能测试你能通过吗？"

"我会努力的，你在哪里，我就在哪里！"他不想再因为自己而让苏央然停下脚步，如果她跑得很快，那么他会拼尽全力跟上她的速度。

苏央然耸耸肩："随便你，先回教室再说。"

两个人离开了湖边。就在他们刚才所站的位置上方，一棵柳树上四仰八叉地躺着一个少年，他睁开眼睛弯起嘴角，饶有兴味地看着渐渐远去的背影。

"喂，你……"轻巧地从树上跳下来，他一脚踩上那个还趴在地上的男生后背，"知道刚才出手打你的人叫什么名字吗？"

那男生本来就被打得鼻青脸肿，正要站起来又被踩了下去，原本还想发火，结果一听到后面的人开口说话，吓得脸色也白了："朔……朔大人！我不知道刚才那个小子是谁，看他徽章应该是新生。我……我本来可以打赢他的，都怪他突然出手我才没有接住……"

"输了就输了，解释这么多做什么。"少年冷笑一声，随后缓缓移开脚要从他身上下来，结果移到一半忽然又想起了什么，再次踩了上去，"听他们的话好像打算进学生会？"

"是，是啊。不过那是一个小孩子管辖的组织，怎么可以跟朔大人的派系相比。"被踩在地下的人快吐血了。

少年终于收回了脚："我想要他。"

"啊？"地上的男生一头雾水地看着他。

他扬起一个笑脸："我想要他。"

轻而易举地就将比自己块头大的人打飞，那种浑身散发出来的气势，根本没有一个人可以抵挡。就好像在这个世界上，没有一个人可以成为他的对手一样。这样的人，非常有意思……如果可以招入他们的派系，应该会非常有趣。而且在洛兰科斯里，三王之间一直维持着平衡，多么无聊……他需要力量打破平衡！

回到教室里，只剩下最后一节课了，一个头发稀疏的老头儿在黑板上画着地图，听到"报告"声立刻不悦地扭过头："你们两个做什么去了？连课也不上？"

"学生会找我们询问一些事情。"苏央然答道。

那老师的手忽然一抖，然后脸上立刻扬起谄媚的笑容："原来是学生会有事儿啊，那就不要紧。学生会的事情是最重要的，以后不用通报，如果他们来找，你们去就是了。"

怎么态度变这么快？

苏央然有些郁闷地走回了座位上。之前跟她聊天儿的那个男生小心翼翼地提醒了她一句："学生会在洛兰科斯拥有管理和监督权，所以老师都很怕他们。"

原来是这样。

看来学生会在洛兰科斯学校真的拥有很高的地位，如果能够进去的话，也许是一件好事。

正这样想着，那男生又丢出一句："能够进学生会的，个个都是精英。你想啊，他们要阻止三大派系之间的斗争，不强才怪呢。每次打架还没有到一半，学生会的人就来了，当然了，除非三王在场，他们不敢动之外，其实平常很少有人敢光明正大在学校里打架的。"

苏央然的脸立刻黑了。

什么？还要阻止别人打架？学生会不是只要算算账策划策划活动就行了吗？

没想到这个学生会这么麻烦。

第五节

其实选择和被选择一样头痛。苏央然原本可以在几个派系之间选择一个适合自己的，如今被定死了必须考入学生会。学生会所做的事情和她想象的差距实在有点儿大，居然还要阻止其他学生打架，这不是老师才会做的事情吗？

放学之后她一直皱着眉头往宿舍方向走。如果只是她的话，进入学生会履行那些责任应该没什么问题，但是让苏彦去阻止别人打架，不被打就不错了。

学生会绝对不适合苏彦。或者学生会也有一些文职，如果可以和那个会长好好沟通一下的话……话说回来，学生会会长到底什么来路，叫什么名字，她到现在都一无所知。

“哥，哥？”

走到了宿舍二楼，苏央然站在楼梯口一动也不动。

身后要上楼的同学全部被堵住了，纷纷吵起来：“搞什么名堂，站在半路上干什么啊？”

“就是，前面堵着干什么，还要不要我们走路了？”

“这些人怎么回事啊？”

一堆堵一堆，跟挤公交车似的，楼梯上的人越来越多，骂声也越来越响。

就在这个时候，一阵轻轻的咳嗽声制止了所有喧哗，他们通通安静下来朝后看，一个银色头发的少年缓步从下面走上来，胸口别着的白玫瑰徽章映照着暖灯的光辉。即便已经拥堵不堪，但是所有人都自觉给他让开了一条道。

他径直走到苏央然面前，然后弯下腰仔细打量了她一番：“喂，室友，不要造成交通堵塞哦。”

苏央然一下子回过神来，她朝后面看了看，那些一脸不爽的男生正恶狠狠地看着她，仿佛要把她抽筋剥皮。

“啊，对不起对不起。”她连忙躲到了一边，这拥挤的走廊才渐渐宽松下来。

苏彦一直盯着那个少年看，刚才听到他说室友……难道他和苏央然住在同一个房间？洛兰科斯的宿舍都是两个人一间的，他和苏央然没有被分到一个房间，所以她肯定就会跟另一个男生共处一室了。想到今后也许苏央然在生活上会有许多不便，他立刻鼓足了勇气上前一步：“同……同学你好，我是她的弟弟。你好像和我哥是同一个房间，我们能不能……”

“不能。”银发少年回绝得很快，他嘴角一扬，“学校有学校的制度，就算我同意与你换房间，学校也未必允许。”

苏彦眼神一黯，有些沮丧地垂下了头。

苏央然从来没有跟别的男生同住在一个屋檐下过，自然对那个少年警惕了三分，不过出于礼貌，她还是伸出手打了招呼：“你好，我叫苏央然。”

“我叫朔连城。”少年握住了她的手，竟然意外地发现很柔软。

洛兰科斯的学生宿舍都非常不错。每个学生都有单独的房间，中间是客厅，卫生间则是共用的，没有厨房，客厅里还摆放着一架钢琴，苏央然当时进房间的时候急着整理自己的东西，都没有好好观察一下客厅。当她再次进来的时候，忽然感觉这个房间好像要比旁边几个稍微大一些，装潢也更加精致。

苏彦还有许多东西没有整理好，苏央然自然说要过去帮他整理，苏彦立刻拒绝：“不用了，都是小东西，我一个人就可以。”

他可不想让自己的那些衣物被苏央然一个女孩子看到，就算是姐姐也会不好意思的。

苏央然挑了挑眉毛，便不再坚持。她知道男孩子也有自己的隐私，苏彦也不小了，这种事情或多或少都会接触到一点儿，也会有一些想法吧。话说回来，他好像至今都没有谈过恋爱，之前也有好几个女生跟他表白，他吓得跟小鸡似的，还让她帮忙拒绝……

坐在钢琴前的朔连城饶有兴味地看着她：“东西都整理好了吗？”

“嗯，都整理好了。”苏央然点了点头。她只觉得这个少年好像有点儿眼熟，但是又想不起来他到底是谁，看他领口的徽章，似乎是白色的。

“你还没有选择徽章的颜色呢，呵呵……”朔连城打开了钢琴盖，手指轻轻落在白键上，“有什么想去的地方吗？”

“哦，我刚进洛兰科斯，对这些制度还不是很了解。”苏央然答道，“应该会去个比较安逸的派系，我不怎么喜欢打架。”

不怎么喜欢打架，力量却很强大。朔连城扬起一个笑脸，手指间一曲《献给爱丽丝》飞扬起来，飘荡在整个房间：“我和你一样，也不喜欢这些事情，我更喜欢坐在一个安静的地方，看看书，弹弹琴。”

“是吗？”苏央然可不会那么好骗。《献给爱丽丝》是贝多芬创作的一首独立钢琴小品，他一生没有结婚，但是一直盼望着能得到一位理想的伴侣，后来在贝多芬四十多岁的时候，对一位名为特蕾莎·玛尔法蒂的女学生产生了好感，怀着甜美、舒畅的心情，写了一首《致特蕾莎》的小曲儿赠给她，也就是现在的《献给爱丽丝》，因为后人写错了曲名。这样的曲子应该是甜美欢快的，但是朔连城所弹奏的音符里，却夹带了力量和强势。

这样的人，怎么可能会只喜欢安静地看书和弹琴，隐藏在内心深处的，分明是暴虐和凶残才是。

“怎么了？”见苏央然一句话也没有说，朔连城停止了弹奏。

苏央然耸耸肩：“没什么，我去看看弟弟东西整理好没有，还没有吃晚饭呢，你弹着吧。我有房间钥匙了，我若是回来得晚，你可以锁门。”

朔连城淡淡地呵出一句：“是吗？”

“我也正好没有吃晚饭，如果可以的话，能一起去吗？学校有三个食堂，其中一个饭菜非常不错，我可以带路。”朔连城扬起一个笑脸。

苏央然一愣，当然没好意思拒绝。毕竟他是室友，搞好关系当然是最好了。她点点头：“如果你不嫌麻烦的话，那一起去吧。”

到了苏彦的房间，他早就等着苏央然了。苏彦的室友还没有回来，据说那个家伙很少住宿舍，一般都在外面留宿。见苏央然来了，本来高兴地要迎上去，结果看见后面跟着的朔连城，脸色立刻难看了起来：“哥，他怎么……”

“他自己一个人，反正我们要去吃饭，就顺便一起去了。”苏央然答得理所当然。室友一起吃饭不是很正常吗?

可是苏彦却非常不喜欢朔连城，他身上有一股戾气，就和曾经欺负他的那些人一样。

第三章

白王与红王

第一节

洛兰科斯非常大，里面甚至还有一条商业街。街道里有银行、超市、服装城、各种餐饮机构。自然，既然是学校，食堂也是有的。按照不同地区的宿舍，在旁边建造了三个食堂，南、北、西三个宿舍，分别有一个食堂。这三个食堂里味道最好的就是南食堂了。

学校里大部分学生一到吃饭时间就会蜂拥而来，整个食堂一楼都挤得要命。二楼是教师餐厅，一般学生不能上去，三楼更不能，只有派系的王才能在那里吃饭。

当苏央然来到食堂门口，看见一群学生挤成一堆跟肉搏战似的打菜，看得她冷汗直冒："这……这么多人！"

"嗯，南食堂的味道是最好的，人也就多了。"朔连城答道。

苏彦立刻皱起了眉头："味道再好，这么多人也不方便，还不如去别的食堂吃。哥跟一群男生挤在一起……那怎么可以。"

朔连城本来想带他们去三楼吃，但忽然又想到了别的方面，伸手指着前方一个位置："你们坐着吧，今天是你们第一天入学，我请你们吃饭。"

说着他便掏出饭卡往打菜的窗口走去，苏央然有些不好意思地追上去："不如用我的饭卡吧，宿舍长已经把饭卡给我们了。"

"不用，你去坐着。"朔连城一开口，明明听着是很温和的话语，却夹杂着些许命令式的强硬。

苏央然呆站在原地，看着他走向了人群。

回到座位上的时候，朔连城还在买饭。苏央然对苏彦道："你以后不要惹他，那个人不像表面看上去那么简单。"

苏彦点了点头："嗯，我觉得他身上有一股戾气。"

"什么戾气？"才说了两句，忽然身后传来一个声音，苏彦一怔，转过头来，看到朔连城已经买了饭菜回来了。

苏央然有些吃惊："这么快？"

"是呢。"朔连城笑了笑，他回过头，那边拥挤的队伍不知道什么时候让开了一条路，就是刚才他去买饭的时候让出来的，那些学生还很震惊地看着他这边，似乎难以置信他居然会来食堂一楼吃饭。

苏央然也有点儿莫名其妙："他们在看什么？"

"不清楚，或许是我很少来食堂吃饭的缘故。"朔连城微微一笑，然后眼神犀利地朝着买饭的那些人一瞪，他们立刻转回头，不敢再看。

吃饭是一件很愉快的事情，加上苏央然肚子本来就很饿，又累了一天了。可是她忽然发现朔连城买的菜里居然大部分都加了香菇！她最讨厌吃的就是香菇了……那种长相奇怪的菌类，味道还十分怪异，真不知道哪位大仙给它取名叫香菇的！她几乎是一点儿一点儿地把香菇从里面挑出来丢掉，苏彦立刻按住她的手："哥，香菇很有营养。"

"我不喜欢吃。"苏央然一脸苦相。

"不喜欢也得吃，香菇很有营养的，它高蛋白、低脂肪，含有多糖、多种氨基酸和维生素。它能提高免疫力，延缓衰老，防癌抗癌……"苏彦噼里啪啦说了一大堆，苏央然嘴角抽搐了下。

"哇，红王来了！"正挑着香菇，不知道谁喊了一声，那些原本在买饭的男生通通把头转向了大门边。

只见三四个穿着闪亮黑色演出服的少年从大门口走进来，带头的少年化了妆，精致得如同一个人偶。那三四个人穿着打扮都是一个风格的，不同颜色的装饰佩戴在不同的地方。最后面还跟着一个老男人，擦着额头的汗拼命对他们点头哈腰。

红王华尚……跟随他的，正是偶像组合里的成员。

"食堂还是这么多人呢，尚，我们去别的地方吧。"其中一个少年长着一张娃娃脸，有些不高兴地对着带头的华尚说道。

华尚环视了一下食堂里的人，当看到朔连城的时候微微吃了一惊：三王之一居然在一楼吃饭？

"怎么了？"见他没有反应，RED的成员有些奇怪。华尚淡定地勾起嘴角，戴满银色饰物的手指拂了一下耳侧的长发："没什么，只是看到一个老朋友，出现在不该出现的地方。"

第二节

原本应该上三楼餐厅的华尚竟然也挑了一楼某个空位置坐下来，并且示意后面跟着的老男人前去买饭。其他几个RED的成员颇为不满地坐了下来："干吗要在这种地方？人那么多，还吵吵嚷嚷。"

"我们可以去三楼啊。"

"就是就是，一楼那么多人围着，真是没劲。"

华尚的视线朝着他们一扫，他们立刻安静了。其中一个注意到旁边那桌的朔连城，立刻惊道："那不是白王吗？居然也在一楼吃饭。他旁边那两个人好像是新生。"

"而且是戴着灰色徽章的新生。"华尚若有似无地呵出一句。

朔连城这样性格的人很少主动接近人，更不可能接近不是自己派系的人。他今天破天荒地跟两个灰色徽章的人坐在一起，看样子是想要亲自把他们收服进来。所以，那两个人定然有非常大的能耐。毕竟可以让朔氏少爷亲自邀请的，在洛兰科斯里，他们还是头一个呢。

如此一想，他更加仔细地打量起了苏央然和苏彦。苏彦就是一副好好学生的模样，坐在苏央然身边乖乖巧巧的，偶尔皱下眉头厌恶地看朔连城一眼。

而苏央然……很奇怪的一个学生，容貌清秀偏女性，身上带着一股说不清道不明的气场，这种气场好像一股清泉，明明细腻柔软，却可以水滴石穿。他的一举一动都非常自然，既不俗气，也不做作，好像与生俱来便是这样，如果稍加打扮，绝对可以在娱乐圈混出一些名堂。

苏央然感觉到身后的视线，便转头看了一眼。谁知这不看还好，一看便让华尚一下子怔住了。

有人说，眼睛是心灵之窗，从一双眼睛，可以看透人的一切。华尚从来没有见过这样的一双眼睛，平静得没有半点儿涟漪，却好似一个深潭，在那眼瞳的深处有一股力量在涌动，这股力量化作无数小钩子牢牢地勾住他，将他的灵魂、他的生命都从躯壳里勾了出来。

原来是那个红王，苏央然立刻收回了视线，继续挑香菇，忽然旁边一只手伸过来，上面托着另一盘菜："吃这个吧。"

苏央然一怔，朔连城居然又去买了一份新的回来，这让她怎么好意思，连忙推托："没关系，我只是不喜欢香菇的味道，勉强还是能吃的，你买这么多菜浪费了。"

"我很少用饭卡的钱，放着也是浪费。"朔连城态度温和。

这让看着他们吃饭的华尚惊得差点儿撞到桌子上。

那是朔氏少爷吗？怎么他出去演唱了一个星期回来，朔氏少爷的性格发生这么大的变化！以前在学校里每次挑起事端的都是他，常常一闹就是大面积的斗殴，有时候他像个疯子一样喜欢一挑十，强大的力量使得学校里没有一个人敢忤逆他，就算是其余两王碰到他，也能避则避。

现在，他这反应也太奇怪了，就算再怎么想邀请人入派，也不至于这么体贴吧？

对，是体贴！不吃香菇就重新去买一份菜，还亲自端到面前，那两个新生到底是什么来头，可以让堂堂朔氏少爷做到这种地步！而且，三王以前都没有在一楼吃过饭，他今天坐下来吃完全是因为那个朔氏少爷，而朔氏少爷来这里的原因竟是那两个新生。

“嘴上沾到了。”听到一个柔柔的声音，华尚瞪大了眼睛，他看着朔连城从口袋里掏出一块手帕，要去擦那个新生的嘴角，却被新生挡了下来。

“我自己擦就好，谢谢你。”

喂喂，这冒着粉红泡泡的场面是怎么回事？苍天啊，那个朔连城为什么口袋里会有手帕？

咽了咽口水看着这诡异的场景，去买饭的老男人已经屁颠屁颠回来了。他手里托着几个托盘，一份一份摆放在桌上，其他RED的成员突然恼怒起来，其中一个用筷子插了插那碗油炸带鱼：“这是什么东西啊，都焦了一大块，而且颜色这么丑。”

“这是带鱼。”老男人点头哈腰地解释道。

“这也叫带鱼，这食堂一楼的饭菜到底是不是人吃的啊？喂，尚，我们干吗非要留在这里？去别的地方吃行不行啊？”

“这里怎么吃都没胃口。”

“这些饭菜根本就是剩菜吧，让我们吃，怎么可能咽得下？”

“我快受不了了，我们走吧。”

他们吵吵嚷嚷地推着摆放在眼前的饭菜，其中一个推重了，托盘一下子掉到了地上，汤汤水水溅了一地。

声音实在是太大了，很多人都转过头来看着他们，苏央然也有些忍受不住。这世界上怎么会有这么聒噪的人，吃饭不是应该安安静静才对吗？

见所有人的视线都看了过来，华尚有些不悦地站起身，他一句话也没有说就朝大门口走去，RED的成员立刻跟上来：“尚，尚，要去哪儿？”

“我们是不是想换地方吃饭啦？早说嘛，这种食堂我一点儿胃口也没有。”

“就是就是，真是讨厌。”

华尚走了几步，听着后面叽叽喳喳的声音，忍不住转过身，他脸上根本看不出怒气，反而带着笑："你们留在这里吃完再回公寓楼。"

所有成员都吓住了，他们不敢再喧哗，而是顺从地低下头："是……是……"

华尚是一个根本看不出喜怒哀乐的人，哪怕是在他最生气的时候，他也会扬一个笑脸，非常绅士礼貌地与你说话。然而他的每一句话，都像圣旨一样。他是学校里的红王，站立在红色派系顶端的人。

"哥，那个人……"苏彦也注意到了那边。

苏央然平静地吃着菜："是三王之一，红王。在学校里，你不要惹事，安安分分读完这三年就行了。"

朔连城挑了挑眉毛："你怎么知道他是红王？"

"因为有人说，红王是新生代偶像什么什么的成员。一般演员都穿得神经兮兮的，我看他很像……"苏央然回答。

朔连城："……"

第三节

和一个男生住在同一个套间里，虽然房间是分开的，但共用一个卫生间，还是非常不方便，譬如洗澡。

苏彦在苏央然洗澡的时候硬是找了一个莫名其妙的理由留在她的房间，监督朔连城。朔连城觉得有些好笑，这个弟弟看上去保护欲挺强的，他又不是鬼，也不会把他哥哥给吃了，怕什么。

“苏彦！”

本来洗得好好的，苏央然忽然发出一声惨叫，朔连城连忙站了起来：“怎么了？”

苏彦立刻挡住他，抢先一步跑到浴室门口：“哥！怎么了？”

“你进来，我有件事儿跟你说。”苏央然不能说得太大声，只好把苏彦喊进来。苏彦不敢进去，苏央然急道：“你怕什么，里面有帘布的，又看不见。而且就算看见了也没什么，两个大男人的！”

苏彦脸红得跟苹果似的，他犹豫了半天才拉开门进去。朔连城好奇地探头探脑，但是被苏彦瞪了一眼，立刻移开视线。

卫生间挺大的，里面洗澡的地方有帘布，苏彦只能看到半个影子站立在水中。苏央然抓着帘布伸出头来：“帮我去房间拿个东西。”

“什么东西？”苏彦发怔，鼻息间全是里面冒出来的沐浴露香味。

苏央然真想踢他：“在我箱子的左边，那个小袋子里，有拉链的，拉开就能看到。什么都别问，拿了给我就成！”

苏彦哆哆嗦嗦地跑到她的房间里翻了翻，也没看是什么就拿了起来。朔连城开门进来，他吓得连忙把东西藏到了身后。

朔连城一头雾水，也没看清楚那是什么：“怎么了？你哥在浴室里出什么事了？”

“没……没什么。”苏彦结结巴巴地回答，就立刻钻出门奔向了浴室。

这两兄弟到底怎么回事？难道还有什么秘密不成？弄得这么神秘兮兮的。

总算洗完澡了，苏央然一脸憔悴地从里面走出来。朔连城见她脸色不好，便问道：“你怎么了？是哪里摔伤了吗？如果严重的话还是去医务室看一下吧。”

“不用了。”苏央然立刻拒绝道。开玩笑，她只是有点儿不舒服，要是去了医务室，那些校医要给她检查的话，不就发现她的身份了吗？她捂着肚子回到了自己的房间，把守着的苏彦也给赶了出去。

生理期可不是那么好受的。第一天晚上还好，到了第二天，苏央然就觉得整个人都昏昏沉沉的。肚子疼得要命，人也不舒服，只想趴在座位上一动不动。旁边的人碰她一下，她就难受得要死。

苏彦给她打了饭上来，她也不吃，只是喝了一碗热汤，暖暖身子。

下午第二节课下课，忽然有一名学生来教室里找她，说是班主任让她去一趟办公室。苏央然本来人就不舒服，听到还要去办公室，脸色更白了："办公室在哪儿？几楼？"

"在对面那幢楼，你到三楼就行了，有电梯的。"那个学生说完就离开了。

苏央然勉强地站起来要下楼去，苏彦连忙跟上："我陪你一起去。"

"你别添乱，我自己去就行了。"苏央然自然是拒绝了他，独自去往对面那幢楼。

苏彦很担心，他透过窗户看向对面那幢楼，总觉得有些奇怪。

那幢楼是办公楼？根本看不见有开着灯的屋子，这所学校的老师应该非常多吧？而且那正门不是写着实验楼吗？

苏彦急了，连忙问站在旁边的一个同学："请问，对面那幢楼是做什么的？"

"废楼，以前是实验楼，不过里面的线路没有完全接好，所以搁置了，要到下个月重新装线路。实验楼搬到了南校区。"同学回答道。

糟糕，姐姐被人骗了！苏彦立刻追了上去。

这个时候苏央然已经进到了那一幢实验楼里。

因为肚子疼得厉害，她只能扶着墙壁往前走。走到电梯那边，却发现电梯没有亮，连大厅的灯都是暗的："怎么回事？就算是白天，灯总得点一盏吧。"

她勉强挪到安全通道口，从楼梯爬上去。每爬一层，都更难受一些。什么破教学楼，要灯没灯，要电梯没电梯，这台阶又高，跨一步都很累。

好不容易爬到了二楼，她已经疼得没办法再继续往上走了。

就在这个时候，身后有一双手伸过来，一下子揽住了她的腰，将她按到了墙上。

苏央然挣扎不得，整张脸都贴在了墙上。

第四节

什么情况？苏央然吓出了一身冷汗，她使尽全力用手肘朝着后面撞去，那人早就料到会有这么一招，伸手一挡，反而控制住她的另一只手按在了墙上："我一直注意你呢，只可惜朔连城跟你住在同一个宿舍，我不好下手。啧啧，怎么到现在还是灰色徽章，不知道灰色最危险吗？有多少人盯着你呢。"

"放开！你是谁？"苏央然现在是一点儿办法都没有，若是平时还可以踩着墙壁来一个后空翻挣脱他的控制，可是现在恰好她身体不适，痛得要死要活，哪里有力气反抗。

"想知道我是谁吗？如果你能够转过身来，不就可以看到我的脸了？"身后的人贴得很近，嘴里的呵气都吹到了脸上，带着淡淡的薄荷香……

薄荷……这厮吃过口香糖吗？为什么现在脑海里净是一些乱七八糟的东西，啊啊啊，这个浑蛋到底是谁？干吗这么困着自己？

她不顾疼痛，猛地用后背撞击那个人的胸口，女人发狠起来也是很厉害的，身后的人被撞得连退几步。苏央然根本没时间回头看，立刻朝着楼下跑去，才跑了几个台阶，后面的人一把抓住了她的手，将她拉过去直接抱在了怀里："跑什么？"

"是你？"红王华尚！

苏央然记得他，昨天还在食堂看见过，身后跟着几个偶像团体的人。原来自己是被他骗了，难怪这个教学楼连盏灯也没有，估计是一幢废楼。她拼命地抵住他的胸口往后推，额头都是汗。

华尚挑了挑眉毛："我还以为你很厉害，怎么力气这么小。"

"我今天身体不好！"苏央然骂出一句。

"身体不好？怎么了？"华尚上下打量着她，苏央然又不想直说自己肚子痛，只能咬牙切齿地瞪着他。

见她不解释，额头却直冒冷汗，华尚松开了手："真的身体不舒服？"

"我骗你有饭吃吗！"他一松手苏央然就远离几步，"你把我骗来这里做什么？我跟你一点儿瓜葛都没有。"

"没什么，我只是觉得好奇。朔氏少爷头一次对人如此重视，本来想抓你的弟弟，不过我对你更感兴趣。喏，要不要进我们派系？只要有我护着你，绝对可以让你坐上派系高层的位置。"华尚扬起一个笑脸。

苏央然哪有闲工夫听他废话，她现在恨不得有个坐垫可以立刻坐下休息。华尚不知道她肚子疼，以为只是哪里受伤了有点儿痛，依旧不肯放她走。

苏央然终于支撑不住，整个人瘫倒在地，身子蜷缩成一团。

他这下觉察到不妙，连忙伸手想要将她扶起来："喂！你怎么了？"

"别碰她！"急匆匆赶来的苏彦看见华尚肆无忌惮地半搂着苏央然，气得连忙冲上去一把将她拉了过去，苏央然已经迷迷糊糊了，苏彦知道现在她最需要的就是休息，扶着她要走。

身后的华尚立刻拦住了他的去路："怎么，连一句谢谢也不说就走了？刚才若不是我扶着他，他早就从楼梯上摔下去了。"

"如果不是你把她骗到这里来，她会摔下去吗？我哥今天身体很不好，没看到她已经难受成这副样子了吗？"苏彦紧紧地抱着怀里的苏央然，幸亏他来得及时，否则都不知道这个家伙要对她做出什么事情来。

"他到底哪里受伤了？我都没有看见他的伤口。"华尚有些莫名其妙。看那模样也不像是装的，可又没有伤口，到底哪里受伤了？

"我哥……"苏彦的脸腾地红了，纠结了半天只好吼出一句，"从小身体就不好！小时候常常晕倒，体弱，经常贫血，还有心脏病，这几天太累了，自然就难受了，你还要骗她来这种地方！"

华尚听得目瞪口呆。苏央然之前明明看上去是一副很强悍的样子，怎么一下子又变出了这么多的毛病？

苏彦不再理会他，直接带着苏央然回了宿舍。

朔连城极少去上课，见门开了，以为是苏央然回来了，正要搭话，却看见苏彦拼命把苏央然从外面拖进来，便问道："你哥怎么了？"

"她病了。"苏彦费了九牛二虎之力，还是朔连城帮了一把手才将她弄上床。

朔连城看到桌子上放着一杯红糖茶，有些奇怪地问："这红糖茶不都是女生喝的吗，你哥他……"

"这也是补血的，我哥贫血厉害，还有心脏病。"苏彦经过刚才华尚的询问之后，撒起谎来已经脸不红心不跳了，明明他才是身体最差的一个，现在全部冠到苏央然头上了。

朔连城觉得有道理，还点了点头："这天气热，对心脏的确不好。"

经过一番折腾，天都黑了。苏彦担心苏央然醒来没东西吃，要去食堂买饭，又担心她没人照顾，纠结了很久才叮嘱朔连城代他稍微照看她一会儿。

朔连城自然是答应了。

苏彦走了没多久，苏央然昏昏沉沉的，甚至说起梦话来。

第五节

朔连城伸手抚过她的额，上面薄薄的一层细汗被擦去了，她看起来真的很痛苦。到底是怎么回事？贫血也不可能会这样，看上去好像是什么地方很痛，应该是受了伤才对。

查看了一下露在外面的手臂和腿，好像也没有什么受伤的地方。

正要俯身看去，忽然睡梦中的苏央然手臂一伸揽住了朔连城的脖子，好像是溺水的人忽然遇到了一根木头，连忙死死地抱在怀里。朔连城想要站起身，却发现自己被抱得很紧，她身上淡淡的肥皂香味就停留在他的鼻息下，低头看去，苏央然的脸就在自己下巴处，那呼出的气息就停留在她的额头上。大概是有点儿痒，她嘟着嘴蹭了蹭他的衣领，然后撇过头去继续睡觉。

朔连城就保持着这样的姿势看着苏央然。皮肤很白，睫毛也很长，很纤细，鼻子上似乎哪里被蹭到了，红红的，嘴唇透明得好像水晶一样，还染着淡淡的晶莹。

还真像一个女孩子。

他努力把自己的视线移开想要站起身，忽然抱着他的人手臂一用力，他整个身子都贴了上去，嘴唇在不经意间贴到了她的鼻梁上，冰冰凉凉，好像初雪的柔嫩。

一瞬间，心底一阵异样升腾起来，他一点儿一点儿将嘴唇移下去，眼看就要贴上她的嘴，就在这个时候房间门被“咔嚓”一声打开了，朔连城条件反射地直起身。

苏彦只顾着喘气，没看到刚才的情形：“我哥怎么样了？”

“稍微好了一些吧。”朔连城从床边站起来，他连看都不敢再多看苏央然一眼。

“谢谢你照顾我哥。朔同学，我有件事情想跟你商量。”苏彦把买回来的粥放好之后，转过身很认真地说，“我知道学校有学校的规矩，可是这几天我哥身体不大好，我想跟你暂时换一下房间，我留下来照顾她。等我哥身体好了，我们再把房间换回来。”

朔连城还在发怔，没有反应。苏彦伸手在他面前晃了晃：“朔同学，朔同学？”

“啊，呃……随……随你。”他连头也没有抬，随便答应了一句就出去了。

苏彦一头雾水，刚才还好好的，一回来看上去就奇奇怪怪的了。算了，照顾姐姐要紧。

于是这天晚上，苏彦就和朔连城换了房间。

朔连城躺在苏彦的床上，怎么也睡不着，脑海里都是苏央然贴近他的那张脸。该死，明明是一个男生，却长了一张女孩子的脸！他恼火地翻了个身进了卫生间，任冷水哗啦啦冲在身上。

就在这个时候宿舍的门“咔嚓”一声开了，朔连城警惕地关了水龙头站到洗手间门口，结果看见红王华尚慢条斯理地从外面走了进来，感觉到卫生间有人，一瞬间转过头：“是你？我怎么不记得我跟你是住同一个宿舍的？”

朔连城冷着脸穿上衣服走出来：“我同你的舍友换了几天房间，他哥生病了，需要照顾。”

“哈，你说的该不会是白天我见到的那个新生吧。”华尚挑了挑眉毛，“好像叫苏央然，听着挺文气的一个名字。没想到身体那么差，才开学没几天就晕倒了。真是难得，朔氏少爷谁都不放在眼里，怎么会对一个新生这么关注？”

朔连城压根儿就不想理睬他，直接转身进了自己的房间。

华尚挑了挑眉毛，不知道为什么自己对那个新生更感兴趣了，思忖着一定要把他拉到自己的派系里。

苏央然生病了，一连几天都躺在宿舍里休息，也没有去上课。苏彦帮她请了假，每天把上课的笔记拿回来，将老师所讲的题目同她讲解一遍。这一天学生会招人的通知贴在了公告栏上，苏彦知道苏央然想加入学生会，就把通知的内容告诉了她。

笔试的内容分为好几块，有专门的财务管理，还有行政管理，如果不做这些，那么只要考学生会手册一门就行。但是在体能测试上，必须达到九十分以上。如果是考前面几部分的，体能测试只要及格，就可以进入学生会。

苏央然本来以为学生会的人都要做阻止别人打架的事情，如今出现两个考试体系，那么苏彦也可以进入学生会了。当然，凭借苏彦的能力，要考入学生会应该不难。

于是趁着这几天在宿舍里休息，苏央然开始背学生会要考的内容。苏彦每天为她买来饭菜，凭借着他瘦小的身体去食堂里挤个你死我活。

而神奇的是，朔连城好像忽然消失了一样，一连三四天都没有瞧见他。

苏央然在宿舍里看书，苏彦出去买饭了，可是过去三个多小时了，他还没有回来。

怎么搞的？食堂这个时候都快关门了吧？苏彦这个家伙，难道半路上去吃夜宵了？

苏央然拉开椅子站起身，她动了动胳膊，大部分力气都回来了，便打开门去宿舍楼下等。结果天都暗下来了，苏彦居然还没有回来！这下她觉得不安了，以前苏彦至少会在六点半之前回来，可是今天都已经快到九点半了还没有回来……莫非出事了？

担心使得她立刻迈开脚步朝着食堂方向走去，结果就在食堂的门口，她看到伤痕累累，手中的饭菜撒了一地的苏彦躺在地上。

他的白衬衣上都是血渍，人似乎是昏过去了。

她吓得连忙冲过去一把将他从地上扶了起来："苏彦！"

"哥……"苏彦听到声音，挣扎了一会儿睁开眼睛，拼命地低下头去要找打回来的饭菜。

苏央然拉住他："饭菜打翻了没关系！是谁打了你？"

"说啊，是谁打了你？"苏彦只顾着地上的饭菜，根本不敢回答她。苏央然急了，她拉开他的衣襟一看，上面红一块青一块的，显然不是一个人打的，而是一群人！

当看到他胸口别着的玫瑰徽章被换上白色的时候，她一下子醒悟过来："有人抢走你的徽章换成白色的了？"

"对不起，哥，我原本想同你一起考进学生会。"苏彦垂着头，他伸手挡着衣领。原来刚才他并不是为了地上的饭菜，而是自己的衣领。

苏央然真是气得快要疯了，白派系的人实在是太过分了，为了扩充自己的人数，居然做出这种事情来！甚至强行夺走了苏彦的徽章！她一瞬间握紧了拳头："你先回去。"

"哥，"意识到苏央然要做什么，苏彦连忙拉住了她，"你不要冲动，徽章被夺走了就被夺走了，我以后不参加他们的活动就是了。你现在身子还没有好，白派系的人那么多，还是不要得罪他们的好。"

苏央然冷着一张脸，她将两边的袖子卷了起来："做人的确要低调，但是你们太过分了。你先回宿舍，我帮你把灰色徽章拿回来。"

"哥——"苏彦哪里敢松手，拉着她死活不让她去，"没关系的，哥，算了！那些人……"

"那些人打你多少下，我就帮你十倍百倍地讨回来！"苏央然一把甩开他的手闯入了食堂。可惜食堂里的人早已走光了，一个人影儿也没有，只有几个大妈在那里整理饭盒和托盘。苏央然立刻往回走，苏彦急急忙忙地跟着她。

她一路走回宿舍，就在宿舍门口遇到了三个并行胸前佩戴着白色徽章的男生，她二话不说就冲上去，一把拉起其中一人的衣领按在墙上："谁干的？是谁打了我弟弟？"

"你……你这个疯子，我根本不认识你弟弟！"那个男生被衣领勒得生疼，还在继续逞强。

苏央然加重了手里的力气继续揪着衣领："是谁打了我弟弟？我不想重复第三遍。"

“我不知道！”

“砰！”

一拳，两拳，她连一丝犹豫都没有，狠狠打向那个男生。男生几乎被打得毫无还手之力，旁边的同伴吓得转身就逃。苏彦从后面冲上来一把抱住了她的肩膀：“不是他！哥，不是他！快点儿住手吧……”

手指骨已经磨破了皮，她咬牙切齿地将那男生一把甩到了地面：“回去问问你们派系的人，是谁拿走了我弟弟的徽章！明天中午十一点半把那枚徽章拿过来，要不然，我会让你们白色派系的人，见不到明天的太阳！”

“疯……疯子……”挣扎着从地上站起来，男生吓得仓皇而逃。

苏央然回过头，苏彦还站在身后。她猛地挥出一拳打在苏彦旁边的电线杆上：“我警告你，如果没有力量站在我身边的话，就乖乖待在安全的地方，不要出来！”

第四章

弟弟出现危机

第一节

如果没有力量站在我身边的话，就乖乖待在安全的地方，不要出来……

这句话就好像一把铁锤一样重重地砸进了苏彦的心里，他怔在原地看着苏央然，她眼瞳气得有些泛红，手指被磨破了一层皮，血迹印在上面，好像夏日的晚霞，惨惨淡淡。

“对不起。”无论过去多久，他永远只能说这句话。哪怕自己用尽了全力，哪怕自己想要更强大，想要站在她的身边保护她。但是不管怎么努力，不管怎么拼命，他永远无法追赶上她的脚步。爸爸妈妈为了保护他，折断了她的翅膀，不让她飞翔，让她停下来，留在他的身边。

而她，失去了双翼，失去了天空的色彩。只能这样护着他，看着他。或许她是憎恨他的，如果他死了，她就不必这么痛苦，不必这么难过。

她可以飞，飞到更高更远的地方，飞到所有人都无法企及的地方。

苏央然真的不想再听到什么对不起之类的话，她直接收手回了宿舍，留苏彦一个人在楼下。

寝室是空的，那个舍友还住在苏彦的房间里吧。他虽然一身戾气，不过对他们似乎还不错，至少在她身体不舒服的这段时间，他曾经照顾过她，只是不记得那天的情形了。

对了，房间里还有一些女生用品垃圾得扔掉，不然被人看见可就糟糕了。

这样想着，她立刻用黑塑料袋把那一大袋东西装起来，正打算出门，结果看见朔连城走了进来，手里还抱着他的被子和枕头：“呃……”

“你……你回来了？”苏央然立刻把黑塑料袋藏到身后。

朔连城点了点头：“嗯，你弟弟说你的身体已经好得差不多了，他可以回去住了。他没有跟你说吗？”

“没必要跟我说，这房间本来就是你的。”苏央然听到“苏彦”两个字眼神就一黯，然后直接下了楼。

她并不讨厌苏彦，只是有时候真的很生气，他的身体那么差，做什么事情却都要勉强。他可以躲在她身后的，却偏偏要站到大庭广众之下，是想要证明自己可以变得强大吗？难道他不知道有人会担心吗？

一想起之前他满身是伤的样子，她的心就抽痛起来，恨不得把那些打伤他的人全都给教训一遍！可是他呢，可怜兮兮的模样，一点儿骨气都没有，却偏偏那么逞强！有什么好逞强的，她都已经站在他的身边了，他尽管大胆地说出是谁伤害他的就行了，怕什么啊！

丢了垃圾回来，她才走上楼就听见两个男生在过道那边说话："喂，听说那个新来的被打了，就在食堂门口。"

"哦，你说一直没有换徽章的那个啊，好像是被红色派系的人打的。"

"红色吗？他不是换上了白色徽章吗？"

"喊，你真是笨蛋，那些红色派系又不像白色派系那么急着收人，打了之后给点儿教训，就随便弄个徽章给他了呗。"

红色派系？苏央然一下子瞪大了眼睛。原来欺负了苏彦的是红色派系的人！她一直以为是白色派系的，还冤枉人把白色派系的给打了。这下把白色派系的给得罪了，红色派系那边还得讨回来……一下子惹上了两个派系的人，也不知道以后的日子怎么过！

苏央然一下子握紧了拳。算了，兵来将挡，水来土掩吧！

第二天中午，那帮白色派系的人果然如约等在了宿舍楼门口，差不多有二十人。苏央然在这之前随便找了个借口摆脱了苏彦，独自来到了宿舍门口。

白色派系的人一看见她就握紧了拳头，恨不得立刻冲上去揍她两拳："就是这个浑蛋！就是他！昨天把我们几个打了一顿，还打伤了我兄弟的鼻子！"

"就他一个？"另一边的少年有些不可置信地上下打量苏央然，明明看上去是这么柔弱的一个人，怎么可能有本事一下子打赢三个人，该不会是骗人的吧？

"真的是他，我跟你说，你别看他这副样子，力气大得很，他一个人就把我兄弟拎起来了。偏要问我们是谁拿走了他弟弟的徽章。老子昨天刚爬山回来，谁知道是什么人拿走了他弟弟的徽章！"因为人多了，昨天被打得屁滚尿流的家伙底气也足了起来。

苏央然沉着脸，她没有多做解释，只是对着昨天被打的那几个人鞠了个躬："抱歉，昨天的事情是我太冲动了，我已经调查清楚，是红色派系的人做的。今天早上，我已经教训了他们，并且拿回了我弟弟的徽章。昨天打了你们是我的错，今天我来主要是为了向你们道歉，如果你们觉得有什么不满的，大可以在我身上发泄，我绝不还手。"

白色派系的人沉默了。

其中某个人吞了吞口水："你说你今天早上教训过红色派系的人了？你该不会是指……在树林里的那一场？"

"是的。我拦下了他们中的一员，不过他似乎并不知道这件事情，后来就拎着他去找他们的老大，正好在半路上遇到欺负我弟弟的一群人，我教训了他们一顿，拿回了灰色的徽章。”苏央然说得很平静。

但是白色派系的人后退了一步：“不要开玩笑了，早上那一场战斗，可是伤了将近三十个人！你一个人怎么可能？”

“是的，他们人数有点儿多。在空旷的地方我是打不过，可在树林，有许多树帮我挡着，他们没办法一起对付我，所以打起来比较方便。”苏央然说罢还很认真地上前一步，“昨天的事情是我不对，你们可以教训我，我不会还手。”

“教……教训……你真的不会还手？”被打的一个小心翼翼地问了一句。

苏央然点头道：“嗯。”

他立刻走过来，扬起手就朝着苏央然的脸挥下一巴掌。红印在她脸上显现出来，火辣辣的，疼得要命。打完之后他立刻害怕地躲远了，见她真的不还手，立刻高兴地冲上来又打了一巴掌。

其他人就站在旁边笑，苏央然一动也不动，任凭他在同一个地方挥巴掌，一直挥了十几掌，那个男生忽然停了手：“行，这样我们也算扯平了，你也是条汉子，以后我不会动你！”

第二节

是条汉子……这话听在苏央然耳朵里真的很刺耳，不过她知道，男生一旦说出这句话，必定会说到做到。毕竟她对他们来说是个男生。男生没必要用这种方式欺骗同样身为“男生”的她，他们只有在面对女孩子的时候才会说谎。

苏央然挺直了后背仰起一个笑脸：“谢谢。”

那些白色派系的人也便不再为难她，纷纷散开了。苏央然擦去嘴角的血渍，走回了教室。而站在宿舍窗口，一直看着下面的朔连城，此时此刻却一下子握紧了拳头！

他是个笨蛋吗？他就不会还手吗？这么几个小喽啰，轻轻松松就可以把他们打飞吧？为什么还要这么忍着让那群人打他的脸？

几乎是气到了极点，他一拳头打在了窗沿上，整个窗户差点儿从上面掉落下来。他转过身拿起了桌上的手机，直接拨了一个号码过去：“今天在宿舍门口打架的几个人，教训一顿，赶出洛兰科斯。不要给我太多的解释！还有，传令下去，以后所有白系的人，都不可以动苏央然，如果动了他一根汗毛，我就要他们的命！”

而在另一边，正在练舞房排舞的红王华尚也接到了一个电话，他饶有兴味地听着电话那头的属下愤怒的哭诉声，说有一个戴灰色徽章的新生把他们二三十个人给打了，并且扬言要把他们整个派系给毁掉。华尚勾起嘴角：“是吗？那个新生叫苏央然吧。”

“您……您怎么知道，华大人？”电话那头的属下抖了抖。

华尚绕着手上的一条银色手链答道：“在这个学校里，灰色派系只有两个人，一个是苏央然，一个是他的弟弟苏彦。他的弟弟我接触过，并非很强的人，而苏央然……”

虽然那天他很虚弱，但是身上的气场依然很强，加上朔氏少爷这么重视他，所以那个人一定不会太差。但是没想到，居然会宣战到他头上：“你们做了什么事情惹怒了他？”

“不，没……没……”电话那头的人立刻吞吞吐吐了起来。

华尚声音一冷：“是吗？据我所知，苏央然不是一个会主动挑起事端的人。你们不惹他，他怎么会向我们宣战！”

“是，是……华大人……我们只是想要教训新生一下，所以拦下了他的弟弟，在食堂门口打了一顿，还拿走了他弟弟的徽章，换成了白色派系的，想嫁祸给白色派系。那天我还看见他把白色派系的几个人给打了，结果第二天早上他就找到我们头上来了，把我们给……”电话里的声音越来越轻，甚至不敢再说下去。

华尚冷冷道："是吗？自己做的事情却没办法收尾，要让我帮你们处理？嗯？"

"华，华大人……"

"算了，这件事情我帮你们记着，我会处理。以后若是再发生，你们就不用待在洛兰科斯了。"

"是……"

苏央然一直都不知道，她挨了多少巴掌，那几个白色派系学生就被打了多少巴掌。而且是朔连城亲自动手，就在洛兰科斯北边的拱桥下。

坐在拱桥上面栏杆处的华尚笑嘻嘻地玩着手里的银饰："我说，有必要这么狠吗？我的人可是被苏央然打得现在都没办法从床上起来，他们只是给了苏央然几巴掌，你就要帮他报仇？"

"与你无关！"朔连城冷漠道。

华尚耸耸肩："是与我无关，我只是好奇而已。朔氏少爷向来不把人放在眼里，第一次这么关心一个人，我可是好奇得不得了。对了，苏央然打了我的人，我之前还答应属下，会帮他们处理呢。"

"你敢动他，我不会放过你。"朔连城立刻抬起头来。

华尚假装害怕的样子，眼睛却转得飞快："是吗？你想要和我们挑明了宣战？可不要忘记，我们是三王，在洛兰科斯里因为有我们三王撑着，才可以看上去安然无恙。你非要挑起战争，如若我们两败俱伤，蓝色派系的可是会乘虚而入呢。到时候各路人马纷纷要成立自己的派系，洛兰科斯又不安宁了。"

是的，就像三国鼎立时期，有三国互相牵制，才使得战事平稳了许多。

朔连城这辈子最讨厌的就是跟华尚吵架，这个浑蛋一句话就可以把人气死。不过他知道，华尚说得没错，一旦两王开战，这种平衡就会消失，所以现在他不能太任性了。

"听说，白系的老大昨天发火了，在拱桥那边打人。"

"是的是的，还把自己好几个属下逐出了学校。"

"为什么发火？"

"谁知道呢，这几天白系的老大都没来上课。"

上课的时候旁边几个同学窃窃私语着。

坐在这边的苏央然听到他们说的话时也吃了一惊。发火打了自己属下？这是怎么回事？自己刚刚被白系的几个人打了巴掌，晚上就听到白系老大发火了。

她虽然觉得奇怪，倒也没有多想。

第三节

学生会的考试很快就到了，苏央然准备得比较充分，笔试非常顺利地通过了。苏彦紧紧跟在她后面，以第二名的成绩通过。

之后的面试苏央然和苏彦都很成功，到了第三轮的体能测试，苏彦略微有些犹豫，体能测试必须要测跳远、一千米，苏彦跳远根本跳不了，一跳就摔倒，或者跳得很近，根本没办法达标，连及格都困难。一千米更是妄想，他能够跑完五百米苏央然就要膜拜了。

苏央然劝他不要参加体能测试，否则要是半路昏了过去，自己岂不是还要照顾他。可苏彦却坚持要参加。

体能测试是在三天后，苏彦在这三天里每天一下课就去操场上练习。跳远，跑步，一刻都不肯停息。有时候累到站也站不起来，几乎快要晕过去，可是他依然拼命坚持着。

苏央然知道，其实他一直都很努力，为了不拖累她，他一直在努力……如果苏彦是一个浑蛋弟弟，一个任性弟弟，一个非常不听话的弟弟，她大可以拍拍屁股走人。可是偏偏他不是，乖巧懂事得让她根本没有办法把他从身边赶走，只能一直在他身边保护他。

苏彦在连续跑了两天之后就病倒了，躺在学校的医务室里。苏央然进去看他的时候，他难过地翻过身，不想让她看到自己的脸："对不起。"

"对不起什么？"苏央然没心没肺地吼出一句，"非要累死你自己才甘心吗？"

苏彦不再说话，可怜兮兮地抱着枕头靠向墙壁的一边。苏央然叹气："就算你不考进学生会，我也可以保护你。"

"我……"他声音有些哽咽，"我不想总是让你保护我。"

他不想永远躲在她的身后，他不想每一次只能看着她受伤而自己却没有办法保护她！就像前几天看到她红肿的脸，明明是被打了，可是无论他怎么问，她都一句话也不说。如果自己强大起来，可以在她身边的话，至少他能够像其他人一样，保护自己的姐姐啊！

"担心什么？"苏央然伸手就在他脑壳上重重地敲了一下，"这么想自己一个人过日子？以后等我们毕业了工作了，有的是时间让你一个人逍遥，到时候可别哭了，一个人过日子没这么轻松的。"

苏彦想反驳，可是看到苏央然一脸无所谓的模样，话都吞了回去。

体能测试那天，苏彦也去了，只可惜第一场就败了下来。之后，苏央然依旧是以各项目第一的成绩排在最前面，并且顺利地考入了学生会。

学生会有一个纪检部，而她今后要做的事情，就是戴着袖章管理一大群吵吵嚷嚷毫不安分的学生。

加入学生会，上课的时间就被调整了，连班级也换了。学生会有专门设立的教室，也有专门的课程安排，这样一来苏彦和苏央然就被迫分开了，可是为了能够留在学校，苏央然只能和苏彦分开教室上课。

学生会每天上课时间要比其他学生都晚一些，因为早上有查勤之类的工作，下课时间早，也为了查勤。还有巡逻队，统称“纪检员”，每天都会安排一批学生在学校里巡查，一组两个人，都是高手，以阻止闹事的学生，登记他们的名字。这一次和苏央然一起考入学生会的还有另一个新生，金色头发，个子很矮，戴着一副大眼镜，总是睡不够的样子，站着也能睡着，成绩排第二，原本是蓝色徽章的，考入学生会之后就变成黄色徽章了。

他和她被安排在了一起，每周二去巡查整个校园。

第一天早上，苏央然起床了，来到指定的地点。那个男生还没有来，等她巡查了大半圈，男生终于揉着眼睛出现在她身后，一副刚睡醒的模样。苏央然没有理睬他，继续巡查，巡查到一半，那男生忽然又消失了，等她回到教室的时候，他手里拿着一瓶牛奶站在门口慢吞吞地喝着。

苏央然依旧对他不理不睬，进了教室，跟纪检部部长汇报了巡查的情况，然后平静地坐下上课。既不说她同伴偷懒的事情，也没表现得不满，就好像什么事情都没有发生一样。

到了中午，苏央然也是这副样子，他跟上也好，不跟上也罢，她完全当那个男生是空气。

晚上放学，终于最后的巡查也结束了，苏央然收拾了一下作业本要回宿舍，那个男生忽然喊住了她：“我叫户。”

苏央然头也不回：“苏央然。”

就这样算是打过招呼了。

苏彦一直等在门外，见她出来就拉着她去了食堂。

苏央然的事在白系和红系传开了，白色派系的人不敢动她，红色派系的人畏惧她的力量，加上她现在是学生会的成员，他们更不敢招惹她。就连吃饭排队，只要苏央然出现，他们也都让开位置给她。

朔连城消失了几天之后忽然又出现在了她的面前，看到她胸口别着的黄色徽章时，眉头微微皱了皱：“一点儿也不好看。”

苏央然仰起一个笑脸：“是吗？”

坐在旁边的苏彦抿了抿嘴：“黄色是太阳的颜色，太阳是温暖和力量的象征，总要比白色的好看。”

“白色是阳光的颜色。”朔连城居然跟苏彦争上了，“哼。”

苏央然：“你们两个无聊不无聊？”

第四节

洛兰科斯学校，现在的派系之中，灰色的只有苏彦一个人，并且他奇迹般地支撑了几个星期。如若换作前几届，一般在一个星期之内就被人强行收入其他派系了，都因为有苏央然庇护着。

这个学生会的新生传说——曾经挫败了白系和红系两大派系的人，甚至还让白色派系的老大把自己的属下痛打了一顿。

虽然有很多人没有目睹苏央然打架，但是都听过关于她力量强大的传说，自然对她有所忌惮。

而苏彦也在想尽办法锻炼自己，只是锻炼的结果是每隔几天就去医务室躺上几分钟。

本来日子就这么一天一天过，也没什么特别的情况发生。但是忽然有一天，苏央然初中的好朋友小茉打电话过来，想要来学校看看她，她一下子紧张了！因为小茉知道她是女生！

小茉是个大嘴巴，初中时苏央然帮过她几次，她就主动黏上来做她的朋友。苏央然一直没有结交什么朋友，她要照顾弟弟，而小茉是唯一愿意跟她做朋友的。只是逛街什么的机会依然很少，但是小茉依旧陪伴在她身边。

如今小茉说要来看她，可她在男校，怎么也不敢答应让她过来。她在电话里委婉地表示拒绝了，结果小茉在电话那头哭诉："你换了新学校就不要老朋友了吗？"

"当初我们说好永远不分开的！"

"我好难过……呜呜呜……"

苏央然拿着电话嘴角抽搐，她以学生会忙为借口推托被小茉拒绝了，她以照顾弟弟为由推托也被小茉拒绝了，反正就是一句话，这一次小茉是非要来她所在学校的城市不可了！

苏央然猜测着，以小茉的性格，肯定是遇到了什么事情，才会来找她。以前也是，因为得罪了不良青年，为了寻求她的庇护才执意要跟她做朋友，每次惹事就把她拉出去解决。

尽管并不是很喜欢，但毕竟是她一直以来唯一的女性朋友。

勉强答应下来，她说学校制度严格，不能带其他人进去，只能带她在城里转转。

小茉在电话那头十分开心，后来还小心翼翼地问了一句是哪个城市，有没有好点儿的医院。

苏央然察觉到，小茉这次来，绝对不是看望她这么简单，或许是真的有什么严重的事情。而小茉能够依靠的，就只有她了。

假发，裙子……她猜着也许以后会发生这样的事情，所以在来学校之前就准备好了。

其实她以前也不怎么穿裙子，只是装扮成男生这么久，她担心如果不穿裙子，会被小茉看出点儿什么。

站在镜子前左看右看，还是觉得有点儿不适应。

算了，现在流行中性打扮，她穿个T恤衫什么的应该也没什么问题。至于头发，就说想要好好念书，把头发给剪了。如果担心被人怀疑什么，干脆戴顶帽子吧。

她换好衣服，对着镜子一照再照，觉得不会被发现什么才安心出门。

谁知道朔连城就站在外面，看到换了一身装扮的苏央然时愣了一下："你要出门？"

苏央然立刻低下了头，把帽子压低："嗯，我有一个朋友来见我。"

她话音刚落电话就响了，连忙拿起手机一接，正是小茉打来的："央然，你在什么地方？我已经到车站了，快点儿来接我！"

"好好，就来了。"苏央然怕被怀疑，立刻挂断了电话。

朔连城听到电话那头似乎是一个女孩子的声音，眉头立刻皱了起来。而且苏央然的神色太奇怪了，难道那个女生是他的女朋友？

脑海里这个念头一闪而过，他干脆趁着苏央然离开宿舍之后也悄悄跟了上去。

苏央然是坐公交车去的，朔连城有专门的司机，他立刻命令司机跟上，一直到了火车站。等了五六分钟，一个穿着浅蓝色连衣裙，相貌十分可爱的女生跟苏央然一起从车站出来了，那个女生的手非常亲昵地挽在苏央然的手臂上，这样的动作着实让朔连城恼怒了一把。

难道真的是女朋友？靠得那么近！

之后她们去了咖啡厅，喝了一个多小时的咖啡。朔连城躲在咖啡厅一道屏风后面，悄悄听她们说话。

"我不想分手，央然。"对面的女孩紧紧拉着苏央然的手。

这边的苏央然平静地回答："但是已经没有结果了，不喜欢就无法在一起。"

“我知道……”

后面一直在听的朔连城几乎要疯了！难道这个女孩是苏央然以前的女朋友？被甩了之后不甘心，所以又来找他了？哼，苏同学的审美也不怎么样啊，这个女孩一点儿都不好看，他以前怎么会喜欢这种人？

这边的苏央然在与她聊完之后，无奈地摇了摇头：“我言尽于此了，小茉。”

她早就知道小茉来找她肯定是有原因的，原来是之前小茉喜欢的男孩对她提出了分手，小茉非常难过，不知道该怎么处理，才前来找她。

第五节

那边是这个原因，而这边完全搞错情况的朔连城气得咬牙切齿：他长这么帅也没见有女朋友呢！果然当初不应该选男校啊！

因为第二天要上学，苏央然只能帮她去买火车票，送她回去。买好车票之后回来，看见小茉蹲坐在地上，眼泪不断从眼角流下来，她拼命地擦拭着，让自己不要哭出声。

苏央然拿着车票站在她面前，不知道应该怎么安慰她。因为她从来都没有过这样的经历。

小茉在很早的时候就喜欢上了那个男生，可惜那个男生对她并没有好感，只是把她当成好朋友看待。暗恋一个人本来就是件痛苦的事情，她费劲心思讨好对方，终于换来男生答应她想要交往的请求，本来以为就此会是幸福的开始。

没想到，最后那个男孩还是离开她了。

“不要哭了。”苏央然蹲了下来抱住她的肩膀，“以后要好好的。”

“我真的很喜欢他……我想要和他永远在一块儿。可是我哭着求他，哪怕只是能够在他身边……可是……他不要我……”被抱住了肩膀，好像所有积压在心里的委屈和难受都找到了释放点，她一下子扑在苏央然怀里大声地哭了出来。

苏央然只觉得自己的衣领都要被弄湿了，但是她又没办法推开她，也不知道该怎么继续安慰，只能这么蹲着，直到广播提示火车快要进站了，才把她扶起来。

将小茉送上火车之后她总算是舒了一口气，买了一包纸巾擦干胸口的泪渍，她正要走出火车站，忽然有只手拦住了她的去路。抬起头一看，竟然是朔连城：“你怎么在这里？”

朔连城脸色不是很好，他回答道：“我送我朋友离开。你在这里做什么？”

“我……我也送我朋友离开。”苏央然吞了吞口水，他应该没有看见什么吧？

“是吗？女朋友？”

还是被他看见了！虽然不是女朋友，但是总比被人发觉自己是女生的好。苏央然立刻撇了撇头：“是啊。现在哪个男生没有女朋友，我跟她交往很久了，只是升学之后，没办法在一起念书而已。”

朔连城不知道为什么心里生起一股怒气，但是他忍着没有发火，而是冷笑了一声：“是吗？没想到你的眼光那么差，挑了一个那么难看的。”

“难看？拜托，小茉在学校里也算人气很高的美女好不好，你到底有没有眼光啊？”苏央然有些无语，想当年他们班班花就是小茉呢，居然会被人说难看，“你不要吃不到葡萄说葡萄酸，有本事你去找个比小茉更好看的试试啊？”

“我对女人一点儿兴趣都没有！”朔连城一下子转过头去，“才不像你这样见谁都喜欢！”

什么？苏央然气得站在原地对他破口大骂，他没有理睬她，直接走出了火车站。司机就在门口等着他，他恶狠狠地把门拉了开来，然后飞快地坐进去：“回学校！”

“是，少爷。”司机感觉到他的怒火，开车变得非常小心，生怕惹恼他。

一路上，朔连城很愤怒，他也搞不懂自己到底在气什么，就因为苏央然交了女朋友？可是交女朋友很正常，关他什么事，他居然像做贼似的跟着他！最可恨的是，他居然还一副理所当然的样子。

苏央然则是完全摸不着头脑。这个朔连城，这么凑巧出现在了火车站，而且别人是不是男女朋友关系关他什么事情，用得着冷嘲热讽吗？莫非他没有女朋友，所以羡慕嫉妒恨了？

不过朔连城的容貌很不错，像他这种类型的，会找不到女朋友？耸耸肩膀，她也拦了一辆出租车打算回学校。

谁知还没有抬脚，突然背后一辆保姆车停了下来，两个男生手脚飞快地将她拖进了车里！

苏央然第一个反应就是自己被绑架了！她打算挥出两个手刀把抓她的人给敲昏，谁知抬头就看见红王华尚的脸，精致得如同壁画里的王子：“苏央然，我今天找了你一上午，没想到你在外面闲逛。”

“有什么事？”知道是红王，想着最多就是见她不爽打她一顿，也不会把她怎么样，稍微安心了一些，也没有挣扎，任凭那两个男生扣住她的胳膊。

华丽的演出服在灯光的照耀下闪闪发光，华尚戴满银色饰链的手指轻轻勾起苏央然的脸：“想邀请你去看一场演出，门票都为你准备好了。”

“我还有事儿，没时间去看演出。”她扭头看了看车窗外，车子已经发动了，飞快地朝着市体育场开去。

华尚立刻装出很伤心的模样捧起自己的脸：“你怎么可以这样，知道有多少人想要看我们的演出？你这么狠心，毫不犹豫就拒绝了。喏，苏央然同学，相信我，一旦你来了，绝对不会后悔哦。”

苏央然嘴角抽搐了一下，很想捏爆他的脸：“我晚上还有事，学生会今天开会。”

“放心，我的演出只有两个小时，结束就送你回去，保证你赶得上开会。”华尚笑嘻嘻地拍拍她的肩膀，然后吩咐两边的保镖把她给放了。

没办法，人已经被强押上车了，她不想去，也已经去了。

RED的这次演唱会是在市体育场举行的，总共有五万粉丝观看。这个数目算是非常庞大的了。保姆车还没有抵达体育场，就听见里面震耳欲聋的呐喊声。

苏央然被直接送到了后台，华尚他们下车之后立刻就有助理过来给他们递水擦汗，还有化妆师补妆，只有苏央然站在那里发愣。

然后有个助理带着她去了前台，一打开门，那震耳欲聋的欢呼声就好像浪潮一样扑向她的耳膜。

这些吼叫的人里面，男女老少都有。真是太疯狂了，只是一个普通的偶像团体而已，用得着这样吗？还在纳闷儿，后面的一群人就疯狂地挤了上来，苏央然痛苦地被挤成一团。

等了十多分钟，舞台的灯光一下子亮了起来。欢呼声更加响亮了。四个少年同时出现在了舞台上，旁边弥漫起的白雾让苏央然根本看不清面前，等到能够看清时，歌声也响了起来。

掌声，欢呼声，呐喊声……苍天，她哪里听得见歌声，只有音乐和嘈杂的吼叫。简直快要疯了！忍耐了半天她终于受不了了，要从旁门离开，忽然舞台上有一片阴影压了过来，自己的手臂被人猛地拉住，直接拖上了舞台！

整个体育馆都要疯了！所有人都在叫喊着，她穿着宽大的T恤衫就被带上了舞台，华尚伸着手勾住她的脖子，手里拿着话筒贴着她的耳边唱着："只要你不松开，我愿意永远永远留在你身边！只要你说喜欢，我愿意永远永远留在你身边！只要你说愿意，我愿意永远永远，只属于你！"

"你干什么啊？"苏央然从来没有见过这样的场面，她用力地推开他，想要从舞台上跑下去，却发现下面围满了人，根本没办法走！

"我觉得你适合这个舞台。"华尚唱完最后一个尾音，转过头来紧紧地盯着她的眼睛，"如何，要不要加入我们？我们RED正好缺一个人，组一支五人乐队，然后红遍全球。"

"神经病！"苏央然一脚踢在他的高帮鞋上，然后双手撑地一个纵身跃到了舞台下。

几个挤在一起的人被她踩了脑袋，流着眼泪骂道："谁踩我？有本事就站出来！"

站出来？她逃都来不及！苏央然混在人群里死命地往外挤，才勉强从这个体育馆里挤出来。歌声还在继续，她却只想赶快离开这个地方，回到学校。

苏彦还在等着她回来，他知道今天她是去见小茉的。说实话，苏彦一点儿都不喜欢那个女孩，总是利用苏央然，而苏央然不会拒绝，任凭她利用。有一次苏央然为了她和十几个男生打架，他们手里都拿着武器，所幸苏央然伤得不重。

从那以后他就非常讨厌她，好几次想要把她从苏央然身边赶走。可是那女孩就像牛皮糖似的黏着她！

这一次来，肯定又是有事求她的。心里有一百个不愿意，也只得由着姐姐去，毕竟那是姐姐唯一的朋友了。

在门口等了不知道多久，终于看见一个影子摇摇晃晃地走了过来，他连忙直起身：“哥！”

“华尚那个浑蛋，抓了我不说，还把我的钱包也给拿走了！害得我连打车的钱都没有！”苏央然一边骂骂咧咧，一边揉着腿走着，身后的影子被夕阳拉得长长的，脸被晒得有些泛红。

苏彦立刻上去扶住她：“怎么了？你遇到红王了？”

“我今天也不知道倒了什么霉，火车站遇到朔连城，回来的路上遇到华尚。他今天开演唱会，非得把我也给拖去，一大群人鬼哭狼嚎的，我都快要烦死了！”苏央然气极了啊，她看了看手表，快到开会时间了。

苏彦心疼极了，自从来到这所学校之后，苏央然每天都没有安稳的日子，早知道当初自己随便填报一所普通的学校就好，怎么就偏偏报了洛兰科斯男子学校？他问道：“哥，你晚饭还没有吃吧？食堂还没关门，我们要不要先……”

“你去吃，我得开会了，帮我留一份。”苏央然敲了敲自己的腿继续往前走，苏彦跟在后面，看着她深一脚浅一脚的，不知不觉握紧了拳头。

如果，如果他可以强大一些，就可以给她一片安详的天空，不再让她辛苦。

第五章
朔家插手

第一节

开会是一件很无聊的事情，很多人都深有感触。学生会的例会每周举行一次，汇报工作情况和布置下周的任务。当然，汇报轮不到苏央然，由纪检部部长来负责。

那个学生会会长似乎挺想跟苏央然说话的，在所有人都汇报好了之后，居然特意开口询问苏央然：“苏同学，你刚进入学生会没多久，觉得还适应吗？”

“还好。”她淡淡地回答。

会长嘴角笑意更浓：“是吗？学生会的工作可不是谁都能够适应的呢，以前来纪检部的好几个同学，后来都辞职不干了。以后要不要给你安排一周两天的工作量？”

苏央然嘴角一抽：“你要是给我工资，我可以考虑一周七天都在。”

没办法跟她拌嘴，会长又把视线转向了旁边还在打瞌睡的金发男生：“户，虽然是理事长要求将你纳入学生会的，但是你的成绩也非常出色，在学生会的这几天过得怎么样？”

金发男生勉强地抬起眼帘：“嗯？”

他这一年招进来的到底是些什么人啊？

会开完之后苏央然肚子已经饿得“咕噜咕噜”叫了。这时有人拉住了她的衣角：“苏央然。”

她转过头，是自己的那个搭档。

“这个给你。”手一松，一颗太妃糖就放进了她的掌心。

苏央然一头雾水地看着他。贿赂？报恩？不管贿赂还是报恩，用糖会不会太没诚意了！她不说他工作偷懒是因为她懒得开口，也用不着送东西。

“谢谢。”心里无语归无语，礼貌还是得有的。她接了糖之后就转身离去了，走到半路剥开手里的糖丢进了嘴里，很甜。

回到宿舍天已经很黑了，苏彦果然帮她带了饭，只可惜凉了，但也不影响她的食欲。苏彦看到她手边搁着的糖纸时愣了一下：“哥，这糖是哪里来的？”

“别人送的。”

“这是Debauve et Gallais（黛堡嘉莱，是法国最古老、最著名的皇室巧克力品牌）的限量糖果，本来是法国皇室的御用巧克力品牌，已经有两百多年历史了，这种糖一年只制作二十颗，做工非常麻烦，非常难得！”苏彦很认真地说。

苏央然僵在那里，她就这么把一颗全世界限量还价值不菲的糖给吃了？

大概是前段时间发生了太多的事情让她应接不暇，现在忽然空闲了，她才发现室友好像有点儿不正常。

这几天他总是一个人站在阳台上唉声叹气。她好心询问，他立刻用冰冷的眼神看她，似乎不想与她说话。但有的时候又奇怪地瞟她两眼，然后垂着肩膀转过身。

苏央然搞不懂他到底怎么了，还在纠结她所谓的“漂亮女朋友”的事情吗？

这么过了三四天，又轮到她巡查了。那个叫户的金发男生最近也变乖了不少，按时同她一起巡查整个学校。

他们走到教学楼正门门口的时候，看见前面挤了一大群人。

苏央然立刻挤了上去：“怎么了？发生什么事了吗？”

人群中间躺着一个人，正是朔连城，不知道他发生了什么事，全身湿透了，整个人又发了烧，浑浑噩噩地躺在地上。周围的人说，早上看到他在宿舍楼后面的湖边走，可能是掉进水里，又自己爬上来了，又因为感冒才昏倒在这里。

苏央然立刻蹲下身要将他扶起来，怎料朔连城迷迷糊糊睁开眼睛，伸手一把拉住了她：“为什么……”

她皱了皱眉头，不知道他在说什么，正要俯下身去听他说话，朔连城忽然大手一伸直接将她抱进了怀里：“为什么，你总是出现在我面前？”

“一睁开眼睛，脑海想的是你；一闭上眼睛，你又不停地出现……”他伸出手摸了摸她的眼睛、鼻子，朔连城颤抖着声音，“难道我都出现幻觉了吗？就没有办法忘记你吗……”

“你们听见白王在说什么吗？”

“没听清，好像在说幻觉什么的。”

“白王是不是疯了？”围观的人窃窃私语。

苏央然猜想朔连城是发烧了在说胡话，便将他扶了起来：“我们先带他去医务室。”

送朔连城到医务室后，苏央然又回到自己岗位上巡查了。

也不知道朔连城怎么样了。

但她疑惑的是，自从那天之后，朔连城看见她就像看见怪物似的躲得远远的。下课在操场上遇到了，立刻扭头走开；吃饭在食堂里遇到了，立刻端着盘子回宿舍；放学回宿舍在楼梯口碰到了，立刻飞快地回房间把自己关起来。总之，只要有她出现的地方，朔连城就能有多远躲多远。

也因为那天的事情闹得有点儿大，她才知道原来跟自己住同一个宿舍的家伙居然是白王。

除了学校，朔氏家族的人自然也知道了那天朔连城在教学楼前昏倒的事情。他们立刻展开了全面调查，最终把所有问题集中到了苏央然身上。自从这个孩子入学之后，朔连城就好像变得奇怪了。

他们立刻让学校那边把苏央然的信息资料传了过来，看模样还真是一个可人的孩子，红红的小嘴，大大的眼睛，还有那副桀骜不驯的样子。只是背景并不如预期的厉害，似乎只是个普通家庭的孩子。加上她还有一个弟弟，两“兄弟”成绩都非常优秀，难道是这个孩子太优秀，给连城压力了？

必须好好谈谈。他们火速行动起来。

行动的结果就是，第二天苏央然就被一群人请到了学校门口停着的加长型豪车里，她本来不想去，但是来“欢迎”她的两个保镖显然实力不弱，一左一右擒着她，身后还跟了十来个黑衣人。没有办法，不去也得去。

一路上她都没有说话，只是看着窗外的风景呼呼地从旁边掠过。几个小时后她终于有些憋不住了：“你们到底是什么人？”

“回先生的话，我们是朔家的人。”司机答道。

她一怔，朔家的人？难道是朔连城？

第二节

一扇又一扇金碧辉煌的大门，一个又一个毕恭毕敬的用人，苏央然被人迎到了最里层的巨大殿堂里。她吞了吞口水，搞不清楚朔连城到底在玩什么花样，还是说其实是他的家人在搞鬼？

果然，她猜得没错，朔连城并不在，弄出这么大排场的是朔家的人，而且是朔家之中最有权有势的几个长者。朔连城的父亲——朔严，朔连城的爷爷——朔连霸，朔连城的伯伯——朔丰臣。

她一走进那个会议室，就看到一排人霸气十足地坐在椅子上，每个人身后都齐刷刷地站着十几个黑衣保镖，她终于有点儿畏惧起来了。

坐正中的老人先开口了，他扶着手杖，眼神犀利地看向苏央然："苏先生，你好。"

苏央然黑线，能把"先生"两个字去掉吗？她跟这老者比起来，应该是后生晚辈。

"听说连城和你在学校里，是住同一个宿舍。"老人态度十分温和。

苏央然恭敬地回答："是的。"

老人又慈祥道："你的成绩非常优秀，连城能够拥有你这样的朋友，是他的荣幸。"

"谢谢。"苏央然依旧不卑不亢，不过在听到这句话的时候她迟疑了一下，然后抬起头，"我与朔连城只是室友，还算不上朋友。"

整个会议厅里的人面面相觑。

苏央然担心这话说得不好，又加了一句："不过他很优秀，我希望有一天可以与他成为朋友。"

"好，好。"老人点了点头，开始问到今天这次见面的重点，"最近不知道怎么的，我们家连城一直状态不好，之前学校发生的事情传到了家族里，我们都十分担忧。"

原来是为了这件事，苏央然了然："这件事情具体情况我并不太清楚，所以也没有办法给你们准确的回答。如果之后我了解到一些情况，会第一时间告诉你们。"

十分礼貌，且有理有据。朔家的长者们都对苏央然很有好感。老人甚至在脑海中开始谋划，等以后这个孩子毕业了就招揽到朔连城手下。

朔连城这几日表现奇怪，或许是因为对这个同龄人有些嫉妒或忌惮，但身为朔家继承人，今后需要招募更多优秀的人才，这个孩子尚未进入社会，干净如水，从这个阶段招募来的人，要比社会上的人更加牢靠。

老人下了决心，话题也从朔连城身上转到苏央然这边，他开始询问苏央然在学校的学习情况。苏央然一一回答后，老人微笑着道："你毕业之后有什么打算？"

苏央然一怔，倒不是因为老人问了这个问题，而是她其实一直没有想过这个问题。毕业后有什么打算？她的生活一直以来都是围绕着弟弟，为了他忙东忙西，无暇去想这些。

但一想到这里，不知道为什么心底就涌现出一股迷茫。她摇了摇头，如实回答："没有想过。"

"朔家有许多公司，旗下项目也比较多。等毕业之后，你可以来看看。"老人紧接着的一句话，让整个会议厅都安静了，几个男人目瞪口呆之后开始交头接耳起来。

苏央然微微睁大了眼睛，不太明白对方怎么突然有这个想法，难道是朔连城觉得自己能力不错，想招她成他的帮手？

"当然，这是以后的事，也不急于一时。"老人加了一句，缓和下气氛，"以后如果在学校里遇到麻烦，你都可以找朔家，我们会帮助你。"

"谢谢。"苏央然并不清楚朔家到底是什么意思，似乎想要把她拉到他们阵营里的感觉。

她不拒绝，也没有应承，只是道了谢。

从朔家出来之后，她就被朔家的车子送回了学校。车子刚停到门口，她还没有跨下来，一个人影儿就冲了上来，一拳把帮苏央然开门的黑衣人打到地上："你们带他去了哪儿？是谁准许你们这样做的？我警告你们，如果敢动他一分一毫，我就要了你们的命！"

苏央然一看是朔连城，连忙一把握住他的手腕："你做什么？"

朔连城以为朔家要对苏央然动手，整个人都警惕着："爷爷带你去了什么地方？他们想把你怎么样？你有没有受伤？"

"没有，只是带我去喝了一杯茶。"苏央然放开了他，"你之前状态不太好，你的家人很担心你，所以从我这里打听你的情况。"

"是吗？"朔连城语气缓和了下来。之前他从别人口中得知苏央然被自己家人带走之后，整颗心都提了起来，第一时间打电话回去问管家，却得不到任何回应。他差点儿冲动得奔回家去，刚好在这里遇到被送回来的苏央然。

一想到也许以后他可能还会遇到什么危险，朔连城就不可遏制地担忧，他忽然抬起头，抓住苏央然的手臂道："苏央然！我不会让任何人伤害你！我会保护你，永远守在你身边！”

周围一片寂静，他嘴里说出的“保护你，永远守在你身边”这句话久久在校门口回荡。

苏央然呆滞了半秒钟，随后推开了他的手：“我能够保护好我自己。”

“你这么瘦小，如果今天带你走的不是朔家的人，是坏人的话你怎么办？”

“哗”一下，朔连城根本没有反应过来，就突然被苏央然制住，整个人翻转了过来，一下子压倒在了地上。朔连城的脸就这样贴着地面，双手被身后“瘦小”的人束缚，完全动弹不得。

他忽然意识到了什么，难以置信地扭过头，他看见天空无数飘落的叶，随着风一起盘旋。苏央然就这样弯腰看着他：“我同样会让自己变得比以前更强大，直到任何人都无法伤害我为止。”

拍了拍手掌上的灰，苏央然直起身来：“明白吗？”

那么闪亮，那么充满力量。朔连城缓缓举起手，覆住了自己的眼。心脏不知道为何突然剧烈跳动起来，比之前更激烈。

——简直是，太帅了。

第三节

朔连城在校门口这么一闹，朔家很快就知道了。长者们觉得不能就这么放任下去，得好好和他沟通，于是第二天就派人把朔连城给抓了回来。

朔连城不在宿舍，苏央然自然就更加放松了。这天她本来打算在宿舍里休息，把前额的头发扎在头顶上洗脸，虽然假扮男生，她还是很注意对皮肤的保养，洗脸什么的一向要用洗面奶。结果才洗了一半，就听见有人敲门。

本来以为是弟弟苏彦，结果门一开，门口站着一排手拿玫瑰的少年，穿着白色的礼服，手臂一伸展，一大片玫瑰花瓣飘满整个楼道："欢迎光临，苏同学。"

苏央然手臂一用力要把门关上，结果一个少年手一伸直接挡在中间，手被狠狠夹了一下，一道红印立刻显现出来。

苏央然吓得连忙握起他的手："没事吧？"

那个少年软软道："没关系。苏同学，红王有请。"

红王华尚……苏央然嘴角抽搐，脸上还残留着泡沫："他又想干什么？上次把我带到演唱会，害得我身无分文走回学校，现在又想干什么？我不去！"

"没事的，苏同学，红王这一次只想请你喝茶，走吧。"他们一群人围进来直接架着苏央然的手臂就把她带了出去。

苏央然就这么带着脸上的泡沫，包着头巾，穿着很傻的睡衣，被一路扛走了。

华丽的别墅，金碧辉煌，三十个着白色礼服的少年胸口别着红色玫瑰，恭敬地站在两边。苏央然一边恶狠狠地擦着脸上的泡沫，一边重重跺着脚往里走，红王华尚就在二楼等她。她只觉得浑身不爽。

二楼的门被打开，苏央然看见穿着黑色礼服，手指上佩戴着几个新银饰的红王坐在沙发上，他看见苏央然来了，立刻扬起笑容："嘿，好久不见。"

"前几天不是才见过吗？"苏央然直接把头上的毛巾取下来砸到他的脑袋上。

华尚一副很委屈的样子："哎呀呀，我太想你了，所以才觉得好久不见了嘛。"

"你找我干什么？我最近这几天都很忙，没时间跟你瞎扯，也不想再去听你的什么演唱会。"苏央然一脸怒气。

"我的演唱会有那么折磨人？"华尚故意摆出很伤心的样子，还把手捂在胸口，"我那天可是特别用心地唱了，结果你居然偷偷溜走了。"

"拜托，都是一群人在那里吵！哪里听见你唱歌了？"苏央然立刻喷出一句。

华尚眼睛猛地亮起："那我现在唱给你听！"

"不想听，我要走了！"苏央然扯了扯睡衣就回过头，华尚立刻伸手拉住她，"不唱不唱。其实我今天拉你来，是想要让你作为俱乐部第一个体验者，感受一下我们的服务。俱乐部明天就要开业了，还不知道效果怎么样。"

苏央然皱起眉头："俱乐部？"

华尚点点头："是的。去年我就申请了，今年年初刚建成了这幢别墅，一个月前装修好，明天开始营业。我们就像生长在悬崖边的玫瑰，华丽凄美，柔弱又坚强，任凭风吹雨打，日晒雨淋，为每一个孤单寂寞的学生创造一片美好的天空——"

苏央然已经打开门跨出去了，华尚连忙飞扑过来一把将她扯了回去："我不相信别人的眼光，只相信你的。你来体验的一切费用全免，还能打包你喜欢的食物回去。俱乐部的厨师都是从世界各地精挑细选出来的大厨！绝对让你吃得满意，吃得放心！"

好吃的？苏央然微微迟疑了片刻，然后回头坐了下来。

华尚立刻高兴地站了起来，双手一拍。三个少年走了过来，其中一个为她排列餐具，另一个为她倒玫瑰茶，还有一个站在左边侍奉。

华尚优雅地鞠躬，手里托着一份菜单："尊敬的客人，您可以挑选自己喜欢的食物。"

苏央然狐疑地看了他一眼，翻开菜单，不由得愣住，实在是太丰盛了！她毫不客气地点了一个黑椒牛排，一个紫苏山楂蒸鱼，一盘奶油小泡芙，然后坐在那里等着上菜。

结果华尚开始在她边上叽叽歪歪地说话了。一会儿夸她皮肤好，一会儿说要带她逛这里的花园。苏央然有些烦躁地抬起头："你能别在我耳边叽叽喳喳吗？很吵知道吗？"

华尚无语，可怜兮兮地缩在那里："呜呜呜……我们是俱乐部，不是饭馆嘛。"

第四节

苏央然吃完美食后，就离开了那里。回到宿舍后准备继续洗脸，才挤出洗面奶，就听见窗口那边发出“砰”的声音，居然看见朔连城从窗口爬了进来，而且浑身是伤！

“你做贼去了吗？”半夜三更爬窗进来，她真的很想一脚把他踹下去。

朔连城看来是逃出来的，手臂上都是玻璃碴，应该是撞破玻璃逃出来的。身上似乎还有多处骨折，看来跟那些黑衣人也进行了一番搏斗。

朔连城一爬进来就跌在地上，苏央然靠近几步询问道：“喂，你怎么回事？要不要我给你叫医生？校医院应该有值班老师在的。”

“别叫医生！”朔连城挣扎着坐到了旁边的沙发上，“洛兰科斯的医生大部分是朔家的人，如果发现我在这里，一定会带我回去。”

“朔家把你关起来了？”苏央然蹙眉，见他手臂上一直淌着血，立刻回房间拿来药箱给他处理伤口。

朔连城微微颤抖了一下眼帘：“他们担心我在学校受到影响，让我离开一段时间。但我想留在这里……”

说到这里他抬起头，看向苏央然，声音低沉：“我想留在你身边。”

“是吗？”苏央然像是根本没听进去，随口应了一句。

伤口处理好了，苏央然收拾了一下药箱站起来：“你乖乖坐着不要乱动，眼下我只能给你消消毒什么的。我看你好像骨折了，最好还是去医院，洛兰科斯的校医院不想去，我可以送你到外面的医院。”

朔连城一句话也不说，苏央然拗不过他，反正伤口也处理过了。人又不是她打伤的，跟她一点儿关系也没有。心里这么安慰着自己，回了房间。

到了半夜两三点钟，外面传来碰撞的声音，她开门看见朔连城想要站起来倒茶，但显然没有站稳，直接摔在了地上。她的睡意立刻消散，清醒过来，几步冲上去将他扶起来：“喂，你没事吧？”

朔连城嘴唇有些发白，看起来很难受。她咬了咬牙将他扶起来，推开门走出宿舍。

都到了这种地步了，不去医院不行了！

她加快脚步拼命朝着校医院走去，朔连城几乎无法走路，时不时滑落到地上。苏央然没办法，只能干脆将他背起来，走到校医院。值班医生看见被扶进来的是朔连城，立刻叫来了校内优秀的医生为他医治，并且通知了朔家的人。

朔家的老者在十分钟之内就赶到了，身后跟着一排朔家的亲戚和一大堆保镖。

朔连城还在急救室里，所幸并没有大碍，只是伤口较多，需要处理。老人脸色都已经发青，他拄着拐杖回过头看了一眼身后的保镖们：“你们要拦住少爷，用不着这么拼命！他要走就放他走！你们是要修理他是不是？”

几个保镖立刻低下了头不敢吭声。

老人的视线又转向了苏央然：“今天多谢你了，连城一向固执。”

“他没事就好。”既然朔家的人来了，朔连城又得到了救治，苏央然觉得自己没必要再待着，打算离开。

她转过身要走，怎料两个保镖忽然拦住了她。她不解地抬起头看向身后的老者，怎料朔家老者眼神已经暗淡下来，他手里的拐杖一顿地，声音严厉：“捉回朔家去！”

什么情况？苏央然完全没反应过来，黑衣人已经飞快地闪过，强有力地扣住她的胳膊。她情急之下提膝踢到他们下腹，按住他们的头一个翻身跃了过去，迅速逃走了。

她在前头拼命奔跑，身后一群黑衣人紧紧地跟着。苏央然简直快要疯了，她爬过无数的假山，穿过无数灌木，翻过无数墙还是无法将身后的人甩开！跑了一个多小时之后终于没力气，停下脚步转过身：“我跟你们走，你们别追了。”

保镖们立刻站成两排摆出邀请的姿势。苏央然气得跳脚，只能乖乖跟着他们回去。

再次回到朔家，朔家老者已经从校医院回来了。他意识到眼前这个人的存在已经严重影响到了作为继承人的朔连城，他最近状态不佳就是因为苏央然，虽然具体原因还不明确，但无论如何，至少眼前这个孩子是不能再留在学校了。

“连城是朔家的继承人。”朔家老者不再像之前那么慈祥，“朔家需要他成为支柱，你的存在已经威胁到他了。”

“什么？”苏央然不明所以。

朔家老者眯起眼睛：“我们经过调查后得知，自从你进入洛兰科斯之后，他开始做出一些反常的事情。身为继承人，他的一言一行都受到周围人的关注，我们不能让你一个人影响到朔家的根基。所以我们决定让你转学，转学所需要的费用我们会承担。”

苏央然愕然：“你们是不是弄错了？我和他不熟，他也许是因为别的事情呢？”

“无论有没有弄错，你的确影响到了他，我们必须驱逐你。”老者的态度很强硬。

苏央然一下子握紧了拳：“你们要保护他，就把他周围一切会影响他的人或事清除，却不曾考虑过他的意愿和别人的意愿。你们大人都是这样自私的人吗？是自己的孩子，就可以多照顾一些，别人的孩子就可以不顾了吗？朔连城是你的孙子，是你的心头肉，我也是我父母的心头肉。在你眼里，我们这些平民的孩子，就一文不值吗？”

第五节

这句话重重地砸在了他的心口。

年幼的时候，他被家族的人抛弃，也这样问过别人。

贫穷，饥饿，痛苦。几乎快要死在街头，那个时候他就在想，像他这样的孩子，真的是一文不值吗？那为什么要让他活在这个世界上？为什么要让他存在？

不，他才不要当可怜的平民，他要站起来，要爬上去，要站到最高的位置！

后来家族原本的那个继承者死了，唯一留下的血脉便是他。他被接了回去，被重新保护起来。于是他牢牢抓住了手里的权力和财富，坚定不移地站在顶端！

抬起头，站在眼前的苏央然没有丝毫怯懦地看着他。他忽然扬起一个笑容，布满皱纹的手轻轻拍了拍她的脑袋："孩子，对不起。"

这是一个坚持自己的信念的好孩子。但他没有办法，毕竟朔家才是最重要的："你说得对，我们都很自私，总是会偏袒自己的孩子。我会承担所有的费用，送你去另一所最好的学校，给你最好的教育。"

"在这所学校就读是我弟弟的理想！而他需要我的照顾，我不会离开洛兰科斯，如果你要赶走我，我会全面迎战！"苏央然毫不犹豫地宣战。

她记得，苏彦收到录取通知书时，脸上那高兴的笑容。他一直想进这所学校，也一直在努力。她不会轻易离开，不会因为自己而让弟弟失去梦想！她会牢牢坚守着，哪怕前路艰险困难，也绝不退让！

朔连城不知道爷爷对苏央然说了什么，但是他们让他留在了学校，也不再限制他自由，他感到很高兴，只是苏央然对他的态度却突然恶化了。

苏央然比之前更加勤奋努力了。她的成绩一直保持在全校第一名，体育成绩更是破了学校里无数纪录。她勇敢，强大，毫无畏惧之心，从来不因为受伤而流泪。

朔连城就这样注视着她，也突然发现了一些疑点。她成绩优秀，每次都能拿奖学金，但是最近一段时间奖学金却迟迟没有发放，洛兰科斯的学费和生活费用都很高，苏央然只靠家里的钱维持生活。在吃用方面都开始节省，可如果奖学金还没有下来，她还是会用光仅剩的那些生活费，她又不想再找家里伸手要钱了。

他看见她一次又一次地去校长室询问，每一次都失望而归。

这实在是太奇怪了，洛兰科斯的资金充沛，奖学金一向准时发放，根本不可能一拖再拖。

难道是有人在背后操控?

他本来想要亲自去找校长打听，但很快又冷静下来。如果这件事情就是校长那边的人做的呢？虽然洛兰科斯学校不可能出现贪赃枉法的事情，但人的欲望是无穷无尽的。

既然如此，他只能用最快的办法了——直接给她打钱。

如此一想，他立刻从账户里转了十万块出来，趁着苏央然出门的时候偷偷放到了她的房间。又担心她不会领情，甚至去老师那里上交，于是又伪造了一份奖学金发放证明，连同信封一起放过去。

他正塞着钱，忽然从里面翻到的一个信封掉到了地上，他弯腰去捡，发现有一张照片从里面滑了出来。他拿起照片一看，上面是一家四口的合影。一对中年男女和一对穿着校服的姐弟，其中一个弟弟模样的看着像苏彦，而另一个人……

竟然是苏央然!

第六章
身份险暴露

第一节

朔连城整个人僵住了。照片里的苏央然穿着初中女生校服，还留着一头长发，脸上洋溢着甜美的笑容。如果不是因为自己太熟悉他了，他甚至怀疑照片里的人是苏央然的双胞胎妹妹。

正要再仔细看看这张照片，忽然门被推开了，苏央然一愣，看见他手里拿着照片时，整张脸都苍白了："你……"

"我不是故意进你房间的！"朔连城一见到她，连忙解释道。

苏央然沉下脸来："你看见了？"

"我只是一不小心……"朔连城后退一步撞到身后的柜子上，慌忙道，"我没有想要翻看你的东西，它是自己掉出来的……我……我不知道……你……你……"

他吞吞吐吐半天，说了句："你有女装癖。"

苏央然差点儿以为自己身份曝光了，一听这话又放心了。朔连城这个被家族保护得太好的少爷，从小在男校读书，恐怕也不太了解女生，于是立刻佯装生气，夺过了照片："谁要你乱动我的东西？"

朔连城小心翼翼地看了她一眼："别人知道吗？"

"不知道。"苏央然嘴角抽了两下，颇为无奈地配合，"不过，我弟弟是知道的。"

"好，我不会说出去，以后你要把它藏好。"朔连城忽然斩钉截铁地说道。

苏央然无语，必须立刻转移话题："为什么你会在我的房间里？"

朔连城顿时愣住，支支吾吾了好久，忽然把视线移到桌上那几个信封上："是……是校长让我送奖学金过来的。我正好碰到校长，他说奖学金下来了，知道我和你是一个宿舍的，就让我带过来。"

苏央然一听到奖学金，眼睛立刻放光了，不过她又迟疑了一下："校长前几天还说暂时不知道奖学金的情况，怎么忽然又发了？"

"这我也不知道。可能学校之前在建体育馆，动用了奖学金，校长才会吞吞吐吐的。这几天有新的投资者，资金有所缓和了，就把你们的奖学金发下来了吧。上面还有发放通知，你可以看看。"朔连城立刻回了一句，许是做贼心虚，连忙离开了。

苏央然看到发放通知之后，也没有多想，反正有钱了，就不用再为了这件事烦恼。她甚至想出去打工，所幸现在不用了。

但是第二天，她却听见学生会财务部的人在讨论这件事情。原来财务部多出了一笔钱，本是学生的奖学金，由于特殊原因学校发放给了学生会。

苏央然就奇怪了，那她的奖学金从何而来呢？

她一下子清醒过来，立刻去了校长室。她没有提自己已经收到钱，而是询问校长，什么时候可以把奖学金发放下来，怎料校长又吞吞吐吐的，以各种借口搪塞。这下她明白了，那笔奖学金根本不是学校发给她的，而是某人假借了学校的名义，偷偷给她的。

能够做这件事情的，只有朔连城了！

朔家的人为了把她赶出去，拖延奖学金的发放，而朔家少爷又把自己的钱给了她，这可真是太好笑了。

如果自己用了这笔钱，那也算是借了朔家的光，如果不用，那自己实在无法支撑接下来的日子……纠结了很久之后她只能决定：为了学业，先用吧！

朔连城并不知道苏央然已经发现奖学金的事情了，见她在用自己给的钱，心情就特别好，觉得帮到了她。

而苏央然却觉得这钱是她应得的，谁叫朔家的人使坏，让学校不发奖学金。所以用朔连城的钱，那是理所当然的！

第二节

“那钱是谁给的？”朔家某个会议厅里，朔家老爷知道这件事情之后，手里的拐杖重重地砸在地面上。

旁边站着的一个男子不敢吱声，另一边的秘书回答道：“是少爷给他的。”

“连城！”朔家老爷气得胡子都要翘起来了，“那个孩子也欣然接受，把钱用了？”

秘书说：“少爷以发放奖学金的方式把钱给了苏央然，她大概觉得是奖学金就用了。少爷给了十万，奖学金的一半被寄回家了。”

朔家老爷怒火中烧。看来用钱是没办法把她赶走了，他决定实行第二项计划——美女计划!

第二天，洛兰科斯男子高中忽然举办了联谊大会，联谊地点是城市另一边的莱修法尔女校。

洛兰科斯派遣二十名出色的学生过去，与莱修法尔的学生探讨学习上和生活上的问题。

这个联谊大会引来了洛兰科斯许多男生的赞成，他们觉得这是入学以来学校做的最有意思的事。

但苏央然十分惊讶：“这是念书的学校啊！搞什么联谊？”

苏彦也有点儿莫名其妙。

校长更是委屈不已，他从来没颁布过这么离谱儿的通知。无奈朔家的权势很大，又是学校一直以来的资助者，他不能得罪。

此举虽然得到许多学生的支持，但是却引来了家长们的强烈反对，这个反对热潮越来越猛烈，学校只能顶着压力，继续这次的联谊大会。

为了公平起见，学校截取了每一个年级排名前二十的学生，以电脑抽签的形式挑选出二十名学生。

以苏央然和苏彦的成绩，自然在候选人名单之中，经过电脑抽签后，两个人都入选了。

朔连城对这次的联谊大会很疑惑，他没有入选。如果是好的活动，不可能轮不到他，既然他没被选上，那就代表朔家不希望他被选上。这样来看，这次的联谊大会，很可能是朔家的人发起的!

朔家为什么要做这种事情？仔细想想，难道他们的目标是赶走苏央然？他绝对不允许这样的事情发生!

朔连城把其中一名入选的学生喊到了自己面前，强行让他让出这个名额。

他倒是想好好看看，老头子到底在搞什么名堂。

二十个被选中的人，换上了学校特别定制的礼服。纯白的上衣，黑色的裤子，本以为会非常不协调，穿上去却英俊帅气，不愧是名家设计。

苏央然打理了头发，换好礼服后第一个从帘子后面走出来，一刹那周围的人惊得下巴掉了下来：怎么会那么帅?

苏彦第二个出来，略显羞涩，但绝对是美男一枚。

学生都陆陆续续换上了礼服，分别被五辆加长型林肯轿车接走了。幸运的是苏彦跟苏央然在同一辆车里，讨厌的是朔连城也在。

沿路行驶了不知道多久，车子终于来到了茉修法尔女校。门口早就有学生会的人等候在那里了，清一色是相貌漂亮的女孩子。她们穿着小礼服，头发披在身后或盘起来，优雅美丽。

同车的几个男生都忍不住趴在窗口看，只有苏央然平静地坐着，苏彦红了脸没有抬头，他不擅长与女孩子打交道，更何况是那么多女孩子。

车子行驶进了学生会的别墅里，铁门关上之后，他们接连从车上下来了。铁门外还有不少女生在看他们，有的害羞，有的热情奔放。

苏央然最后一个下来，那群女孩子立刻发出一阵尖叫，纷纷议论着：“哇，看到没，看到没？那个男生好帅！”

“是啊是啊，就是个子稍微矮了些……但是真的好帅啊。”

“皮肤很白，眼睛也好漂亮。”

“我听说过他哦，是洛兰科斯男子高中里成绩最好的学生呢。”

“哇，真想跟他说话。”

苏彦回头看了那些女生一眼，然后对苏央然扬起一个笑容：“哥，你很受欢迎呢。”

苏央然帅气地撩了撩额前的刘海儿：“那是必须的，也不看看我这张脸。”

朔连城无奈地看了她一眼。

进了学生会大楼，二十个男生被安排到了三张长桌上，有人端上了红茶。茉修法尔女校的学生会主席是一个金发的少女，一头浓密的波浪卷发，皮肤白皙，气场十足，她穿着高跟鞋“噔噔”地进来，坐到了三张长桌正中摆放的椅子上：“各位洛兰科斯的同学，欢迎来到茉修法尔，我是学生会主席——尤娜。”

这个学生会主席看着要比他们的主席稳重多了，那个小屁孩儿看着就让人不放心。

第三节

先是一些客气的开场白，之后便陈述了联谊大会的具体过程。因为茉修法尔女校里不少女生想看看这个有趣的活动，所以联谊的地点安排在学校最南边的大草坪上，周围有学生会的成员看守，不让她们越界，但可以坐在外边的草地和长椅上休息，甚至还有蛋糕供应。

苏央然本来就没什么兴趣，打了一个哈欠。结果她还没合嘴，学生会的那个会长尤娜就转过头紧紧地盯住她。苏央然立刻耸耸肩："抱歉。"

尤娜并没有说什么，而是继续陈述活动过程。时间安排在下午三点，正好是喝下午茶的时间，茉修法尔女校的二十位优秀女生在做自己拿手的点心，为了到时候给他们品尝一番。

苏央然忍着没打哈欠，托着腮帮子呆坐在那里。

好不容易讲完了，她立刻全身放松地倒在沙发上休息。苏彦帮她端来一杯茶："哥，你肯定昨晚看书看得太晚了。"

苏央然瘪瘪嘴："还好，昨天我在解哥尼斯堡七桥题，画了很多图，还是没有解出来。"

"这种题目我们不需要学的。"苏彦无奈。

苏央然仰起一个笑脸："我只是想试试，你知道我喜欢做这些事情。"

苏彦听到这里，心微微一沉。苏央然其实还是想去女校念书的吧，她喜欢自由自在的生活，可最终却为了他，女扮男装来到了男子高中。都是因为自己太没用了，她才不能做自己真正向往的事情，只能闷头解着这些题目。

"哥，以后我会好好念书，考上最好的大学。"苏彦忽然雄赳赳气昂昂地宣誓，"我会更加努力，不让自己拖累你。"

苏央然眼神一暗，忽然站了起来，表情严肃地看着他："你不要总说这些话，没有拖累不拖累，没有麻烦不麻烦。你是我的弟弟，照顾你是我应该做的事情。我是因为想要照顾你才留下来，如果我真的厌倦了，执意要离开，爸爸妈妈也拦不住我。所以，不要总是想这些事情了，好好享受学校生活吧。"

好好享受学校生活……眼眶有些湿润。苏彦其实很清楚，他并不如苏央然聪明，也没有她的运动神经，为了不给她带来麻烦，一直在努力着，希望可以减轻自己的罪恶感。对，就是罪恶感，因为自己一直独占着她所有的时间，不给她一点儿喘息的空间。

然而今天听到她说的话，仿佛禁锢的心释然了，他可以放慢脚步，可以不用总是鞭挞自己，可以喘一口气。

可以停下脚步，看看周围美丽的风景。正巧有一只蝶，在翩然起舞。

下午茶的时间到了，苏央然一行人被学生会成员带出了大楼，他们沿途欣赏着茉修法尔女校的风景，这座有着一百多年历史的名校，果然与普通的学校不同，有棵古树甚至有上千年的树龄了，当年学校是直接在这片山坡上修建的，连路线都是按照山路规划的。

两边的梧桐树也在此矗立了一百多年，还没有到秋季，树叶都是一片嫩绿，石块拼凑的路布满青苔，踩上去有些湿滑。

两边围观的女生不停朝着他们这边看，目光接触的时候又会害羞地避开。

她们议论最多的就是苏央然，她容貌帅气，男孩子气的动作和神态让她看起来气场十足。旁边几个人知道她的厉害，不敢靠近，只有朔连城和苏彦走在她身边。

不过苏央然看上去非常讨厌朔连城，动不动就对他拳脚相向，虽然只是玩耍打闹，但也让苏央然看起来更加霸气，女生们不禁对她多了几分好感。

走到草坪上的时候，女生已经挑选好位置坐下来品尝下午茶了，她们还自备了甜点。

苏央然一行人所在的位置正好靠近湖边，摆放了纯白色的桌椅，桌上有散发着玫瑰花香的红茶，还有精致的法式糕点。他们坐下来之后，对面的湖边立刻出现了一排穿着白色小礼服的女孩。她们都是茉修法尔女校挑选出来的最优秀的学生，带头的就是学生会会长，她们优雅万分地走过来，个个妆容精致。

坐下来之后，活动开始了。

比较健谈的男生已经开始和对面的女孩子交谈起来，苏央然只顾着吃糕点，压根儿不想多说话。但她的魅力并没有因此减弱，学生会主席尤娜等了几分钟见她不开口，便主动说："苏同学，听说你是洛兰科斯里成绩最好的学生。"

"一般般吧，我只是比较喜欢读书。"苏央然自然客气地回了她一句。

尤娜伸手为她斟上红茶："许多人也同你一样偏好学习，却达不到你的成绩。苏同学一定是个异常聪明的人呢。"

这还是第一次被这么优秀的女生大力表扬，苏央然有些不自在，她微微撇了一下头："不会，只是多用功一些罢了。三分天注定，七分靠打拼，学习也是一样的。"

"说得在理。"尤娜扬起了嘴角，"这托帕兹菠萝蛋糕是由从法国专门请来的糕点师制作的，味道是不是很不错？"

说的正是苏央然叉在手里的蛋糕，她不喜欢吃甜食，但是这蛋糕的确美味，所以一时间没忍住，多吃了几块。她不好意思地红了脸，将手上的蛋糕放到了托盘上："嗯，不错。"

第四节

女生喜欢男孩子有好几种方式。

有些男孩子霸道、强硬，他们的气场会让女生折服；有些男孩子温柔、细腻，他们的贴心会让女生倾慕；有些男孩子青涩、害羞，他们的稚嫩会让女生柔软。而苏央然，正好介于霸道和青涩之间。

女孩子可以看到她的强势和霸道，但是只要稍微和她说上一些话，就会发现其实她是一个很腼腆的人，还容易脸红。

尤娜也注意到了这一点。这样的人，应该是很多女孩子都向往的对象吧。

尤娜原本的目标就是接近苏央然，她自小受朔家资助，以后自然也是朔氏的人。如今朔家的老爷下达了命令，让她努力靠近苏央然，并让苏央然喜欢上她，再说服其离开洛兰科斯男子高中。

然而让人意外的是，苏央然并不像想象中的那么难接近，她很好说话，也非常有礼貌。但是更多的时候，她的四周仿佛树了一堵无形的墙，除了她弟弟谁都无法靠近。

远处有几个女孩子也对苏央然很有好感，甚至为了吸引她的注意力，喧闹起来。有的人你推我我推你嬉戏着，有的人踢毽子或者打羽毛球。

这时一个羽毛球快速飞向苏央然对面的尤娜，可她待在那里没有动，眼看就要被砸到了，苏央然只能迅速站起来一伸手直接将那个羽毛球握住。

真是有惊无险。她转过身对那边扬起一个笑容："可要小心一些，伤到人就不好了。"

那些女孩子也没有料到险些砸到人，接过羽毛球道歉了几句就离开了。

尤娜还呆滞着，刚才球飞过来的时候，她被吓得动弹不得，如果不是苏央然的话……

"没事吧？"苏央然见尤娜还愣着，把一杯茶推了过去，"喝点儿茶压压惊吧。"

"谢谢。"双手紧紧地抓住了杯耳，她微微喘着气，还沉浸在刚才的惊慌中。

"哥，能帮我递一下糖吗？"苏彦觉察到尤娜看苏央然的目光，故意挡在了姐姐面前。

苏央然瘪瘪嘴："又不是很远，你自己伸手拿不到吗？"说归说，还是帮苏彦拿了。

另一边的朔连城更加不爽起来，到了女校之后他们就像砧板上的鱼，被一大群女生虎视眈眈地盯着，那个学生会会长更是得寸进尺，一直盯着苏央然。朔连城恶狠狠地瞪了一眼尤娜。尤娜一怔，竟然恭敬地朝他点了一下头。

难道是朔家的人？难怪觉得这个学生会会长有些奇怪，原来是朔家派来引诱苏央然的。

朔连城对尤娜更是没有好感。

而苏央然压根儿不知道发生了什么事，依然淡定地喝茶闲聊。

下午茶时间终于结束了，洛兰科斯的学生们即将返回学校。

那二十位出色的女生将他们送到了门口，加长型轿车已经等在那里。苏央然很客气地一一与她们道别，对尤娜也一样。

她是女生，当然不可能喜欢上尤娜了。而尤娜心里焦急，她必须完成任务，可是现在苏央然并没有对她另眼相看，这让她非常担心。

眼看就要坐上车了，忽然尤娜一把拉住了苏央然的手臂，然后整个人扑上去紧紧抱住了她的脖子。

苏央然一愣，僵在原地——这是什么状况？

“我喜欢你。”

这下不单单是苏央然，连苏彦也呆住了，看她抱得那么紧，他立刻伸手将尤娜从她身上推了开去：“不要碰我哥！”

尤娜没有站稳，差点儿摔倒，幸亏苏央然扶了她一把。她有些生气地瞪了一眼苏彦：“你怎么可以这样推一个女孩子！”

苏彦意识到自己做了什么之后，立刻收回手：“对……对不起……我只是……”只是不想让她碰姐姐而已。就像他讨厌朔连城，他同样讨厌这个学生会会长。莫名其妙靠近苏央然，一定不安好心。

“对不起，我弟弟不是有意推你的，他只是太担心我了，你没事吧。”苏央然看看尤娜，好在没事，便安心要上车。

尤娜拉住她：“我能不能……要你的电话？”

“电话吗？”苏央然考虑了下回答，“可以啊，不过我大部分时间都在看书，一般很少打电话，你不介意就行。”

“嗯！”尤娜立刻拿出了手机。

苏央然输入电话号码的时候，车上的朔连城气得几乎要疯了，连他自己都没有苏央然的号码呢！

第五节

朔连城一直憋着怒气，回到洛兰科斯后立刻请假回了家里。他刚到家就一脚把门给踹开了："爷爷！那个叫尤娜的女生是你派去的吧？有什么目的？还要了他的电话！"

"哦，已经要了电话啊？看来是一个挺厉害的孩子。"执着手杖的老人脸上扬起若有似无的笑，"连城，苏同学对你的影响太大，我必须让他离开。"

"所以你派来一个女孩引诱他，好劝他转学？"朔连城握紧了拳头。

朔家的老爷无辜地耸耸肩："我们没有伤害他，反而送了一个漂亮的女孩子给他，甚至愿意承担他所有的转学费用。"

"那个有心机的女人根本配不上他！"朔连城怒道。

朔家老爷眼睛一眯："她不配，难道你配？"

——她不配，难道你配？

这句话一下子让朔连城僵在原地。他忽然意识到自己一直以来的不对劲。他是怎么了，他明明只是……

朔连城猛地转过身，疯狂逃离了。

旁边站着的中年男子有些担心地看了一眼朔家老爷："父亲，连城到底怎么了？"

"希望不是我所想的那样。他毕竟还年轻，年轻气盛，等过一段时间，总能调整好心态，我们应该给他一点儿时间。"朔家老爷慢条斯理地答道。

中年男子听到他这样说，微微宽了心："希望如此。"

那一头的朔连城在家里闹得不可开交，而这一头苏央然却很淡定地趴在宿舍里看书，最近可能一日三餐吃得不稳定，加上老是熬夜，觉得浑身不舒服，老是肚子痛。

她旁边放了一杯热茶，昏昏沉沉地看着书。

马上要睡着的时候，忽然手机响了起来，她吓了一跳，连忙接起电话："喂？"

"救……救命……"

电话那头传来的居然是求救的声音，苏央然立刻被吓得清醒起来："喂？你是尤娜吗？你怎么了？"

她整个人都坐了起来，但是电话那头却突然没了声音，只听见急促的奔跑声，随后好像撞到了什么东西，就再也没有声响了。

苏央然一边焦急地询问着，一边跑出了宿舍，往学校外面赶去。

过了好一会儿，电话那头才传来声音："我在秉江路，成树酒店后面的仓库里……

救救我，有两个歹徒想要杀我……”

歹徒？苏央然眉头一皱，遭遇抢劫还想杀人灭口？她也没考虑那么多，打了个出租车就前往秉江路。

赶到那个仓库的时候果然看见有两个小混混儿守在仓库外踹门，那门似乎是被反锁了。她几步冲上去就抓住一个小混混儿的衣领给了他一拳，另一边的小混混儿见有人来了立刻掏出刀子要刺她，被苏央然躲过，之后被狠狠踹了一脚。

也许这一脚踹得太用力了，她一时间没有站稳摔到了地上，那个混混儿站起来继续刺向她，她来不及躲，只侧了侧身，胸口被划了一大道口子，情急之中她直接挥拳给了对方一记重击，果然瞬间制伏了他，倒在地上动弹不得。另一人吓呆了，立刻扶起自己的同伴逃离了仓库。

“尤娜？”苏央然不顾身上的伤口，一脚踢开仓库的门冲了进去。

尤娜正躲在角落，全身发抖。

她走过去轻轻拍了拍她的肩膀：“已经没事了……”

尤娜抬起头来，看见是苏央然，立刻扑入了她的怀里。可是她胸口有伤，这一扑疼得她倒吸一口凉气，但仍坚持着：“没事吧？都这个点了，你怎么会在外面？”

“后天我想回家一趟，所以出来买火车票。可是，遇到了那些人……他们想要伤害我。”尤娜紧紧依附着她，忽然感觉到一阵异样，低头一看，她的白衬衣上居然沾满血渍：“你受伤了？”

苏央然用手一挡：“没事，我送你回去。”

“要去医院看看你的伤口！”尤娜想要伸手为她包扎，又被她挡住了：“没事，小伤口而已，我先送你回学校。”

尤娜拗不过，只能任由苏央然送她回到学校。

接着苏央然就离开了。

到洛兰科斯门口的时候已经是晚上十一点了，校门早已关闭。

她用力支撑着身子翻墙跃了进去，却没有力气站起来，身上的血依旧流着，得赶快止血才是。

她刚解开衬衣的纽扣，忽然听见旁边传来声音，抬起头，竟然看见一个佩戴着蓝色徽章的学生站在那里。

第六节

金发碧瞳，衣领上别着蓝色的玫瑰徽章。这个人仿佛是一只来自夜间的猫，悄无声息地站在苏央然面前。

苏央然怔住，她的衣襟敞开着，胸前袒露的一片沾染了红色，连忙伸手将衣服拉过来，脸色苍白。不会被人识破身份吧？

她抬头去看那个人，仿佛自己的身份对他来说根本就毫无关系，他只是略微怔了怔，随后平静地越过她的身边，直接翻墙溜了出去。

苏央然松了口气，倚靠在墙边，无力地垂下手。

那个人到底看到了吗？

她挣扎着站起来，捂着伤口回宿舍。

苏彦原本睡着，突然听到细碎的动静被惊醒了，他打开门出去，看见苏央然支撑着墙壁倚靠在宿舍门口。他吓得脸色苍白，立刻冲上去扶住她："姐！你怎么伤得那么重？这些血是怎么回事？你去哪里了？"

"扶我进去。还有，在学校要喊我'哥'。"苏央然勉强吐出一句话，苏彦不敢迟疑，立刻扶她进到屋里。

苏彦要给她上药，苏央然却拦住他："你去把楼道口和屋外的血渍擦干净，千万不要被人发现。"

"可是你的伤……"苏彦犹豫了一下。

苏央然捂着伤口道："这点儿小伤死不了，我自己会上药，你先把血渍擦干净，不要被人发现才好。我刚进来的时候其实被人瞧见了，不过许是天黑，对方没看清，也并未在意。"

苏彦拗不过她，只能拿着抹布出去擦血渍。

走到楼梯口，每经过一个地方，楼道的声控灯就亮起来，映照出了那些血迹。他难以置信，只能咬着牙把这些血渍一遍遍擦拭干净，全部擦净时天已经渐渐亮起来了。

回到宿舍，看见苏央然躺在床上休息，衣襟敞开着，根本就没有上药。所幸她身体向来强壮，血已经凝固了。他先帮苏央然擦拭身上的血渍，又帮她清理了伤口。

苏彦小心翼翼把药抹好，帮她换了最外面的衣服。

正要去洗那满是血渍的衣服，忽然苏央然的手机响了。他看了一眼号码，竟然是茉修法尔女校的学生会会长尤娜。担心电话会吵到苏央然，他立刻走到了外面的客厅，接了起来。

未开口，电话那头的人急匆匆说了话："央然，你没事吧？昨天都是因为我，才害你受伤了，我很愧疚。你还好吗？还是去医院看一下吧。"

苏彦握着手机的手立刻紧了起来："我哥昨晚出去是为了见你？她为什么会受伤？"

"你是……苏彦吗？"电话那头的尤娜本以为是苏央然接的电话，却听到另一个声音，情绪立刻低落下来，"苏央然不在吗？"

"她受了很重的伤，现在在休息。昨晚发生了什么事？她带着伤从外面翻墙回来，连开门的力气都没有了！不要总是觉得她好欺骗好欺负就一而再再而三地伤害她！我不想再看见你纠缠她！还有，我哥不会喜欢你，无论你抱着什么样的心态接近她，她都不会喜欢你这样的人！"苏彦第一次对外人发火。

尤娜不知道该怎么解释，只能把昨天遇到歹徒的事情告诉了苏彦，苏彦冷笑了一声："小学生都知道遇到危险找警察，而你却找我哥，你到底是何居心？"

苏彦的讽刺让尤娜收了声。的确，她想伪装遇害，想引苏央然出来救她，可是没有想到真的碰到了两个坏人，以她的力量对付那两个歹徒也算游刃有余，可她将计就计，故意逃到了仓库里，把自己反锁在里面。

苏央然果然来了，打跑了那两个歹徒，却受了那么重的伤。

她很害怕……害怕自己会真的喜欢上他，喜欢上这个难以靠近，却会在危险的时候保护她的人。为了朔家老爷下达的这个命令，她甚至会丢掉这颗心啊！

第七章

没有她，你什么都不是

第一节

苏央然醒过来的时候已经是中午了，苏彦就坐在旁边打瞌睡，连课也没去上。她想要坐起来，却发现胸口一痛，这才想起昨晚受了伤。看样子苏彦已经替她处理了一下，只是手法生疏，药都没能涂到准确的位置上。

她从床上坐了起来，微小的动静立刻让苏彦睁开了眼睛："哥，你醒了。"

"嗯，"苏央然敲了敲酸痛的脖颈儿，她回头看了一眼苏彦，"你守了我一夜？"

"为什么要离开学校去帮助她？"苏彦不答反问道。

苏央然一怔，随即别过了头去："她打电话向我求救，我不可能坐视不管，她不是坏人。"

"你怎么知道她不是坏人？你怎么知道她不是另有目的？哥，你不要总是这样，虽然你很强，比你高大的人也都是你的手下败将，但你终究是一个女孩，如果那些歹徒带着别的武器，那你该怎么办？为什么不担心一下自己！为什么总是这样鲁莽，这样不顾一切！"苏彦一下子站起来紧紧抓住她的肩膀。

苏央然挺意外的，苏彦竟然会说出这样的话来。不过她也只是耸了耸肩膀："等你什么时候可以保护好自己，不需要我保护的时候，再跟我说这些吧。"

苏彦手臂一颤，咬住了嘴唇，转过身去："我去给你买午饭！"

他一言不发离开了，只留苏央然一个人坐在床上。

天知道，其实她并不想刺激他。苏彦最讨厌听见的，就是她说这样的话。她知道，他不想一直让她保护，希望可以立刻独立，恨不得她离他远一些，这样就不用总是被人嘲讽，说他是躲在姐姐背后的胆小鬼。

在大家看来，他就只是苏央然的弟弟。他肯定希望有一天，别人在介绍的时候可以这样说：那是苏彦的姐姐。

她怎么会不懂他的心呢？

去浴室洗了澡，她把伤口重新处理了一下，穿上衬衣坐到了客厅里，血渍都已经被处理干净了。只是昨晚那个佩戴着蓝色玫瑰徽章的学生，到底会不会把事情说出去呢？虽然天色有些暗，但其实借着月光，双方都把彼此看得一清二楚。

正是开学第一天在新生入学式上演讲的那个人。

佩戴着袖章，那应该是什么社团或者什么组织的吧？得去调查一下，看看他有什么动静。要在他把这件事情说出去之前，想办法封住他的口才行。

苏彦买了午饭回来的时候，苏央然已经穿好了校服，他把午饭放到桌上，有些担心地说道："你伤还没有好。"

"又不是一次两次了，不碍事。"苏央然毫不在意。

"可是这一次你伤得很重……"昨天他看过伤口，不算很深，但毕竟流了那么多的血，而且学校里那么不安全，苏央然是不能再乱动了，否则伤口肯定会再次裂开。

苏央然不想听苏彦的絮絮叨叨，直接掀开了饭盒的盖子："哇，青椒炒牛柳，正合我胃口，牛柳看上去很好吃的样子呢。"

她拿起筷子大快朵颐，客厅里四溢着食物的香气。

下午的课苏央然还是去了，教室里都是学生会的成员，自然不会有人闹事。跟自己一块巡查的金发男孩户仍趴在课桌上睡觉，苏央然一进来，他就抬起了头，微微靠近了她一些，嗅了嗅她身上的味道："你受伤了。"

天，这个家伙是狗吗？鼻子这么灵！苏央然郁闷了一会儿，淡淡回答："没什么，搬东西的时候一不小心划伤了胳膊。"

"不是胳膊，你胸口受伤了，而且流了不少血。"户毫不客气揭穿了她的谎言。

苏央然赶紧说道："就是一点儿小伤，你不要到处乱说，过几天伤口就会好。"

户抿抿嘴，不再说什么，反正受伤的不是他，他也懒得管。

下课之后，下午要去巡查，原本是另外两个人去的，但那两个人说身体不好，想要去医务室休息。其实是因为近来天气炎热，他们不想去而已。苏央然不会拒绝别人，即使心里不乐意，还是应承下来，临走前留下一句："下周我们的巡查就交给你们了，各位学长可以不答应，我可以去问问会长有没有兴趣巡查。"

那两个人听了立刻绿了脸。

户一路在前面走着，偶尔慢下来跑到苏央然的左边："既然知道他们是骗人的，为什么答应？"

"我只是想告诉他们，少占别人便宜，不能总是把自己的责任推给别人。推了，总有一天得还回来。无论他们是不是假装的，我得给他们一个台阶。"苏央然答得很平静。

户耸耸肩膀："真是一个怪人。"

巡查了大半个校园下来，大家都挺安分，到了学校另一侧靠近湖边的地方，却发现了正在争执的两派人，白色派系和蓝色派系。蓝系只有三个人，白系却有十几个人，传言蓝系一个个都是精英，看来此言非虚。

只是，无论是哪个派系的，现在这个时间点闹事都是不允许的，得去阻止才行。

第二节

苏央然走得太急，胸口忽然一痛，她捂着受伤的地方蹲到了地上。

户好奇地扭过头："很痛吗？你不是说只是小伤，没有关系吗？"

"的确是小伤。"苏央然咬了咬牙，一下子从地上站了起来。

她以前受的伤可要比这个严重，更疼，更难受。以前父母白天要工作，苏央然便留在家里照顾苏彦，七岁那年的某天苏央然真的很想去外面玩，就打了电话给父母，她承诺一定会好好保护苏彦的，于是就带着他去了后山。

却没有想到因为下过雨，后山非常滑，苏彦一个没站稳，差点儿就从小山坡上跌下去，苏央然为了救他，不顾危险用力将他往后推，自己却坠下了山坡。

整个肩膀都被灌木刺伤了，疼痛蔓延至全身。苏彦被吓呆了，站在山坡上哭。她只能拼命站起来，忍着痛爬上山坡，然后带着苏彦一步一步回到家。

一路上都是滴下的血，被隔壁邻居看见了，意识到苏央然受了重伤，立刻将她送到医院。

那时候的疼，才是真的疼；那时候的痛，才是真的痛。

她也是从那一刻开始，发誓今后永远不会让这种事再发生。她要努力变得更强，才能保护自己，保护苏彦。

现在她所受的伤，这点儿疼痛，根本就不算什么。她挺直腰板儿，雄赳赳气昂昂地介入了两派人马之间，白系的人虽然怕她，但这几天朔连城不在，便大了胆子跟苏央然冲撞起来。

身上带伤动手不方便，但对付十几个白系的人还是绰绰有余的。旁边蓝系的三个少年不动声色地看着她，既不动手，也不帮忙。

其中一个白系的人打中了她的伤口，苏央然一时间没有站稳跌倒在地，眼看又一个拳头要打过来，忽然站在远处的户轻巧地抬腿压住那个挥拳人的肩膀，直接把他压在地上，他挠了挠金黄的头发，对着苏央然道："虽然我不喜欢打架，不过，我更不喜欢看你被他们打伤。"

苏央然头一次看到户动手，有些意外。他的动作很快，根本看不清路数，简单的几下就把白系的所有人制伏了，然后看了一眼那三个蓝系的少年，少年们耸耸肩，径自离开了，似乎并不想动手。

户走过来伸手将苏央然从地上拉起："在你康复之前，我帮你管理秩序。"

苏央然一点儿也没觉得感动。这本来也是你的责任，好不好？

不过她真的没有想到，户居然那么强，虽然个子小小的，但是动作极为敏捷，攻击的力量也很强大。刚才看那动作，没有练过几手，是绝对办不到的。

她拍了拍衣服上的灰尘站直身子，对方忽然丢过来一颗糖。

是与上次吃的那颗，一样的糖。

苏央然想起苏彦的话，吞了吞口水："你每天都吃这种糖吗？好像听说这种糖很贵。"

户一怔，回过头看了一眼苏央然："Debauve et Gallais的限量糖果，他们做这颗糖的配方，是从我们家厨子那儿买走的，这种糖在外面一年只制作二十颗，在我家却源源不断，不贵。"

你家能聘得起那么厉害的厨子，应该也非富即贵吧。苏央然刚要把糖丢进嘴里品尝一番，忽然整个人直直栽倒在地上。

户连忙回过头一把将她扶住："你怎么了？"

他连唤了两声，苏央然根本没有力气回答，只感觉全身难受，伤口疼得厉害。

户觉察到不妙，立刻扶着苏央然前往校医院，还没有到门口，就被学生会会长拦住了。那个长着娃娃脸的会长面带微笑地将苏央然接了过去："户同学，接下来交给我们就好，你还有巡查的工作要做。"

对于户来说，任何人都跟他没有关系，但是这个学生会会长也太奇怪了，为什么会忽然出现在这里，苏央然难道有什么秘密吗？不然，学生会会长也用不着这么焦急地赶他走吧。

算了，他没必要管这么多。

户耸耸肩膀转过身："那我走了。"

在跨出校医院大门的时候，正巧一个佩戴着蓝色玫瑰徽章的学生也从外面走了进来，两个人擦肩而过的时候，户忽然怔了一下，他回过头，看着那个学生一步一步走至里面，脚步沉稳，给人一种很强的压迫感。

这个人，很强。绝对不是普通人，在他的身上好像有一股非常强势的力量笼罩着。

好像在新生入学式的时候看见过，蓝王——沧弛染寒。

在这个学校里，不能惹的四王里面，最可怕的就是蓝王，他的可怕除了力量以外，还有他的冷酷无情。无论是谁，如若惹恼了他，后果都不堪设想。就连一向对他没有多余的话的父亲，也在他入学的时候提醒过他，千万不要跟蓝王有任何瓜葛，他不是那么好对付的人。

第三节

伤果然很严重，坐在病床旁的办公桌上，摇晃着两条小腿的学生会会长常加伊正双手撑着下巴面带笑意地看着苏央然，她躺在病床上，旁边的女医生在处理伤口。另一边的副会长则是红了脸，不敢看她的身体。

“学校里头要是死了人，责任可都在我头上了。”那看上去好像只有十岁的常加伊一脸笑意地望着苏央然，“不过你不用担心，这个女医生是我们常家的人，以后身体若是出了什么状况，可以找她为你医治，她不会把你是女生的身份说出去的。”

苏央然也是在今天才知道，原来这个学生会会长是常家的人。

常家，是这所学校的创建者，也是最大的投资家族，学校里没有一个人不知道常家的存在，正对着大门的那铜像，就是常家五十多年前去世的掌权者——常家老太。

苏央然在这所学校里，最佩服的就是这个常家老太了，也就是创办了这所学校的女人。在当初那个年代，想要创办学校可没这么容易，当时的常家虽然有钱，但权势上来说却并没有其他家族大。常家老太就凭借一个女人的力量，以一己之力在这片土地上创建了学校，并且之后越扩越大，成为现在号称国内第一的男子高中洛兰科斯。只是苏央然很想问，为什么校徽是玫瑰花?

学生会会长常加伊是常家的人，恐怕又是什么了不得的继承人吧。苏央然如此想着，视线又转向那看上去跟个小男孩似的家伙。

给她包扎的女医生直起了身，转过头恭敬地对着常加伊一鞠躬：“小少爷，苏小姐身上的伤已经包扎好了，以后每隔两天，就要来校医院换一次药。”

“谢谢你啦，谬姨。”常加伊扬起一个笑脸，然后从桌上一跃而下。

他正要离去，那个女医生却拦住了他：“小少爷，老爷今天让我捎个话给您，二少爷已经从美国回来了，过不了多久就会帮着大少爷一起管理常家。等下个月，学生会会长重新选举的时候，希望您可以把位置让给别人，您也应该开始接触常家的事务了。”

常加伊脸上的笑容明显一僵，他虽然笑着，苏央然却感觉到一阵凄凉。

“是吗？二哥回来了。父亲不是一直都在忙自己的事情吗，常家有大哥和二哥管着就行了，我只想做自己的事情……”

“小少爷，这是老爷让我捎给您的话，如果您有什么想法，可以回家同老爷说明。”女医生依旧是恭恭敬敬的，但讲话的语气极其强硬，看来这件事由不得他选择。

苏央然静静听着，家家有本难念的经，常家的确风光，但是身为常家的孩子，衣食无忧，真的就很幸福吗？朔连城也一样，他也未必就是幸福的吧。

想到这里，她又把视线落回那个小男孩身上，尽管掩饰得很好，脸上一直带着微笑，但是那微笑的背后，又隐藏着一颗什么样的心呢？或许他留下她，将她留在这所学校，也是一种反抗吧。

洛兰科斯不准收女学生，他偏要打破这个常规。或许他想反抗常家，反抗原本给他拟定好路线的命运吧。

伤口包扎好之后苏央然打算回宿舍休息，她得保证伤口能够顺利愈合才行。

也许是自己走得太慢，还有些东倒西歪，身后传来一个淡淡的声音：“请让一下。”

非常平直的语调，声音有些低沉，却带着一股强有力的威严。苏央然立刻道歉，她转过身：“不好意思挡着你的……呃，是你？”

是那个学生！昨天晚上出现在围墙附近，那个时候他应该已经注意到她了，只是什么也没有说，就离去了。他怎么会出现在校医院？她想起来，那一天正好看到他翻墙去了外面，该不会在外面受了伤？

苏央然望着他，谁知对方却毫不理会，甚至完全当她是陌生人一样，从旁边擦肩而过，离开了校医院。

这是什么情况？还是昨晚他真的没看清楚她？

第四节

苏央然身上有伤，学生会把原本她巡查的任务交给了别人，这几天忽然之间闲了下来，竟然又有些想念忙碌的时候。

苏央然虽然觉得这点儿小伤不算什么，没必要停止巡查任务。但又不得不每天闷在教室里做作业，放学就回寝室睡觉，真的很无聊。

不过转念一想，如果这几年真的就这么平平安安度过，那也不错呢。

正这样想着，教室外忽然传来吵吵嚷嚷的说话声，苏央然抬起头，看见红王华尚就站在门口，脸上带着笑意，望向她这边。学生会的教室里都是黄色徽章的成员，门口又站着红色徽章的王，他们自然警惕了起来，一个个从位置上站起，一副戒备的模样。

华尚摆了摆手："哎，哎，可别这样盯着我，我不是来跟你们吵架的。虽然你们坏了我很多好事，可学校的秩序还要靠你们维持呢，对吧？"

学生会的成员们听到他这样说，脸色微微缓和了一些，但是依旧没有放松。

华尚立刻冲苏央然开口："苏同学，可以出来一下吗？"

苏央然不愿意见到他，但无奈只能不情愿地挪了出来："你找我什么事？"

"听说朔连城休假几天，已经不在学校了，你和他同一个寝室，我来问问，到底发生什么事情了？你和他吵架了？"华尚微微弯下腰，一脸笑意地盯着她看。

苏央然推开他："他休假关我什么事！"

"怎么不关你的事啊？你们不是室友吗？"华尚道。

苏央然不想理睬他，扭头就往教室里走去。

谁知华尚突然一把握住了她的手腕："干吗那么快回教室？我难得来找你一次呢。苏同学，陪我去顶楼说说话吧，我有些事情想要问问你。"

苏央然一怔，这是她第一次感觉到华尚的强势霸道，他手上的力道并不大，语气也还算是温和，却不容置疑，她身上有伤，眼下更是没有一点儿反抗余地，只是眉头皱得很紧："我没有什么想要跟你说的，松手。"

"不松。"华尚依旧是一脸戏谑，"苏央然，你可以甩开我的手。"

完全的挑衅！苏央然气得猛地一抽手臂，没有挣脱反而吃痛地扭曲了脸。以前受了多严重的伤她都没有露出半点儿脆弱，华尚一惊，立刻松开手去："你没事吧！"

苏央然疼得脸色煞白，手腕有些红肿，其实更疼的是刚才甩开手时拉扯到的胸前的伤口，她扭过身："我不想跟你有任何瓜葛。"

华尚其实并没有做出什么伤害她的事，绑架了她一次也只是带她去看了演唱会。但是她感觉得到华尚是一个喜欢刨根究底的人，如果再跟他纠缠不清，自己的身份绝对会被他发现的。

朔连城从来没有和女生相处过，所以跟她待了那么久，一直没发现她是女生。可是华尚不一样，他在娱乐圈这么久，各式各样的女生都接触过，如果被他发现了，那后果不堪设想。以防万一，还是尽量少跟他接触为妙。

径直转身从他身边擦过，她走向了校医院。

华尚还站在原地，原本睁着的眼睛渐渐眯起："苏央然，你就那么害怕我的靠近？难道，他……他喜欢上我了？"

"啊……"伤口果然裂开了，重新缝合的时候，苏央然忍不住轻声哼了哼。

那个女医生平静地帮她处理完伤口又帮她把手腕上的瘀青也一并上了药："如果想要伤口愈合快，还是老实待着比较好。"

"我知道！"她又不是自己想要这么做的，都怪某人！好不容易走了一个朔连城，结果又来一个华尚，真是没完没了了！

可是朔连城到底怎么了？之前在联谊上还好好的，大概又做了什么事情，惹得家里人不高兴，又被禁足了。那个家伙万一又爬窗户进来怎么办？回去得把窗户都给锁了才是！

苏央然心里默默想着，手腕上的伤也处理好了，她起身道了谢，正要离开，那个女医生忽然喊住她："苏小姐。"

"嗯？"苏央然扭过头来。

"不，没什么。"她一副欲言又止的模样。苏央然觉得这个女医生真别扭，不过既然她不说，自己也懒得问，便直接离开校医院，回宿舍了。

才走到宿舍楼门口，就看到两个人影儿站在门口旁的那棵树下，脚边是大包小包的东西。苏央然怔了怔，然后呆呆地开了口："老爸老妈？"

"哇，是央然，我们的央然回来了！"听到熟悉的声音，苏央然终于肯定，果然是他们来了。

第五节

一个身高只有一米五五体重却有一百五十斤的女人已经飞扑了过来，像个圆球似的紧紧抱住苏央然的脖子，身后一脸慈祥的中年男子，脸上扬着淡淡的笑意，透过嘴形，苏央然可以看见，她伟大的父亲正在安慰她：女儿，辛苦了。

母亲的身高的确只有一米五五，一般站在人群中倒也不显得太矮，因为她的身材比例还是很正常的，就是稍微圆了点儿。他们的身高还好遗传了父亲，外加后天营养补得还算全面。苏央然一直觉得，他们让她诞生在这个世界上，并且给予她如此健康的身体，是最大的恩赐了。所以无论他们对她有任何奇怪的要求，她都会答应。虽然偶尔会反抗和抱怨，但苏央然几乎每一次都认认真真完成。

包括照顾苏彦，甚至女扮男装进入这所学校。

苏彦其实和她长得并不相像，加上体质不好，苏央然经常在心里嘀咕，他该不会是捡来的吧。后来父母总是让自己照顾弟弟的时候才猛然发觉：没准儿自己才是捡来的。

“央然，学校的生活还好吗？累不累？要不要请假回去休息几天？我看你好像瘦了不少，手腕怎么了？受伤了？难道你跟人打架了吗？”老妈一站定就开始啰啰唆唆念叨。

苏央然皱起眉头：“又不是我想的，如果我可以像其他女孩子一样生活……”怎么可能遇到这些事儿?

这句话刚脱口而出，她一下子又止住了，而是转移了话题：“你们见到苏彦了吗？”

“没，我和你爸爸刚来，怕耽误你们学习，就在宿舍门口等着。小彦呢？他不和你一个班吗？”老妈的视线扫过后面左看右看，也没有看到苏彦的身影，“你这个做姐姐的，怎么就不好好照顾他呢？不在一个班的话，岂不是很麻烦，万一班上有人欺负小彦那该怎么办？”

苏央然很想问一句，在你们的眼里永远只有苏彦吗？重男轻女用得着这么严重吗？可是每次话到嘴边，她又吞了下去。

苏彦毕竟是自己的弟弟，他身体不好，又容易受欺负，自己照顾是应该的，她叹气：“修改了转学申请书上的性别没用，户口簿上还是一样。我被学生会会长发现了身份，他没有要求我立刻离开学校，而是要我考入学生会，在他的监视之下继续念书，如此一来他就不会曝光我的身份。以苏彦的体力，是没有办法考入学生会的，学生会有自己的班级，所以就不在同一个班了。不过你们放心，我既然在这所学校里，自然会保护苏彦的安全，我和他的房间也比较近，都在二楼。”

“啊，是啊，当初忘记户口簿的事情了。”老妈立刻拍了一下脑袋，“央然啊，你弟弟什么时候下课？我们要不要去他教室看看？”

“不用了，他应该快过来了。我们先上楼去吧，把这些东西放下。我给他发条信息，让他来我的房间，就说你们到了。”苏央然麻利地掏出手机发了一条短信，然后力大无穷地一个人扛着那些水果、零食、日用品上了楼去。

苏彦收到短信之后立刻以最快的速度跑向宿舍。他已经好久没有见到他们了，在这个世界上，除了苏央然，父母是他最依赖的人，同样也是最值得信任的人。他们是生他养他的至亲，无论如何，都会站在自己这一边，无论如何，都希望他可以得到幸福。

眼看就要到宿舍了，谁知半路突然出现了一批人，是白系的！他们被苏央然和户教训了一顿，心里一口怨气堵着，如今朔连城不在学校，他们自然敢为所欲为，立刻就把苏彦围了起来：“这家伙是之前那小子的弟弟。”

“看到没，到现在他都还别着灰色的徽章，都是有他那个哥护着。”

“上次红系的人夺了他的徽章，结果又被那个苏央然夺回来了，我看我们还是不要惹他为妙，万一被苏央然知道了……他一定会回来报仇的。”

“我呸，你们怕什么！现在朔连城已经不在了，指不定以后在不在这所学校念书呢，白系的王没准儿会落到我头上呢！今天我非要教训这个小子不可，居然敢羞辱我们，简直就是找死！”站在人群中一个染黄色头发的学生吐了一口唾沫，挥起拳头就要朝苏彦的脸打下去。

谁知这个从来都是一副弱不禁风模样的少年居然在这一瞬间伸手稳稳接住了他的拳头！他尽了全力，咬紧牙关死死握着他的拳，一点儿一点儿从自己眼前移开……

他已经发誓……不再懦弱，不再让苏央然保护着，不再做一个无用的人了！

“居然敢还手！”那个黄毛学生气得抬脚就踢到了苏彦的肚子上，苏彦直接飞出几米，重重摔在了地上。

旁边的人倒是都没有动手，对付这么一个柔弱的家伙，用不着那么多人一起上。

那个黄毛学生见苏彦依旧是老样子，心里对苏央然的那点儿余悸都消失了，脸上带着一丝嘲讽，快步走到他面前拎起他的衣领：“你也不过是躲在自己哥哥身后的一条狗而已，没有了苏央然，你什么也不是！”

第八章

在男校穿了女装

第一节

没有了苏央然，你什么也不是！

这句话像一记重锤砸在苏彦的心口。如果没有苏央然，他从小就会被大家欺负；如果没有苏央然，他也许根本就考不上这么好的学校；如果没有苏央然，他或许会比现在还要弱小。其实他早就知道的，自己能够一直快快乐乐生活，全都是因为苏央然！因为一直有她保护着，一直有她照顾着。

"所以……"肚子上的疼痛让他浑身难受，却毅然睁开了眼睛，紧紧地盯住面前那个黄发学生。

黄发学生皱起眉头："什么？"

"所以……我才这样努力……无论如何，都希望自己可以赶上她的步伐！与她并排走在一起！"说话间，他猛然出手攻击对方！第一次，不顾一切出手，不顾一切地用尽全力！

黄发学生被一拳打蒙了半刻，虽然伤得并不重，却彻底被惹怒了："你这个该死的浑蛋，居然敢还手！"他猛地一甩手将苏彦丢到了地面上。

苏彦用手臂护着自己的头，忍受着他不断的踢打。

苏央然原本等在宿舍，等了半天不见苏彦的影子，心里有些焦急。按照他们下课的时间，现在早就应该回到宿舍了才对。难道是出什么事情了吗？打了电话也没人接，这下她更是担心起来，抬头对父母说道："苏彦可能去食堂买饭了，你们在这里等一会儿，我去找他。"

"哎，你这个做姐姐的怎么可以让弟弟去买饭啊？食堂里的饭菜好不好吃？我们要不要一起去看看？"老妈立刻埋怨起来。

苏央然给父亲使了一个眼色，老爹立刻凑过去对老妈说："老婆，我们难得来学校一次，就别让孩子们吃食堂的饭菜了，等会儿小彦来了，我请客，大家去外面的饭店吃饭。"

"也是。"老妈不再啰唆，苏央然立刻从宿舍跑了出去。

没走多远，就看见白系的学生围在前面，应该是在闹事。有了前车之鉴，苏央然不想惹事，正要从他们身边穿过，忽然听见里面传来一个声音："该死的，还敢反抗，你以为你哥现在赶得过来救你吗？就算你哥出现了，你们两兄弟也得一起挨揍！"

苏央然立刻停住了脚步，赶向那群白系的人。

围在最外面的一个人最先被苏央然踢了一脚，直接飞出几米远摔到那个黄发学生的脚下，黄发学生一愣，回过头，看见苏央然就站在身后，她已经握紧了拳头："看来你是真的活腻了啊。"

直接扭转身子，用全身力气挥出拳头，把那个黄发学生“砰”一拳头打飞出去！那个黄发学生连半点儿反抗的力量都没有直接昏了过去。旁边围着的一圈白系的人立刻吓得脸色铁青，一句话也不敢说，各自散去了。

苏央然一口粗气也没有喘，她回过头看着坐在地上的苏彦，虽然被打了那么多下，但是他一直护着自己的头，面上看起来并没有受很重的伤，只是胳膊全部都青了。

“起来，把这件衣服穿上。”苏央然脱下外套丢给他，“老爸老妈来了，如果被他们看见你受了伤，一定又会啰里啰唆的。”

“嗯。”苏彦不喊疼，也不抱怨，从地上站了起来，拍打干净裤子上的灰尘，套上了外套。

两个人并排走回宿舍，苏央然在前头说了一句：“今天你很勇敢。”

苏彦一下子怔在了原地……这或许是，这么多年来，苏央然第一次夸奖他。苏央然从来都不曾夸奖过他，更不会说他勇敢。哪怕他得到全年级第一的成绩，苏央然也不会夸他。那时候她比他高一年级，她自己也是全年级第一，所以觉得拿了第一很正常。

被人打了，他总是躲躲藏藏，总是害怕得全身发抖，每次都要她站出来保护他。所以那些同学都知道，苏彦是一个只靠姐姐活着的人，苏彦是一个很没用的胆小鬼。

他不愿意听到这些话，有时候故意躲着苏央然不要她接送，不要她保护。但是只要一离开苏央然，他就会轻易被人欺负，全身是伤回到家，或是需要她来救自己。

每次自己受了伤，最先被骂的就是苏央然，所以苏央然讨厌他受伤，讨厌他遇到危险。她宁可自己满是伤痕，也要护他周全。可今天，他受伤了，灰头土脸，苏央然却夸奖了他。

她竟然说“你很勇敢……”。

他很勇敢吗？

他连保护自己的力量都没有，最后还是得依靠她才摆脱那样的困境。

“怎么了？还不快点儿走，要老爸老妈等太久了会起疑的。”苏央然已经快走进宿舍楼了，苏彦居然还站在半路上，她不悦地说道。

苏彦立刻急急忙忙跟上，拉了拉自己的衣袖，不让手臂上的伤口显露出来。

一走进屋子就看见父母坐在客厅里等着，老妈飞扑过来抱了抱他：“小彦啊，小彦啊，你总算来了，我们可盼坏了，那么久到底干什么去了？”

“有点儿小事，所以没有立刻赶回来。”苏彦看了一眼旁边的苏央然，勉强扯了一个谎。

老妈在他身上嗅了嗅：“有一股灰尘泥土的味道，你几天没洗衣服了？”

第二节

“哦，我……上了体育课，所以可能沾上土了。”苏彦担心自己被人打的事情如果让父母知道了，指不定又要责骂苏央然，立刻辩解。老妈倒也没有怀疑，只是唠叨着身体不好就不要剧烈运动好好休息。

苏彦也安慰着她，说自己最近身体好多了，上了体育课之后，更加健壮了。他们这才不说这个话题，把带来的大包小包的东西翻出来摊到地面上：“这是新摘的葡萄，你们外婆非要我给你们捎来，瞧着葡萄又大又甜的，看看，一颗颗晶莹剔透。还有这些生活用品，我怕这里的你们用不习惯，就从家里给你们带来一些。”

苏央然：“妈，学校里有超市，东西很全，这些日用品都买得到。”

“你妈妈只是关心你们嘛。”老爸笑了笑，帮着她把东西塞了回去，“好了，老婆，这些东西收起来吧，到时候他们自己会处理的，葡萄就放在桌子上。我们先出去吃饭，晚上还要赶回去呢。”

“嗯，先去吃饭吧。”苏彦也说了一句。

于是全家人浩浩荡荡地离开学校去外面的饭馆吃饭，那堆东西还放在客厅里。

他们离开没多久，红王华尚就来了。他回到自己房间，发现室友不在，立刻想到也许是在苏央然房间里，于是屁颠屁颠跑到苏央然的房门口，敲了半天门也没人应，他郁闷地瘪瘪嘴，伸手一转门，竟然没锁。

进去就看见桌上那大串的葡萄，立刻毫不客气地坐下来吃了一通，接着就注意到了那一袋一袋的东西。

难道是苏央然今天去外头采购回来的？翻开袋子，里头有一些零食，还有一些日用品，什么洗发水啦，沐浴露啦，肥皂啦，居然还有洁厕剂！等等……这个是什么？

华尚顿住，看着那包东西，立刻打开一看：居然是女孩子的贴身衣裤！苏央然怎么会有这样的衣服！看袋子上的商标，不是学校里的，也从来没有在这座城市见过。下面的地址并不是本市……难道是苏央然的老家？是苏央然的父母来看他了吧。不过……来看他为什么要带女孩子穿的衣服？苏央然用不着，苏彦也用不着，他们两个都是男的。

该不会是苏央然的母亲的？也不大可能，这一看就是小姑娘穿的……如此一来，那么只有一个可能。

苏央然，是女生。

难怪每次见到她，总觉得有一些奇怪，这种奇怪他又解释不清楚，现在一切都豁然开朗了！苏央然是个女生，女扮男装留在洛兰科斯男子高中。

这可是相当有趣了，明明是个女生，却扮成男生来这所学校念书，难道有什么不可告人的秘密？

华尚弯起嘴角，他把拆开的包裹又收了回去，只留了一样东西放进了自己的口袋，然后又偷吃了几颗葡萄，慢悠悠从苏央然的房间离开了。

苏央然一家四口在学校附近一家火锅店坐了下来，听着父母说些家里的事情，譬如舅妈快要生宝宝了，姨妈的儿子快上高中了，姨夫最近工作不是很顺利之类的事情，苏央然也一一听着，偶尔插上几句话。

父母吃完饭就要坐出租车去车站，他们来之前就买好了车票，家里还有很多事情要处理，没有办法久留。老妈抱着苏彦哭哭啼啼的，老爸早就拦了一辆车，那出租车司机等得不耐烦，老妈还舍不得松手，老爸终于忍不住把她给拖走了。

苏彦和苏央然在路口站了很久，一直到出租车看不见影子了，苏央然才开口说出一句：“走吧。”

“嗯。”苏彦点了点头，视线却一直停留在那辆车消失的地方。

他很想念他们。离开父母，留在这座陌生的城市里，幸亏有苏央然陪伴在身边，只有他一个人的话，根本不知道应该如何支撑下去。有时候晚上一个人躺着，他总会觉得很孤单，特别是室友很少回来，苏央然又住在别的房间，连个说话的人都没有。

他从口袋里掏出一张全家照，那是三年前拍的，那时候苏央然还是长头发，非常漂亮，就是比较凶。

回到宿舍要把父母带来的东西收拾一下，苏央然一眼就注意到了桌上的葡萄，旁边一堆葡萄皮，肯定是哪个兔崽子进来偷吃了！

难道是朔连城回来了？朔连城虽然脾气暴躁，但他不会做出偷吃这种行为，反倒是那个红王华尚很有可能。

算了，偷吃就偷吃，这么多葡萄，就她和苏彦两个人，也是吃不完的。

苏央然打开了日用品的袋子，猛然发现里面居然放了自己的贴身衣裤，还超级少女类型的！她立刻把那些东西收起来藏进了自己的房间里。

老妈也真是的，这些东西自己都可以在当地购买，就算她扮的是男生，大不了自己还可以扮回女装去买，买到手了再换回男装就好了嘛！

第三节

苏央然并没有注意里面其中一包卫生巾已经被拆开了。她把它们放好之后，分开了各自的日用品，送去了苏彦的房间，才敲开门，就看见华尚嘴里叼着玫瑰站在那里："你回来啦？"

华尚一开口就让苏央然起了一层鸡皮疙瘩，大半夜还拿着玫瑰！她伸手把他推到一旁，没有理睬他，直接将一堆日用品搁到了桌面。华尚蹭到她旁边："你干吗这么凶，还对我不理不睬的，真是好过分哦，我会伤心的。"

"华尚你最近脑袋被门夹了？说话用得着这么恶心吗？"苏央然终于忍不住怒道。

华尚什么也不挑明，只是靠在门旁，嘴角扬得很高，脸上淡淡柔柔地笑："我的脑袋是见到你之后才坏掉的，你可要赔偿我。"

"神经病。"苏央然立刻爆出一句粗话，扭头要从房间里走出去，又想到什么，转过身说，"你要是敢对苏彦动手，我会宰了你。"

华尚立刻装出一副很害怕的样子："哇，我好怕怕哦。"

苏央然"砰"一下关上门，华尚差点儿被撞到鼻子。不过他依旧是微笑着的，心里更是有了底。苏央然果然是一个女孩，之前没有仔细观察，他清楚地看到，她并没有喉结。

苏央然不知道为什么，总觉得华尚今天变得特别奇怪，这种奇怪让她觉得浑身不舒服，好像自己要被看穿一样。反正以后少接触他一些，华尚给她的感觉非常不好！

苏央然回到自己的房间，重重关上门。

第二天，她打开门，又看见华尚叼着玫瑰站在门口，他还没有开口说话，苏央然就一拳打了过去："滚！"

华尚一副可怜兮兮的模样，一只眼睛肿成了熊猫，他一路跟着苏央然，半步都不离开："为什么每次都对我这么凶？难道是因为上次的事情生我的气吗？别的女生为了来我的演唱会，可是斥重金买票呢，我送你，你还嫌弃我。干吗不说话？难道不是因为演唱会的事情？哦，我知道了，其实你是想吸引我的注意，你莫非喜欢我吗？嘿嘿。"

苏央然终于忍无可忍，她一下子转过身："你有完没完！"

华尚被恶狠狠地骂了一通，不但不生气，反而站在路上笑。苏央然生气的样子在他眼里反而显得可爱极了，自从知道她是女生之后，华尚觉得好玩的事情越来越多了。

如果在全校师生面前揭穿她，那会怎么样？不行，如果那么快就揭穿，多无趣啊！他一定要好好享受戏弄她的过程，每次看到她犯难的样子，就特别好玩儿。如果想个法子让她穿上女装出现在全校师生面前，那又会是一番什么模样呢？

苏央然也很烦躁，华尚的行为越来越古怪了，特别是今天居然还说什么女生的，她真是又气又急，难道自己的秘密真的被他发现了吗？

坐在教室里上课，苏央然也是一副咬牙切齿狰狞的样子。户走进教室的时候看到这副模样的苏央然，微微皱了眉头，然后走到她对面蹲下，伸手“啪”一下托住她的脸，直接抬了起来：“真可怕，像关公。”

苏央然无语至极：“你见过关公？说我很可怕！”

“庙里有。”户耸耸肩膀，收回手坐到了后面的位置上，隔了几秒钟忽然想到了什么东西，伸手在书包里一阵翻找，拿出一颗糖丢到苏央然的桌上，是包装精美的太妃糖。

苏央然无奈地拿起糖果：“我又不是小孩儿……”

可是把糖塞进嘴里的时候，那甜丝丝的味道瞬间掩盖了早上见到华尚带来的不快，到底是世界级的名糖，总有一种给人幸福的感觉。至于华尚，暂时先把他遗忘了吧，兵来将挡，水来土掩嘛。

下周洛兰科斯运动会就要举办，有许多体育项目都要在下周进行比赛，包括各类球赛，还有跑步、跳远、跳高、四项全能、游泳、赛车等。洛兰科斯的要求比较特别，每个学生都必须参加比赛，如果不参加比赛，就要做啦啦队队员，男生很少自愿做啦啦队队员的，所以会提早几天报名做准备，剩下来不及报名，或者各类比赛成绩太差没有入选的，就成为了啦啦队队员。

洛兰科斯的啦啦队队员，要穿上女装队服在操场上跳啦啦操，所以每到运动会的前一周，学校就会热闹起来。

第四节

苏央然不知道这个规矩，直到学生会的人都提出来了，她才愣愣地问出一句：“一定要参加吗？”

“是的，学生会的成员原本是不用报名比赛的，因为我们要准备一些比赛设施，可纪检部的成员因为没有这个职责，干脆直接被划分了出去。现在学校里已经有百分之八十的学生报名了，最后会剩余二十个学生做啦啦队，苏同学，如果你不想做啦啦队队员，还是趁早报名比较好。”一个好心的学生会成员提醒了她一句。

她无语，扭头问身后的户：“你也报名了吗？”

户勉强睁开眼睛：“呃……篮球。”

看来她也得报个名了。

中午吃饭的时候，苏彦帮苏央然买好了饭，在食堂里等她，却不知道后面还跟了户。户食量不大，苏央然也吃不了那么多，就把自己的饭菜分了一半给他。户很高兴地坐在旁边吃着，像只温驯的小狗。苏央然想到学生会成员说的事情，立刻问了苏彦，谁知苏彦居然早就报名了，不过他并不知道未报名的二十个学生会被选为啦啦队队员，只听说有运动会，想要努力一下，就报了一千米长跑。

苏央然一听立刻急了，她可不想当啦啦队队员！啦啦队的那种女装，她可受不了！

于是立刻丢下碗筷跑出去找那些社团，想要报名。可是万万没有想到，那些社团居然全都一致说已经报满了，这下她就不明白了，之前明明说全校百分之八十的人报名了而已，现在怎么一下就报满了呢？

正郁闷着，忽然看见几个学生叽叽喳喳说着话，从身后的社团里走了出来：“哎，本来我想参加跑步比赛的，可惜人数已经满了。”

“是啊是啊，只能来参加游泳社的游泳比赛了，可惜我是旱鸭子啊。”

“旱鸭子总比穿啦啦队队服好啊，笨蛋。”

“哈哈哈哈，说的也是，我可不想扮个女生，站在台上跳啦啦操。”

他们一边说着一边从苏央然身边走过，她却一下子僵在那里：这几个后来的报上了？不是告诉她人满了吗？

原本是想着，先报了游泳社，不用当啦啦队队员，大不了比赛的时候说自己脚受伤什么的，临时取消掉比赛，就不用穿游泳衣了，可他们说报满了，苏央然只得走了出来。现在可好，那几个比她晚进去的人都报上名了，为什么她不能报名？难道是被排斥了？

原本想重新进去质问他们，但是转念一想，这些人定然不会让她报名的，还不如留着力气去别的社团看看。

于是一整个下午，她都在各个社团里转悠，可是每一个社团的名额都满了，连最冷门的项目都被报满了。直到最后一天，全校仅剩的二十个没有报上名的人登上了榜单，她终于知道，这啦啦队，不得不去了。

榜单上除了她以外，还有一个熟悉的名字，那就是朔连城。不过朔连城还在休假，想来也不用参加啦啦队了。

苏央然无奈只能进了啦啦队，和一群沮丧的男生一起练习啦啦操。

“青春似火，挑战自我，洛兰科斯，奋勇拼搏！”

喊着看似激情澎湃的口号，可苏央然练习的第一天就要崩溃了！

那些男生也是心不甘情不愿的，一休息就开始抱怨起来。

“真是的，都怪我妈，非要我在家多待几天才放我回来，我都说要有运动会了，肯定得参加的，她说不参加又没事，现在好了吧，我还得当啦啦队。”

“你是你妈害的，我是我爸害的！他非要我留下来陪外婆过生日，我简直要疯了。”

“你们倒是好了，因为没回来才被刷的，我是体育太差，没一个社团收我。”

听着他们的埋怨，苏央然觉得更加悲剧了。她体育不差，也天天在学校，只是好像被人故意阻挠，所有社团都不让她报名，才沦落成啦啦队队员的。

话说回来，连苏彦这个体育常年不及格的人都可以报名，体育向来是全校第一的她，却被拒之门外？凭什么！肯定是有人在背后搞鬼！

苏央然咬牙切齿，但是眼下也没有别的办法，只能乖乖练习。

啦啦队的队服在第二天就被送来了，意料之中的裙子，是百褶裙的款式，蓝白相间的条纹，上身是一件白色的T恤衫。

可是，让她穿成这样去跳舞？天，谁来救救她。

第五节

"哥，你怎么了？"放学回到宿舍，苏彦立刻捧着饭去了苏央然的房间，看见她浑身虚脱地躺在那里，牙齿咬得咯吱咯吱响。

见苏彦进来，苏央然立刻跳了起来："我觉得一定有人在背后搞鬼！你知道吗？我四处报名，没有一个社团肯让我进，害得我现在只能被分到啦啦队，肯定有人在找我麻烦！"

苏彦把饭盒放好，掰开筷子摆放在两边："会不会是真的报满了？"

"不可能！有好几个人比我晚进去，他们都可以报名，偏偏我不行！这不是有人捣鬼是什么！我一定要查出来到底是谁，非得揍那个人一顿不可！"苏央然边说边拿起筷子吃饭。

苏彦叹口气："哥，你在学校里树敌太多了，是不是白系的人做的？朔连城走了之后，白系的人已经找了你好几次麻烦了。"上一次，白系的人也是因为苏央然，才为难苏彦。苏彦自然不会把原因告诉她，他不希望苏央然自责。

苏央然只顾着生气，也没有在意苏彦的话。

啦啦队还是得去的，她虽然夸下海口要找到背后的主谋，但是一点儿头绪也没有。有谁会要看她出洋相？华尚？朔连城？还是白系的人？

啦啦队每天都要训练，跟其他体育竞赛一样。苏央然每天要做的事情就是举着两个毛茸茸的彩色助威球踢着腿喊着同一句话。

明天运动会就开幕了，他们不但要在会场上给那些运动员加油，开幕式的时候还会有十几台摄像机全程录播。

想起来苏央然就浑身起鸡皮疙瘩，可偏偏她又没办法拒绝，如果拒绝了，就要扣学分。

运动会当天，所有队员穿上那可笑的啦啦操服装。苏央然故意装作肚子不舒服要去厕所，老师没办法，准许了，但是要求在运动会开幕之前的三分钟内，一定要赶到。

苏央然点头如捣蒜。

一到厕所，她就蹲在那里不出来了，直到开幕式正式开始，她也没有出来。老师急了，没办法，只好重新安排了队列。苏央然以为这次可以躲过了，还舒了一口气。谁知刚从厕所里走出来，就被两边的红系男生给扣住了手脚："老师让苏同学去一下前台。"

"我不去！"苏央然立刻挣扎起来，迅速把两个男生给甩开，夺门而出。

谁知在门口还躲着两个红系的男生，他们一看见苏央然立刻便追了出去，苏央然跑得飞快，一路穿过乱七八糟的障碍冲向前方。还没看清楚对面到底是什么地方，就直接冲了进去。

但是进去了她才发现……居然是体育馆!

所有人的视线都转向了她这边，她穿着啦啦队的队服，下身就是裙子，手里还拿着毛茸茸的助威球，脸腾地红了。

“哇，这里有个啦啦队的队员。”

“是黄色徽章，学生会的人。”

“我认得她，苏央然！”

“看，穿着裙子，简直就跟女孩子一模一样，很漂亮。”

那些学生一个个朝着这边挤了过来，眼睛直勾勾地盯着苏央然，继续感叹：“要是长头发，估计站在大街上都没人认得出来他会是一个男的。”

“校庆的舞台剧，干脆让他去演公主算了，我还可以演个王子什么的。”

“美得你，你是没见过他的拳脚功夫，他随便伸一个拳头，就可以把你打到北极去。”

“真的假的？”有些还不认识苏央然的男生不信，非要挤过来，其中一个伸手搭在苏央然的肩膀上，“喂，同学，给我们加加油嘛，哥哥我比赛需要助威呢。”

苏央然脸色当时就青了，她直接伸手一把抓起他的衣领往上提：“给你助威？你确定？”

那男生压根儿没料到苏央然小小的个子，力气居然这么大，差点儿被勒得喘不过气来。这个时候啦啦队的老师赶来了，他一把揪住苏央然的后衣领：“好啊，你居然溜了！知不知道整个队的人都在等你！少了你一个人，队形都乱了！你要是敢再溜，我就扣你学分！”

苏央然欲哭无泪，直接被拖走了。还在为跑步比赛做热身的苏彦看到穿着印了字的白T恤和超短裙的苏央然，瞬间他整个人都僵在了原地。

女装？天啊，啦啦队的队服居然是女装！难怪她一直不愿意！

刚才开幕式的时候没有注意，如今看见了苏央然，苏彦立刻把视线移到了正中的平台上。果然，那一个个男生身上穿着的都是白T恤和超短裙，表情同样充满怨念。

“别让我知道是谁在背后搞鬼逼我参加啦啦队，否则我要你好看！”苏央然愤愤不平的声音隐隐从平台上传下来，坐在横栏上看着体育场的华尚扬着嘴角，笑得不知道有多欢。

第九章

苏央然是女生吗

第一节

苏央然的位置是最显眼的，队形是三角形的，偶尔变化成正方形，她就站在第一排的最中间。其他学校来参加运动赛会的男生看见了她，一个个都瞪大了眼睛：“喂，你们看见了没有，那个是男生吗？”

“是啊，看上去好像女孩子。”

“腿好白好长。”

“人看上去也瘦瘦小小的，该不会是外校的啦啦队混进来的吧？”

“真的挺漂亮的，等会儿运动会结束了，我们去看看。”

苏央然站在平台上是听不见，但下面洛兰科斯的学生却听得一清二楚。本来彼此就是竞争关系，听到外校的学生居然妄图搭讪本校的学生，立刻怒了起来。其中一个白系的学生出口教训道：“你不长眼睛吗？那是我们学校的校草，是个男的！想勾搭他先过我这一关！”

“谁怕谁！”外校的学生也不甘示弱，两个人争执起来。

站在另一边的苏彦一头雾水：什么时候他姐变成了校草？

啦啦队跳了一个小时之后有十五分钟的休息时间，苏央然拿着一瓶矿泉水从上面走下来，运动场上一大群男生居然都朝着她这个方向拥了过来。有些递上毛巾，有些递上水，个个都不怀好意地上下打量她。

苏央然气得捏着矿泉水瓶：“你们看什么看！给我走开！”

虽然她可以直接冲出去，但是现在穿了裙子不方便，又被一大群男生围着，她根本脱不开身。就在这个时候忽然一只手从外面伸进来，直接把她拽了出去。

苏央然愣在那里：“户？”

没错，的确是户。虽然个子小小的，看上去像是一个永远睡不够的小孩子，但是没有想到他的力气居然那么大。

他一直将她拉到运动会场的外面，才松开手：“你不应该穿成这个样子。”

他说得一本正经，好像是老妈在教训她那样。苏央然擦了擦额头的汗，脖子上也湿漉漉一片，汗珠滚落到T恤衫里：“又不是我想穿，这是啦啦队队服！全校最后二十个没报比赛项目的就要当啦啦队。我跑了那么多社团，他们没一个收我，都说报满了，我有什么办法！”

户很可爱地咬咬下唇：“你早点儿告诉我，我可以把我的名额让给你。你穿成这个样子，他们都看见了。”

“看见什么了？”苏央然愣了愣。

户憋红了脸："腿。"

苏央然低头看了看自己的腿，虽然是超短裙，但里面还穿了打底的黑色短裤，她还以为什么东西被看见了呢。

户一直别扭着，似乎对苏央然光着两条腿很不满，他忽然想到了什么，一把拉住她的手腕："我有个办法，跟我来。"

"呃……"苏央然一头雾水，就这么跟着他去了。

第二节

几分钟之后，苏央然重新出现在平台上时，下面所有人都目瞪口呆。

户在苏央然的腿上画上了无数腿毛，用炭笔画的，生动形象，仿佛还可以看见那浓密的腿毛真的随着风轻轻摆动。

“噗……”坐在栏杆上的华尚差点儿一口血喷了出来。这到底是谁的创意？她还接受了？

其实苏央然也不知道自己怎么会答应户在自己腿上画东西，还雄赳赳气昂昂跨上了平台。效果比较明显的是下面所有人都转过身做出呕吐状，再也不想看苏央然一眼。苏彦难得不冷静一回，他抽搐着嘴角，看着苏央然在平台上热情洋溢地跳着啦啦操。

另一侧主席台上的蓝王沧弛染寒听到下面的喧闹声，有些不悦微微地皱了眉头，他抬起头看了一眼平台上的啦啦队队员，当视线落在苏央然身上的时候，也顿了顿……这画面太美，他有点儿不敢看。

运动会总共要举行一周，第一天结束之后苏央然已经腰酸背痛了，她腿上的炭末儿还没有擦掉，苏彦走过去，尴尬地问：“哥，这个是谁帮你画上去的？”

“除了户还有谁敢在我腿上画这些玩意儿。”苏央然吐出一句，“那个小鬼说我穿得太暴露，非要给我画点儿什么。本来在我脚上涂了一圈绿色颜料，还画上了黑色条纹，就跟长条形的西瓜似的，说是假装长筒袜。我觉得实在太丑了，就让他画了别的，结果黑乎乎的一层。”

“哥。你知道它远远看上去像什么吗？”

“什么？”

“腿毛。”

这样一说，还真的挺像。她无语地整个人伏在桌面上，苏彦在旁边安慰着：“不过幸亏它，那些男生都不再看你了，被打击得比赛都懒得参加，我跑步这么慢，还拿到了第三名。”

这还不算什么，第二天她换上啦啦队队服刚到场地，就看见一大群人拿着什么东西在那里叽叽喳喳聊天儿，她视线一瞥，竟然看见他们拿着的正是自己画得满是腿毛的照片！

运动会继续进行着，苏央然依旧穿着那身啦啦队服装，只要啦啦队的活动一结束，她就立刻换回原本的校服。

终于到运动会第四天，再过三天就结束了，很多项目落了幕，外校的学生也陆陆续续离

开了。她简单地收拾了一下啦啦队的道具，转身从运动场的小门离去，正巧看见一群男生围在外面的一棵树旁，好像围着一个女孩子。

女孩子？难道是给自己的家人或者男朋友加油来的？尽管运动会是好几个学校联合举办的，但也一律都是男校，应该没有女生才对。否则那些家伙也不会只盯着他们这几个穿着超短裙的啦啦队队员。

侧了侧头想要看得更加仔细一些，忽然听见人群之中传来弱弱的一声呼喊：“央然。”

苏央然愣在那里：“尤娜？”

茉修法尔女校的学生会会长尤娜。

几个男生脸色难看地散开来，尤娜立刻小跑到苏央然面前，伸手紧紧拉住她的胳膊，有些害怕地躲到她的后面：“我……我找不到你……你们学校人太多了。”

苏央然低头一看，尤娜今天穿了一身米白色的蕾丝连衣裙，头发用一根发绳绑在一侧，嘴唇嫩红，就像一个可爱的陶瓷娃娃。她打扮成这副模样，男生不围着才怪呢。无奈地叹口气，她想要抽出手，却发现尤娜握得很紧，没办法，只能由着她，说道：“这几天是运动会，所以人比较多。你怎么过来了？你们学校不举办运动会吗？”

“我想要见你！”尤娜抬起头，她看着苏央然的眼睛，水汪汪的，“我想要见你，所以丢下学校的工作来洛兰科斯。”

周围一群男生听见一个美女拉着苏央然说这种话，立刻欢起了口哨儿。

苏央然有些尴尬：“见……见我？”

“那个晚上之后，你便再也没有理睬我，也不主动联系我。所以，我想要出来见你……”尤娜一副我见犹怜的模样，暧昧的话语让旁边一群男生目瞪口呆，她继续说，“那天，我真的很害怕，很担心你，想要给你打电话，可是怕你累了，就没有打。等了好久，你一个电话也不给我，我真的很想你，就出来找你了，你不会怪我的，对不对？”

男生用羡慕嫉妒恨的眼神看着苏央然，她是有口难辩，只能向尤娜解释：“我受了伤，所以没有及时给你回电话。我们去别的地方聊，这里人多。”

没有办法，她只得带着尤娜去了学校旁边比较僻静的树林。

第三节

到了树林，苏央然松开手看了看身边的尤娜，今天她特意打扮了一下，如果是一般的男孩子，恐怕很难不心动。只可惜她是女的，就算尤娜打扮成一个天仙，她也不会喜欢她。

“那天我受了伤，回来之后就睡下了，第二天去校医院处理了伤口，加上后来运动会的事情，我一直很忙，所以没有打电话给你。”苏央然解释道。

尤娜知道苏央然受了伤。那天她打了电话过去，被苏央然的弟弟狠狠骂了一顿。想到眼前这个人竟然为了自己伤得那么重，接下来想要说的话也如鲠在喉。她的确是受了朔家嘱咐接近苏央然的，可她很担心苏央然的这份心意，却是真的。

尤娜垂着头，轻轻靠在了她的肩上：“对不起，那天都是因为我。”

苏央然伸手拍拍她的肩膀：“不用客气，茉修法尔和我们洛兰科斯也算兄妹学校了，茉修法尔的学生出事，我们不可能袖手旁观的。那天就算你打电话给其他同学，他们也一样会来救你，我只是做了我力所能及的事情罢了。”

尤娜一言不发，就那么靠在她的肩上，苏央然不知道她怎么了，有些不知所措。就在她忍不住要将她扶起来的时候，忽然听到她轻软的声音从耳边传来。

“我喜欢你。”

“什么？”苏央然一下子怔住，完全没有反应过来。

她以为自己是幻听了，整个人呆滞着。尤娜却已经抬起头，脸上重新扬起笑容：“好啦，没什么。我今天得回去了，谢谢你，央然。”

她像是和以前一样，又像是与以前不同，只是脸上的笑容依旧美丽，如同一只飞舞的蝴蝶，逐渐远去，直至从她视野里消失。

苏彦的比赛早就在几天前结束了，因为苏央然还要继续留在运动会场上做啦啦队，所以每次他都先去食堂买饭，等她回宿舍一起吃饭。可是今天他等了好久都没有等到苏央然，担心她便出来寻找，结果听到其他同学说她和一个女生去了学校偏远角落的树林里，立刻急急赶了过去，恰好听见尤娜对苏央然说的最后一句话。

他比苏央然还吃惊，生气之余，更多的却是愤怒。他非常不喜欢尤娜，总觉得她接近苏央然是别有所图，比起朔连城，他更讨厌尤娜。

快步走上前，他一把拉住了苏央然的手腕：“哥，我们去吃饭吧。”

苏央然原本还愣在原地，听到苏彦这么一声喊，才回过神来：“哦，好。”

苏彦一路拉着苏央然走，不再提刚才的事。

这边苏央然和苏彦还在为尤娜那句“我喜欢你”感到莫名其妙，另一边的朔家，却已经被闹得天翻地覆了。

自那天朔连城在学校倒下，他们便将他送到了医院救治，之后就护送回了家里，想让他在家里养两天。可是没想到他把自己关在房间里好几天不出来，无论谁过去敲门都不开。朔家老爷当时就急了，想尽办法跟朔连城沟通，无论如何这都是未来的朔家继承人，万万不能出事的。可他好说歹说，朔连城都不出来，就在他们决定砸门的时候，朔连城忽然出来了。

他先是环视了周围的人，然后挑中一个年轻的男管事，一步一步走过去，一点儿一点儿凑近对方的脸，所有人都吃惊地屏住呼吸，那个管事吓得脸色铁青：“少……少爷……”

眼看就要亲上了，朔连城这才停了下来，皱起眉头扭过了头：“没有心跳的感觉。”

男管事立刻舒了一口气。

朔家老爷眼睛都瞪出来了：“连……连城……”

他喊他的名字，可是朔连城压根儿就不理他，而是一个一个对着那些男管家试，一边试一边自言自语：“根本就没有感觉，完全没有心跳的感觉！”

男管事不行，他又对着那些女用人试了试，女用人一个个面红耳赤。试到最后朔家老爷看不下去了，拐杖重重地顿到地上：“连城！你发什么疯！”

“我也想知道我发什么疯！为什么对他们都没有感觉，只对苏央然！只对苏央然……”这颗心，只对着苏央然会跳得那么厉害，好像一列火车在里面奔跑，好像要从里面蹦出来！

无论对谁都不起作用，他的心好像只对苏央然跳动。

第四节

"连城，你已经两天没吃饭了，再这样下去，身体会垮了的，你先把饭吃了，以后的事情，我们以后再说。"朔家老爷对他的行为感到震惊，但他还是忍住了，低声细语跟这个宝贝继承人沟通。

女用人们立刻端上来早就准备好的饭菜，递到朔连城面前。可是朔连城看着那饭菜一动不动，神情恍惚。

朔家老爷咬了咬牙："连城，你到底怎么了？从学校回来你的情况就不对。有什么事情你告诉爷爷，爷爷可以想办法帮你解决。"

朔连城依旧没有反应。

朔家的人终于忍不住了："是因为苏央然吗？"

听到这个名字，他一下子抬起了头。

朔家老爷早已意识到苏央然这个人的存在已经严重影响到他们的继承人了，只是没想到已经到了这种地步，咬牙切齿地坐到了沙发上。旁边一个中年管家恭敬地给他倒上一杯水，朔家老爷抬起眼帘："福庆，你打个电话给尤娜，让她过来一趟。"

"是。"管家应道。

尤娜已经做好了自己的打算，只要朔家不催促，她就将这项任务搁置，却没想到朔家却在今天打来了电话。她脸上的表情凝固了起来："是，我知道，福庆叔，我立刻回本家一趟。"

当天晚上尤娜到了本家，就被朔家的人询问关于苏央然的情况，同时也派了人去调查苏央然的家庭背景。

尤娜听到朔家老爷询问苏央然的为人时，也愣了一下，但是她立刻一五一十把自己所感受到的，所理解的苏央然，告诉了他。

苏央然，是一个非常特别的男生。他非常绅士，也非常有礼貌。会在第一时间保护身边的女孩，也会随时考虑她们的感受。知道她们在什么情况下会难受，会不舒服，知道什么话会让她们不高兴、沮丧。而且，他的情感经历应该是零的，因为他不懂得如何回绝她，不会花言巧语巧舌如簧地找借口拒绝，担心自己会伤害到她，所以每次她对他说喜欢的时候，他都会很尴尬，支支吾吾不知道应该怎么接话。他也很好强，所有事情都要做到最好，无论是文化课还是体育课的成绩，哪怕是接了他不喜欢的工作，他也会做到最好。最重要的是……他的微笑，就好像冬日里悬挂在天空的太阳，温暖的，舒适的。让人忍不住想要一直看着他的微笑，看到天荒地老。

“看来你对他的评价很高。”朔家老爷听罢之后沉默了许久，才缓缓道出一句。其实他接触过苏央然几次，也了解一些她的脾气，上面说的或许有些夸张了，但也确实，她在人品方面完全没有问题。

这边，朔家的调查也很顺利，苏央然是在洛兰科斯念书的，自然是直接进洛兰科斯的档案室查询了。原本进档案室查询是要通过学生会审批的，但毕竟是朔家要调查，校方便立刻派了人亲自过来带领他们进入档案室查询。

带领他们的不是别人，正是跟随在学生会会长常加伊身边的副会长。他带他们进到档案室之后，朔家的人报了一个名字，副会长微微一怔，然后恭敬地对他们鞠了一躬：“档案查询有些慢，请你们在沙发上稍候片刻，我将档案资料调出来打印好给你们。”

朔家的人并没有多想，便等候在那里。

副会长将苏央然的档案调出来之后，望着户籍上性别一栏，并没有做任何改动，这是苏央然自己需要解决的事情。他打印了一份就呈给朔家的人，他们道了谢之后便要离开。

在那之前，副会长忽然抬起头：“档案内容本不应该带出档案室的，希望你们看完之后可以将档案处理掉。”

朔家的人点了点头，带着资料离开了洛兰科斯。

档案上，包括苏央然的出生地、出生医院、户口所在地、祖籍、亲属关系、家庭状况等，记载详细，涉及面广泛。原本朔家也会亲自去求证这些资料的真实性，但因为朔家老爷急着要苏央然的资料，加上洛兰科斯本来对档案的收集就是十分谨慎的，便直接将档案递到了朔家老爷手里。

和他想象的一样，苏央然不算名门贵族，也不是有钱人的小孩儿，家庭背景一般般，却也干净，从祖辈开始到苏央然这一辈，都没有人存在不良记录。而且根据上面记载，苏央然的祖辈寿命都挺长，连小病小灾都没有，除了一个特例——弟弟苏彦，一直就是个病秧子。

等等！朔老爷似乎看到什么奇怪的地方，整个人怔了一下！他抬手在户籍复印件那里反复擦拭了几次，仿佛要把那个“女”字给擦掉一般。

那个孩子……是女生?

第五节

朔连城是在当天晚上得到朔家拿来的资料的。他一张一张翻看着，仿佛是看着苏央然的过去，她的笑容，她的坚强全部从里面呈现出来。她要比自己想象的更加强大，也要比自己想象的更加坚忍。一直以来，他都任性妄为，不顾一切，只顾着自己做事，但是苏央然却在照顾她的弟弟，照顾这个家。

直到翻到最后一页，看见了户籍复印件，脑海瞬间“轰”的一声，有什么东西在身体里炸开了，如同惊天巨浪迎面扑来。他彻底怔住，一动不能动，颤颤巍巍道：“女……女孩子？”

苏央然是女孩子？

闪电劈头砸下，却在这一刻醍醐灌顶，过往的一幕幕划过脑海，那张照片，她脸色苍白捂着肚子的日子……对，苏央然是女孩子，他早就应该知道！可是他却那么傻没想到这一点！

“哈哈哈哈哈……”朔连城仰起头，几乎是疯了一样大笑起来。

屋外的朔家长者们：“怎么回事？我们的继承人不会是疯了吧？”

“难道是知道自己看好的对手居然是个女孩，所以情绪失控？”

“瞎说什么！”朔家长者拿手杖敲了敲地面，“散了散了，都散了吧。”

其实之前他有些隐约的猜测，但一直并没有往这方面想过，直到后来在户籍上看到了苏央然的性别，他才意识到，自己家这个傻小子可能对那个女孩有好感。只可惜以苏央然的背景并不适合当朔家继承人的媳妇。

现在说这些尚早，如今能解开朔连城的心结，才是最重要的，至于以后的事情，毕竟他还年轻，谁知道会怎么样。

第二天，朔连城就被放回了学校。

他站在大门口，看着已经半个月没见到的校门，里面的一切都还是老样子，唯一不同的是门口立着运动会的牌子。

都已经是校运会了啊。

为他打开车门的福庆恭敬地冲着他一鞠躬：“少爷，老爷已经吩咐过了，今后无论您在学校里做什么事情，他都不干涉。”

苏央然一直以为朔连城不会回来了，却没有想到这一天刚回宿舍打开门，就看见他站在客厅里，面朝着阳台。

听到开门声，朔连城一下子回过头，当看到苏央然的脸时，心刹那间跳动了起来，怦，怦，怦，一声比一声激烈，一声比一声响亮。

她是女孩子，原来她是女孩子！在知道这一切真相之后，自己更加想靠近她。朔连城就那样怔怔地望着她，饱含深情和思念。

苏央然额头滑下一滴汗，刚要开口，他忽然冲了过来直接将她抱住。

“我好想你……”紧紧将她搂在怀里，朔连城将下巴抵住她的脑袋，“真的好想你……”

苏央然整个人都僵硬了。她第一次被人用这种方式抱住，还在耳边说了这样的情话。脸一下子红得像个番茄，气愤地伸手直接将朔连城推出三米远：“你干什么？发什么神经！”

莫名其妙盯着她看，之后莫名其妙抱着她，还说那么奇怪的话……

“对不起，我只是……太高兴了……”朔连城的手还悬在半空，见苏央然像看鬼似的看他，立刻收了手，视线落在客厅的桌上，她之前吃的两份盒饭还没有处理，“我不在的日子，你弟弟经常陪着你吧。”

“废话，就算你在，我弟弟不也跟我一起吃饭吗？”苏央然有些恼火地回了句，扭头要走进自己房间。

朔连城忽然又开了口：“我知道你很想跟你弟弟住同一个房间，我明天就去同校长说，把我的房间让给苏彦。以后，你可以让他多照顾你。”

苏央然一愣，这朔连城是怎么了？离开几天之后脑子忽然开窍了吗？

“如果真的可以的话，那真是太谢谢你了。”既然朔连城这么好心，苏央然也改变了自己原本恶劣的态度。

朔连城若有所思地盯着她看了很久，就在她马上要回房间时，他喊住了她：“苏央然……”

“嗯？”

“我喜欢你。”

背靠在门板上，苏央然整个脸都烧红了。当有一个男生对着你表白的时候，真的很难不紧张害羞，更何况朔连城家世好，长得也很不错，苏央然差点儿就心动了，但是她很快镇定下来。

她现在扮演的是男生啊，他怎么可以喜欢她？快清醒过来！

“天啊！我不喜欢男生！”她丢出这么一句话。

朔连城听到她这样说，反而扬嘴一笑。嗯，他知道，她必须隐藏身份，所以不能喜欢“男孩子”。

第十章
校园暴风雨

第一节

朔连城的回归让洛兰科斯的三大势力重新守恒，那些蠢蠢欲动打算跳出来的白系属下又被打回了原形。其实一直以来，三大势力都互相牵制着。尽管其中仍旧有不少纷争，偶尔几个派别的人会闹闹矛盾打打架，但始终没有破坏这个平衡，并且一直维持到现在。

然而，无论如何，所有人都清楚，总有一天会有一个势力站出来，最终成为洛兰科斯最大的赢家。

混乱终究需要一个力量将之聚拢，在这看似平衡的境况之下，其实早就暗潮涌动。

而这股暗流潜藏在洛兰科斯之中，只等待有朝一日彻底喷发。因为某个人的出现，已经打破了这样的平衡，使得整个洛兰科斯都掀起了惊天大浪。

苏央然因为朔连城突如其来的表白，这几天一直没敢早回宿舍，只要下课，她就跑到屋顶上、草坪后面的灌木丛里、树林某个角落的长椅上，躺着看书直到夜幕降临，她才回去。朔连城跟校长说了换房间的事情，虽然校长同意了，但是审核下来以及重新修改床位名单至少要一个星期。这一个星期苏央然都要熬到很晚才会悄悄回去，因为那个时候朔连城一般已经睡下了。

其实朔连城没睡，但是他知道苏央然在躲着他，可惜又不能直接告诉她，自己已经知道了她的身份，害怕她会更加惊慌失措。于是只能如她所愿回到自己房间，躺在床上看着天花板发呆，直到听见外面传来声响，知道苏央然进了房间，他才安心睡去。

这一天苏央然找了学校某个墙壁的角落，正好是她那天翻墙进来的地方，她原本只是路过，结果看见那边有一块矮石正好可以当椅子坐，旁边高大的树木可以遮挡住阳光，她便靠着墙坐在了那里。

天色悄无声息暗了下来，她有些犯困，打了一个哈欠。忽然有一个身影靠过来，大概没有看见她，直接站到了她的面前，踩着她坐着的垫脚石要往上爬，结果发现踩不到，就抬高脚踩到苏央然的膝盖上，轻而易举翻墙而过，临走前自言自语道：“这石头什么时候变高了？感觉有点儿不一样……”

感觉当然不一样！这是她的膝盖，好吗？

苏央然气得咬牙切齿，原本想要把那个人给拉下来，却又担心万一他掉下来摔伤了，自己也难辞其咎，她不想再惹上什么麻烦，才忍着让那家伙把自己当成了“垫脚石”，如今那个人翻墙而走，苏央然迅速攀爬到了围墙上方，瞪着远去的影子怒道：“祝你一路顺风，半路失踪！”

刚骂完，忽然察觉刚才离去的那个男生，不正是之前她在这堵围墙翻进来的时候遇到的人吗？因为担心被他看见了什么，自己还忧心了许久。之前也是在这个时候，她刚进来，那个男生就翻墙出去了，为什么总是在这个时候出去？难道有什么秘密？如此想着，苏央然便翻过围墙溜到了外面，小心翼翼跟随在那个男生后面。

夜晚的街道总是格外阴冷，苏央然一路跟着，穿得不多，总觉得冷飕飕的。加上走在前面的人一路往阴暗的角落里钻，她更觉得浑身发凉。这家伙，到底要去什么地方啊？怎么还没有到？再走下去，就要出城了！

苏央然不想半途而废，仍旧跟着他。只是很快，她觉察到情况有些不妙，前面那个人所走的路，居然是通向机场方向！

一般机场都是建在比较偏远的地方，专门有条路是通向机场的，周围几乎没有岔路。苏央然起初没注意，后来路过一个转角的时候抬头看了一眼上面的路标，分明写着：机场路。

他是要去坐飞机，还是要去机场附近？这么偏僻的地方，应该没什么好事吧？

这已经算是城郊了，根本看不到其他人，要做坏事的话绝对不会有人发现。这个城市不算一线，晚上坐飞机的人不多。如果他不是要做坏事，而是乘飞机的话，半夜三更的，要去哪儿呢？

苏央然追到了机场外，发现他竟然直接走进了机场，被三四个穿着黑衣服的保镖带去了另一侧的私人飞机停机坪。

只是从表情上看，他似乎并不是自愿的。隐隐抗拒着，却又没有直截了当拒绝，仍旧跟随着那些人进了里面，乘上一架直升机等待离去。

苏央然有些奇怪，半夜三更出来，就真的是为了坐飞机？为什么半夜翻墙出去，而且是每天都在这样固定的时间，却不在白天光明正大地去呢？算了算了，洛兰科斯的人家世背景都很复杂，指不定他有什么难言之隐。

她想着，反正对方到现在都没有说出她的身份，想来对自己应该没有敌意，那这件事她也当作不知道吧。

第二节

正打算走，忽然私人入口处传来一阵喧闹声，苏央然转过头，看到那个男生已经冲了出来，身后四五个保镖紧紧跟在其后想要抓住他，他猛地回头踹了其中一个人的胸膛一脚，那个人瞬间倒地。

这算什么情况?

她还僵在原地，那个男生已经朝着她这边跑了过来，身后不远处就是出口，那些保镖不顾一切冲上来想要抓住他，苏央然也不知道哪根神经搭错了，居然在千钧一发的时刻出手把其中一个保镖绊倒在地，又顺手一个过肩摔将另一个保镖摔在地上。

从来都没有正视过她的那个男生终于将视线落到了她的身上，只迟疑了片刻，便伸手一把拉住她逃出了机场。

尽管苏央然体力很好，但是在跟着他跑了那么远却连一刻都没有休息后，她还是忍不住抽回了自己的手："我跑不动了！不跑了……他们好像没有追上来，我们休息一下……再跑，我可吃不消了，我已经累得要命了。"

她甩开手之后就一屁股坐到了地面上，大口大口喘着气。那个男生也停下了脚步，他看了她一眼："你是女生。"

苏央然一口血差点儿喷出来："那天你看见了？"

"嗯。"男生不冷不热道。不看见是不可能的，月光那么亮，她显眼地靠在墙壁上，还喘着气。而且，那天血腥味非常重。

苏央然纠结了一下，眉头拧在一起："我是有苦衷才留在洛兰科斯的。"

"与我无关。"他开口回答了一句话，然后将视线落在身后一片幽深的丛林里，"我叫沧弛染寒，是蓝王。"

"果然是一个王啊。"其实苏央然在第一天见到他的时候就感觉到，只要他一说话，下面立刻一片安静，这样的学生没有一点儿身份是不可能的，加上他胸口上别着蓝玫瑰的徽章，也能猜测到他不是蓝王就是蓝色派系里权力比较高的人。苏央然挠了挠头发，老实说道："我其实今天本来是想出来抓你把柄的。"

她说完小心翼翼瞥了一眼沧弛染寒，见他脸色平常，便继续说下去："因为上次你似乎看穿了我的身份，我担心你把这事儿说出去，看你这么晚出来以为你去干坏事，就想跟出来看看，能否抓到你的把柄，没想到反而救了你一把。"

"不用你救。"沧弛染寒其实凭自己一个人就可以摆脱那些保镖，分明是苏央然自己跑出来凑热闹的。

可苏央然才不管："反正我救了你，你得谢谢我，继续帮我保密，不要把我是女生的事情说出去。"

"旁人的事情，与我无关。"沧弛染寒压根儿也没在意苏央然是男的还是女的，对于他来说，周围的所有存在都如同草木，他只关心自己，别人是胖是矮是男是女是死是活都跟他无关。

苏央然被戗得嘴角抽搐，不过听到他这样说，也便安下心来："那就好，只要你不说，我们算是两清了。"

沧弛染寒其实很想笑，大概这是第一个敢跟他说"两清"的人，每次出现都是不鸣则已一鸣惊人。隐约想起来，第一次与她见面，还是在新生入学式上，她不光打断他的发言，还在大庭广众之下说出"要去厕所"这样的话，惹得所有人都目瞪口呆。

如今她又莫名其妙出现在机场，自以为是地说救了他，要两清……哈，其实他压根儿就没打算把她女扮男装的事情说出去，只是在最初得知的时候，确实有些惊讶。

他抬头看了看天色："天快亮了，回去吧。"

"我本来就打算回去！"苏央然刚要站起来，忽然脚下一疼又摔了下去。肯定是之前跑得太急，又一刻不停地跑了很长时间，现在脚酸疼得不得了，这下好了，甚至无法走路。

沧弛染寒站在她面前看了一会儿，对她伸出手："起来吧，我们打车回去。"

结果两个人翻遍了口袋，都没有找到现金。苏央然除非是出校门去买东西，否则身上向来不带钱，这次出门纯属意外，自然不可能备着现金了。沧弛染寒身上只有卡，没有钱。在这片漆黑的土地上，两个人大眼瞪小眼看了许久。

"你先回去吧。"苏央然最终淡淡说道，"我在这里休息一会儿，自己会回去的。"

本来在这种时候要是男生听见这样的话肯定会说"那我背你""绝对不抛弃你啊"之类的话，结果沧弛染寒只说了一个字："哦。"

苏央然嘴角抽搐了两下，无语地坐在那里瞪他，沧弛染寒真的径自离开了，连头也没有回一下。

苏央然气得牙痒痒，眼看他就要消失在路的尽头，她终于忍无可忍地骂道："浑蛋！我可是女生！有把女孩子独自丢在路边的吗？"

中气十足声音洪亮，沧弛染寒虽然走得很远，却也听见了。他不冷不热的脸上难得露出了一丝笑容，也不回头，依旧径直往前面走。

苏央然坐在地上骂了好一阵之后想要站起来走一走，结果发现脚还是疼得厉害。天啊，难道她要爬回去吗？

像只蜗牛似的在路上缓慢挪动，眼看再挪下去天就要亮了，忽然前方开过来一辆出租车，停在了她的身边。

她眨了眨眼：她应该没伸手拦车吧？

司机打开了门，非常有礼貌地将苏央然扶进车里，苏央然迟疑地抵着车门：“司机大叔，其实我没有钱，付不起你车费。”

“你的朋友已经帮你付了，他跟我说，他的一个朋友在这条路上，穿着洛兰科斯的校服，如果看见了，就让我载回洛兰科斯男子高中。”那司机笑了笑回答她。

如果没有猜错的话，应该是沧弛染寒。算他还有良心，至少还知道派辆车来接她。可是他不是没有钱吗？那他怎么回去的呢？

看来沧弛染寒应该是先去取了钱，然后才付钱给出租车司机，让司机来接她回去的。

看来沧弛染寒也不是很差劲嘛，表面上对人不冷不热，走得绝情，其实也没有真的将她弃之不顾。

回到学校之后苏央然揉着腿挪回了宿舍，还没有走到楼梯口，就看见一个人影儿在那里，只是大概等了很久的样子，已经跟黑暗融成了一片，不仔细看难以察觉。

“朔连城。”苏央然喊了一声他的名字。

那黑影立刻抬起头，看到她，终于扬起了一个笑脸：“你回来了。”

苏央然的心咯噔了一下：“你站在这里做什么？”

“等你回来……”朔连城的声音有气无力，看来一宿未眠。苏央然有些吃惊，她根本没想到朔连城会在这里等她，还等了一夜！

她喃喃问道：“为什么？”

“没什么。”他抬起手，将一块毛巾搭在了她脑袋上，“一身汗，擦一擦。”之前她也回来得比较晚，却没有像今天这样一夜未归，担心她出事又不知道该去哪儿寻找，所以只能这样一直站着等，直到她回来。

苏央然僵在原地，她怔怔看着他，心里翻江倒海……朔连城，他一直在这里等她回来。

“还待着做什么？”朔连城已经侧过了身，“回去睡吧。”

第三节

最近不知道为什么，整个学院白系的学生都发生了变化，他们仿佛换了一个王似的，见到苏央然都会毕恭毕敬地打招呼，或者鞠躬，甚至为她打饭，替她占位。这些原本只有白王才可以享受的特权，现在她居然也享受到了。

苏央然知道，这是因为朔连城对她的态度有所改变，只可惜她并不想享受这些。

那天和蓝王之间发生的事仿佛成了彼此之间闭口不谈的秘密。偶尔在路上相遇，两个人也都是擦肩而过，一句话也不说。

苏央然倒是挺满意蓝王的做法，本来三大派系都是水火不相容的，现如今白系明显偏向她这一边，那么蓝王自然不能跟她有任何瓜葛，否则两大派系只会有两个结果，正式宣战，或者是融合成一个派系。到了那个时候，红王也必定会被卷入其中，洛兰科斯定将闹翻天，直到最后三大派系统一为一个派系为止。

但是这个统一不可能是几天就可以结束的，至少要持续好几年。

朔家老爷虽然重新还给了朔连城自由，但是并没有收回对尤娜的指令，尤娜依旧想着法子接近苏央然，直到有一天她在来洛兰科斯的路上被朔连城堵在了门口。

尤娜恭敬地对他鞠躬："少爷。"

"以后你不许接近苏央然，"朔连城对旁人说话从不拖泥带水，"更不许用你那些方法去勾引她！"

尤娜的脸色一白："老爷吩咐我说——"

"这是我的命令！你可以不听命于我，但是你应该很清楚，爷爷是会选择你，还是我，如果我一定要将你赶出朔家，想必不会有任何人替你求情。"朔连城加重了声音。

尤娜苍白了脸，她全身僵硬地站在原地，直到朔连城离开，也没有敢抬起头。她知道，无论表面多么光鲜亮丽，她始终都是朔家的一个手下，为他们办事，为他们拼上自己所有的力量。如果没有朔家，她就什么都不是，不是茉修法尔女校的学生，更不可能坐上学生会会长的位置，她或许会流落街头，怎么可能过上现在的生活。

只有那个人，对她温柔相待，而现在她却无法再接近了。

其实谁都知道，洛兰科斯的格局开始发生变化了，这种变化悄无声息，在无人察觉的情况下，慢慢改变。三王依旧是三王，黑王也依旧独来独往没有踪影，苏彦始终佩戴着灰色徽章，学生会的工作照常。但是在不经意间，什么东西悄然改变了。

白色派系的人最近都很安分，不再与学生会作对；红色派系的人都在忙着组织一个奇怪的俱乐部，整天拉校外的女生进来参加各种活动；蓝色派系的人依旧低调而沉默……这样平静的校园，在苏央然进入洛兰科斯之后渐渐开始了新的轨迹，仿佛暴风雨之前的宁静一般，所有人都在屏息等待着那一天的到来。

然而，苏央然依旧是苏央然，苏彦依旧是苏彦，不管这所学校即将发生什么事情，他们并不知道这件事会同他们有何种牵扯。

苏央然其实是一个很懒散的人，她希望所有麻烦的事情都离她而去。她很聪明，却并不深谋远虑。在她看来，兵来将挡，水来土掩，用不着思考太多。于是依旧平静地过着自己的日子。而苏彦则为了考进学生会拼死拼活努力着。

他的身体状况依旧不佳，甚至比以前更加差了，他时常感到头晕，浑身虚弱，有时候走快一些心跳得就如同飞起来一样。但是他还是一直坚持着，每天起来跑步、跳远，为了第二年学生会成员的选拔做准备！他想要和苏央然站在同一个岗位上，想要和她一起学习、工作、生活。他不会再拖住她的步伐，不管她会走多远，他都一定会紧紧跟上。

第一场暴风雨的来临，是在三天后的一个下午，苏央然巡查完之后和户一起坐在树荫下休息，户吃着太妃糖，怡然自得地靠在她身上。苏央然不讨厌户，她知道户没有朔连城那样的心思。没有多久，对面走过来一群人，带头的正是华尚。他身边还有其他几个红色派系的学生，和三四个女孩子，貌似是从校外带进来的。他们有说有笑地从不远处的喷泉那边走过来，华尚在看见苏央然之后，立刻撇下身边的美女兴致勃勃地跑过去：“央然，你在这里休息吗？”

苏央然白了他一眼：“废话。”

华尚立刻屁颠屁颠地坐到了她的另一边：“要不要去我们红之俱乐部坐坐？我们换了新的茶具哦，非常不错的，是从英国进口的哦。”

“崇洋媚外。”苏央然丢出一句。

华尚无视她的毒舌，依旧仰着笑脸：“还有几个大厨，都是从民间挖掘过来的，会做特别又地道的小吃哦。你见过会开花的小笼包吗？还有会游动的年糕？我们的大厨很厉害！央然，去看看嘛，免费给你品尝。”

苏央然依然无视他。

华尚忍不住伸手去拉她，一边拉一边还喋喋不休着：“俱乐部还换了装潢，特别漂亮呢，有专门为你设计的沙发，躺上去可舒服了，走吧走吧……”

他还在拉着，忽然一只手从另一侧伸了过来，挡在了苏央然和他之间：“央然说不去。”

这下不仅仅是远处几个红色派系的学生，连苏央然都愣住了。户向来不是一个喜欢多管闲事的人，今天这是怎么了？

红色派系的学生立刻冲过来将苏央然和户围住。红王是整个派系的象征，有谁敢如此无礼？除非是华尚自己要开玩笑，否则无论是谁胆敢忤逆他，都不可饶恕！

他们这个动作很显然是要和学生会的成员产生冲突，远处第二拨巡查的人也过来了，看见这边围成一圈的人，以为是聚众闹事，立刻上来就将他们的手扭到背后，并且严厉地喝道：“你们在做什么？”

红色派系的人与学生会成员争执了起来，华尚蹲在地上看着苏央然，他一动不动，既不阻止，也不参与打斗。

第四节

苏央然沉默了很久，她本来也没动，直到有个人挥起巴掌打向户的时候，她忽然起身直接将那个人踹出了十几米远，然后一把拎起旁边红王华尚的衣领："叫他们全部给我滚。"

周围的空气仿佛凝结了，华尚任凭她拎着衣领，过了好一阵他终于开口："你是说真的吗？"

"你说呢？"苏央然反问了一句，她手上的力气微微加重，"我不管你在学校的势力如何，我也不管你们三王到底有多厉害，伤害我的朋友，在我耳边吵吵嚷嚷，我绝对不允许。还有，你看到天空了吗？"

华尚一愣，抬起头："嗯？"

"乌云密布，马上要下雨了，我最讨厌雨天，所以心情很不好，你别吵我，否则我真的会讨厌你。"苏央然松开了手，她拍了拍衣服上的灰尘拉着户要走，那几个红色派系的学生想拦住他们，华尚忽然开了口："让他们走。"

"华大人……"伸出手的那几个学生有些不满地回过头看他，却发现此刻华尚的脸上竟然没有一点儿表情，仿佛一片死寂的深潭。他们畏惧地收回了手，放苏央然和户离开。

这件事情可不得了，尽管学生会的人经常和三大派系起冲突，但是从未正面与他们的王发生过这样的争执。今天的事，显然代表派系要与学生会宣战了。

原本学生会只是一个中立的组织，如若和某一个派系宣战，那其他派系必定会占据优势，到时候整个学校就会大乱。

"会长，我们没办法庇护她了。"学生会会长办公室，年轻的副会长正焦头烂额地站在门口，坐在里面晃着两条小腿的会长常加伊正喝着奶昔，满脸笑意地看着桌面上摆放的照片，照片上显示的不是别人，正是那天和华尚发生冲突的苏央然。

他扬起一个笑脸，饶有兴味地开口道："她还真敢，对方可是红王呢。"

副会长脸上写满了担忧："所以我们才不能再庇护她了，学生会不能和派系发生太大的冲突，如果学生会毁了，洛兰科斯就没了制度，洛兰科斯定然会发生大乱！"

"我早就猜到她定会耐不住性子。"常加伊仍旧一副怡然自得的样子，副会长快急哭了。

常加伊耸耸肩膀："好啦，你不要急。既然苏央然和红王有了冲突，红色派系的人必定会开始对付她，我们不需要庇护她，明天下一个通知，将苏央然逐出学生会吧。"

"是，会长！"

第二天洛兰科斯的学生会通告栏上贴出了一张告示，纪检部成员苏央然因为各种原因被暂停职务，收回学生会的徽章。

苏彦有些吃惊，看到告示苏央然却异常平静。这就是学生会的做法，这个责任他们担不起，只能让她自己扛。虽然这件事的确是她引起的，作为学生会的成员，又是纪检部的人，阻止斗殴是非常平常的事，只不过对方恰恰是红王，所以最终才会闹得如此严重。

伸手摘下了胸口的徽章，她平静地将它递给了前来收徽章的学生："给你。"

"抱歉，这是会长的命令。"收徽章的学生满脸歉意。

苏央然淡然道："没事，当初让我考学生会的也是他，如今他放了我，我也轻松了许多。"

那个学生听罢呼了一口气，正要走，忽然从另一边探过一只手，又一枚学生会的徽章落到了他的掌心中，只听到有人说："我也退出。"

苏央然一惊，回头看到了户的脸。户依旧是一副睡意蒙眬的样子，他揉了揉眼睛走到她的身后，软软的头发贴着她的后背："当初你是因为我才和红王起冲突的，学生会开除了你，我也没必要留下来，以后你去哪儿，我就去哪儿。"

于是第二天，灰色徽章的人便多出了两个，整个学院的派系依旧维持着表面的平衡，只是许多人并不知道，这三个戴灰色徽章的人，将会掀起多么大的风浪。

落地窗的帘子被一只白皙的手轻轻拂开，端着红酒杯的少年就站在那里，他看着窗外飘落下来的雨，手中的酒杯轻轻晃动："更大的暴风雨……要来了……"

他记得有一个人曾经这样对他说。

——你看到天空了吗?

——嗯?

——乌云密布，马上要下雨了，我最讨厌雨天，所以心情很不好。

你应该会更讨厌暴风雨吧。毕竟，你是一个不喜欢麻烦的人呢。手里的酒杯轻轻移到嘴边饮了一口，红色的液体顺着杯子流进他的喉咙。

"暴风雨来了，洛兰科斯会发生很大的事情，到时候，三王或许不再是三王了。"华尚喃喃念了一句。因为这个人的出现，像一颗投入湖面的石子儿，原本平静的湖面开始泛起涟漪，一圈圈扩散开。不光是因为她强大的力量，还有那颗心，到底是为了谁而跳动。

灰色派系有了三个人的存在，也算站稳了脚跟。白色派系的人一直护着苏央然，所以灰色派系必然也算在白色派系之中。而苏央然与华尚发生冲突，使得红色派系将灰色派系视为劲敌，如此一来，在洛兰科斯里，派系的冲突就集中在灰白两色与红色之间，蓝色始终置身事外。

如若一直这样下去，倒也还好。毕竟从以前开始，白红两色派系就冲突不断，即便如今两个派系冲突加深了，但依然维持着这个平衡。

华尚不挑拨，也不平息，尽管他知道，总有一天这个平衡会被打破，但还是想要尽可能维持得久一些。

然而令他意想不到的是，打破这个勉强维持的平衡的，既不是红色派系的人，也不是白色派系的人，而是蓝王沧弛染寒。这个向来对旁人的事毫无兴趣的人，竟然第一次参与了这次的混乱。

为的就是苏央然。

灰色派系尽管有白色派系护着，但只要稍不留神就会被红色派系的人围堵。户当然是不怕的，他能躲能逃，实在避免不了也有能力反击。苏央然更是无所畏惧。唯独苏彦，他是灰色派系的软肋，只要稍微不小心落单了，就会被欺负。

所以苏央然几乎是一天二十四个小时都跟着苏彦，可也存在不得不分开的时候。

苏彦被老师唤到了办公室，这几日，他的成绩一直在下降，连他最优秀的一门课程都已经落后了十几名。老师非常担心，便在下课之后将苏彦喊去了办公室。现在他们姐弟在一间教室了，办公室距离教室很近，她便没有多在意，任由苏彦离去。

第五节

苏彦离开之后过了二十多分钟，苏央然开始感到有些奇怪。老师训话的时间也太长了吧？这都快半个小时了，接下来还有别的课程，又都是主修课，难道上课不是比训话更为重要吗？

她原本想去办公室看看，偏又恰逢任课老师进来，她只能先继续听课。

一节课过去了，等老师拖堂半天终于宣布下课之后，她立刻冲向办公室。推开门，里面正在忙活的老师们吓了一跳，抬起头："这位同学，有什么事情吗？"

"苏彦在哪里？林老师，苏彦不是被你喊到办公室了吗？"苏央然的视线一扫，却没有看见苏彦的影子。

那个被唤作林老师的人从椅子上站了起来："他早就走了啊，上节课上课之前我就让他回去了，这些天你弟弟的情况有些不对，上课虽然认真听讲，但是作业的质量很差，每次考试成绩都只有中等水平，和以往的水准很不一样。苏同学，你要好好监督他，或者问问你弟弟，是不是遇到什么困难了，再这样下去，他会一落千丈的，到时候能不能上大学，都是一个问题了。"

"他走了？"苏央然大惊失色，"可是他根本没有回教室上课！"

难道是红色派系的人……呆愣在原地的老师还没有反应过来，苏央然已经冲了出去，她一路上询问着是否有人看见了苏彦，或者是否看见红色派系的人带着一个学生离开了教学楼。可是除了白色派系的同学，没有一个人愿意搭理她。

她一路找，一路问，整幢教学楼都快被她找遍了，天台、厕所、玄关、楼道……所有他们可能出现的地方都找了个遍！如果教学楼里没有，那么必定是在外面了，可是洛兰科斯那么大，她怎么才能找到他呢？

苏央然急得如同热锅上的蚂蚁，发了疯一般在学校里寻找着，一边呼喊着苏彦的名字。她很害怕，她害怕苏彦会出事……她不敢想象孤立无援的苏彦会遇到什么样的事情！

脚步越来越纷乱，她已经跑遍了大半个学校，眼看就要放学了，等到天黑，要找苏彦就更难了。她双手支撑着膝盖大口大口地喘气，额头的汗像雨水一般滑落，眼眶已经湿润，不知道是汗水还是泪水。即使遇到了那么多的困难和挫折也不轻易流泪的她，这一次也不应该会流泪，可是鼻尖酸涩，视线也模糊了起来。

忽然她回过神往广播大楼跑去，站在门口巡逻的学生会成员要阻止她，她巧妙躲避后迅速将他们制伏："在你们取下我徽章的时候，我就不会再对你们手下留情！"

在他们决定放弃她的时候，在她遇到危险而他们选择对她弃之不顾的时候，她对他们也死心了，不会再留半点儿情面。她冲进了广播大楼，直奔播音室。时间是下午四点二十一分，播音室在五点就会开始播放校园新闻，几个播音员在调音，苏央然拉开门将里面的主持人拎了出来："话筒给我！"

"这……"主持人吓得不敢动，苏央然手一摊，他握着话筒有些犹豫，她干脆把话筒抢了过去。

"刺刺……"嘈杂的噪声在整个洛兰科斯上空响起，所有人都被这突然传来的广播声吓了一跳，他们抬起头，环顾左右，不知道发生了什么事情。

"洛兰科斯所有的学生都给我听着！"随着那"刺刺"声的消失，他们听到了说话声，响亮得如同阵雨前的惊雷，划破整个洛兰科斯，"我是苏央然！从今天开始，我们灰色派系正式成立！我就是灰色派系的王，无论是谁，若是敢动灰色派系成员的一根汗毛，我会让你们知道惹怒我的后果！我知道苏彦被你们之中的人带走了，在今天晚上五点半之前把他送回洛兰科斯正门的广场上，如果见不到人，不管是哪个派系，我都不会客气！"

自立为王啊。端着的红酒杯开始晃动，站在落地窗前的少年扬起了嘴角，鲜红的液体顺着指尖流淌下来，滴落在地面的毯子上。苏央然，你可真是大胆啊，知道这句话对于洛兰科斯意味着什么吗？打破固有的平衡，你是在挑起纷争呢。

坐在教室里，看着窗外那棵满是绿叶的槐树，朔连城手里的笔轻轻一斜，在听到苏央然广播里吼出来的话时，他真的有些震惊了。他可以庇护她，但是其他两王就未必会饶恕她了，如今她下了宣战令，几个王应该都会很快行动吧。可眼下看来，他能够做的只是拼尽全力保护她了。

站在音乐厅里，手里握着小提琴的蓝王也停止了演奏，他手臂上不知道在什么时候多了几道伤痕，眼帘微微颤动，空气中还弥漫着广播里那硝烟的气息，他无声无息地将琴放回了琴盒里，然后离开了音乐厅。

宣战了吗？

第十一章
退学风波

第一节

“小黑，小黑你别跑……”在一片未盛开玫瑰花的灌木墙边，一个黑发黑瞳的少年轻巧地从旁边的栏杆处翻身下来，一把抱起了在地上舔爪子的黑猫。少年细长的眼睛微微弯起，好像悬挂在黑夜上空的弯月。

他抬起头，抱着黑猫看向远处。

黑色的蔷薇徽章被摆放在一只布满灰尘的八音盒里，阳光稀稀疏疏地从阁楼的窗口照射进来，落在一张低矮的棕黑色沙发上，沙发上蜷缩着一只纯黑的猫，它整个身子缩成一个球形，在阳光照射下动了动耳朵，支撑起身子，两只毛茸茸的爪子一推，伸了一个懒腰。

抬起头看了看左右，黑猫注意到蜷缩在沙发另一头的少年，似乎还没有醒，便几步跳了过去，一爪子拍在他的脑袋上。

少年脑袋上一疼，头微微动了动，然后睁开眼睛：“早安，小黑。”

黑猫懒得搭理他，跳下了沙发用爪子拍了拍地上的一个托盘，示意他牛奶没有了。少年满脸歉意地挠了挠后脑勺儿：“啊啊，真是抱歉，昨天晚上听了那个广播之后就忘记买了。”

毛茸茸的爪子里锋利的指甲露了出来，少年立刻抓起旁边的帽子戴到头上：“我去买！我去买！”他跌跌撞撞地跑下阁楼，看似东倒西歪撞到了，身上却一点儿伤痕也没有，眼睛仍旧是眯着，一副慵懒的模样，手里的钥匙转得哗哗响：“小黑，你待在阁楼里，不要乱跑了，我只去几分钟，立刻回来。”

黑猫轻轻叫了一声算是回答他，少年立刻离开了这幢楼。

阁楼在画室楼上面，这座画室楼已经被废弃了，新楼在去年已经建造完成，学绘画的艺术生自然也都去了新的画室楼，而这座泥墙砖瓦，仍是木质地面的画室楼就这么被舍弃在这里，或许再过个一两年，就会被策划拆移，重新建造新的教学楼。

旧画室楼旁边以前是宿舍楼，后来宿舍楼改到了北边，旧的宿舍楼变成了校园公交车的停车站和司机的住宿楼，下面的小店依旧没有变，低矮的屋子，门口竖直地搁着一个牌子，上面写着简单明了的两个字：小店。

少年径直跨了进去，一位年过半百的老人回过头看见是他，脸上的皱纹挤成一团，扬起了笑脸：“冶志，你又来给小黑买牛奶啦？”

“嗯，小黑饿了，昨天晚上忘买了，婆婆，有帮我备着吗？”少年细长的眼睛弯得如同月牙。老人立刻从冰柜里给他取出一瓶透明玻璃瓶装的牛奶：“自然给你备着，整个学校里啊，就你的小黑最挑，天天喝牛奶，都已经那么大了，早就应该吃猫粮了。”

“小黑喜欢喝嘛。”少年耸耸肩膀，笑得人畜无害。

拿着牛奶往回走，为了抄近路换了一条树林里的小径，忽然听到里面有什么声音，他微微侧头，从一片灌木丛里翻了过去。

里头躺着一个别了灰色徽章的男生，浑身虚脱，白色的衬衣上都是脚印，头发上黏黏的，大概是血，脸色苍白，奄奄一息。

少年几步冲上去将他扶起来，手背探到他的鼻息下："还有气……"

他立刻将他扛了起来，送往校医院。一路上走着，背上的人一直在喃喃地说着一个字："姐……姐……"

姐？看来他跟自己的姐姐关系很好，都这样了还在念叨着对方。少年抿抿嘴，看了一眼手里的牛奶：唉，没办法，小黑肯定要打他了，又得迟一些回去。

少年哀怨地望了望天，扛着背上昏迷过去的人进了校医院。

而此时此刻，在洛兰科斯正门的广场上，遍地倒着别着红色徽章的学生，他们本来是要教训苏央然一顿。为了寻找苏彦而早已怒火冲天的苏央然不顾户的阻止，将所有她所遇到的红色派系的学生都教训了一遍！

可是对方人数越来越多，她早已满身是伤，却依然挺立着，脚边是一大片倒下的学生，苏央然怒吼着："告诉我苏彦在哪里！苏彦在哪里？"

还有几个瘫坐在地上的学生早已吓哭了："我……我们不知道……我们根本就没有动你弟弟，只是想要教训你！"

不是红色派系的人做的？

苏央然一怔，这样想想也没错，红色派系向来喜欢使阴的，怎么可能在动了苏彦之后还敢光明正大过来，或许真的不是他们。难道是白色派系的人？朔连城和苏彦一直讨厌彼此。还是蓝色派系呢？他们坐山观虎斗，想要假借她手坐收渔翁之利也不是没可能。脑子里胡乱想着，不远处有一个学生跌跌撞撞地跑过来："苏同学……你弟弟在校医院！"

校医院？苏央然立刻松开手里的家伙跟着那个学生跑向校医院。那个学生是白色派系的，早上吃坏了肚子去校医院，恰好遇到苏央然的弟弟被一个戴着帽子的少年送了进来，那个少年很快就离开了，也没有看清楚到底是谁。想到昨天晚上苏央然发的广播，他立刻跑去通知了她。当苏央然赶到校医院的时候苏彦已经醒过来了，他全身是伤，幸亏他护着头，虽然当时晕了过去，没有办法求救，但现在已无大碍。医生说他身体很虚弱，需要休息，便将苏央然喊出了病房。

一到门口，医生就把一张单子递到苏央然面前："你弟弟似乎有先天性心脏病。"

"先天性……心脏病？"苏央然僵在那里。

怎么可能？他们全家上下没有一个心脏病患者，苏彦怎么可能会有先天性心脏病？

第二节

“这怎么可能呢……这是遗传自谁呢……”苏央然颤抖着。

那个医生愣了一下，随后笑了一下：“先天性心脏病有很多种因素，并不一定是遗传的。”

苏央然微微呼了一口气，她以为是遗传病，甚至猜测苏彦会不会不是自己的亲弟弟。不过想想老爸老妈关心苏彦的程度，立刻推翻了这个想法。

苏彦有先天性心脏病的事情她怎么不知道？这难道不该早就查出来了吗？

“你得好好照顾他，不能让他做太多剧烈的运动，怕是最近这几日他一直劳累过度，导致心脏跳动过快，就晕了过去。如果再这样下去可不行，这个病，不是那么简单的。”医生说罢便离开了。

苏央然僵在门口，她怔了好一会儿，才悄无声息地走进病房。

苏彦正倚靠在床头，看到她进来了，微微扬起一个笑脸：“哥。”

苏央然一声不响地走到床边坐下，伸手摸了摸他的额头，然后开口道：“是谁打了你？”

他一怔，低下头，似乎是不想谈论这件事情，但是苏央然却不放过他，她一把抓起他的肩膀：“到底是谁打了你？你已经变成现在这副样子了，还想隐瞒吗？如果你不说，我也会想办法把那些人找出来！是谁欺负你的，快点儿告诉我！”

“如果我说了，哥又要跟别人动手了。”苏彦淡淡道，他抬起头，眼睛微微闪动，“每一次你跟别人发生冲突，身上都会有伤。”

哪怕没有伤，为了不表露出自己的脆弱，而做出凶神恶煞的表情，他也不希望再看到。

他知道，其实真正的苏央然是一个很温柔的人，她不喜欢打架，也不喜欢惹是生非，她喜欢一个人坐在椅子上看书，她会温柔地将别人丢弃的小狗小猫抱在怀里，她乐于助人锄强扶弱……真正的苏央然，并不喜欢吵闹和冲突。可是一直以来，都是为了他，她才变成现在这副样子。

所以他紧紧咬着牙关，硬是一个字也不说，任凭苏央然如何追问，他就是一个字都不说。到最后，苏央然只能放弃了，她松开手：“好，你不说，我也不再问。但是你记住，不要让这样的事情发生第二次，否则哪怕你闭着嘴不说，我也会把他们揪出来。”

苏央然要去给他买些水果，苏彦忽然伸手拉住了她的袖子：“哥……我想你留在这里，不要走。”

“我只是给你买点儿吃的！”苏央然无奈地说，她又不是没事找事，怎么可能到处找碴儿？

苏彦依旧抓着她不放，他早就看到她身上的伤口了，昨天被那些人带走之后，他也听到了广播，本来打算在被他们打完之后赶到广场阻止她的，可是自己连半点儿力气也没有，还晕了过去。若不是被人救了……对了！有个人救了他。

他一下子抬起头来，使劲拉了拉苏央然的手：“有人救了我。”

“有人救了你？我看是他们揍了你，于心不安，才顺手给你送到校医院来！”苏央然恶狠狠吼出一句。

苏彦摇了摇头：“不是，是真的有人救了我。他背着我到了校医院，然后自行离去了，我记得很清楚，他绝对不是那打我的人。”

“那好你说说，是谁救了你？”苏央然看着他。

苏彦却又一下子想不起来：“我只记得，他的头发很软，有一股草木的气息，身上还有牛奶的香味……”

“你是想让我去每个人身上都闻一下，来帮你找救命恩人吗？”苏央然有些无语。

苏彦摇了摇头：“不是，我只是不知道，学校里还有人愿意帮助我们，我们已经和全校为敌了，就算白系的人，眼下也不会轻易出手救我。姐，我们转学好不好？”

他的这句话让苏央然一僵。

苏彦的手越握越紧：“我们转学离开，不要继续待在这所学校里了。我们去一个普通的学校，我们在那里生活，姐姐就可以恢复原来的身份，可以交很多你想要交的朋友，不用总是隐藏身份而担心受怕，不用为了保护我而拼命……姐，我们离开这里，我会努力，不成为你的累赘。”

“累赘”这个字眼，真的非常沉重，就好像一块巨石，死死压在苏央然的胸口。

“你想换学校，那么就换学校吧。”苏央然微微合上眼帘，“无论你去哪里，我都会在你的身边。”

谁让他们身上绑着一条线呢？这对姐弟的羁绊与生俱来，至死方休。

第三节

苏央然打算转学的事情在学校里引起了轩然大波，他们都以为苏央然是无法忍受其他派系的折磨而要逃走，开始暗地里骂她是懦夫和胆小鬼。就当她是懦夫和胆小鬼好了，她一点儿都不在意，她在意的是苏彦，在意的是自己的弟弟。

转学申请书已经写好了，苏央然和苏彦选择了一所很普通的男女混合学校，尽管苏彦成绩有些下滑，但是以他们两个人的成绩，要转学并不是难事。特别是苏央然，优异的成绩根本无须担心找不到好学校。

下课之后，她就要把转学申请书递交给校长了，只要校长在上面盖了章，她就可以顺利离开这所学校，离开洛兰科斯。

从此以后，她就不用再穿男生的衣服，不用再为了每个月女生的尴尬时期而遮遮掩掩，不用每天都想着如何保护苏彦，不用每天都卷入这些纷争之中。从此以后她就是苏央然，一个普普通通的女生。

从此以后她的生活又将重归平静，没有任何波澜。

可是，她不甘！手中的转学申请书微微握紧，她不甘就这样离开这所学校，不甘就这样对那些人轻易认输！如若就这样离开了，她便是输了，输给了欺负过苏彦的人，输给了整个洛兰科斯！

她不甘，不甘到整颗心都紧紧揪着，不甘到心脏的跳动抽动着每一根神经！

可即便如此，她面上依旧平静。苏彦想走，那她就走！

下课了，她拿着转学申请书走出了教室，看见朔连城站在门外，他的视线落在了她的手上："你要离开？"

"苏彦受了伤，这所学校容不下我们。"

苏央然并没有多说，她转身要从他边上擦肩而过，朔连城忽然伸手拉住了她的手腕："你就这样逃走了吗？"

"我不是逃走！"仿佛被人踩到了尾巴，苏央然猛地甩开手，"我只是……"

只是什么？只是离开这里而已，离开这里难道不就是逃走吗？因为苏彦的一句话，因为害怕苏彦再受伤，这不是逃走是什么？是的，她是逃走了，逃离洛兰科斯，逃得远远的，不会再让这帮家伙欺负苏彦！

"随你怎么想！"苏央然握紧了拳头，她毅然转身走向校长室。

站在身后的朔连城一直看着她："留下来，我护你周全。"

留下来，他们整个白色派系的人都会护她周全。他可以丢掉白王的面子、他可以丢掉那个高高在上的皇冠，他只求她留下来，留在这所学校里。

这一句话让周围所有学生都怔住了，白王说了，护苏央然周全。

那么学校的势力算是彻底明确了，尽管红王不可能跟蓝王合作，但是局面已然发生了巨大的变化，灰白两派与红蓝色派系对立，三足鼎立变成了两方对抗，如果真的变成这样，那么洛兰科斯，恐怕不会这么平静了。

苏央然有些吃惊地望着他："你知道你在说什么吗？"

"我知道，"朔连城抬起头来，"为了你，我甘愿如此，与红蓝系为敌，与洛兰科斯为敌，与全世界为敌。"

"疯子！"苏央然咬了咬牙，她丢出这么一句，直接走上楼去了校长室。朔连城没有再阻止她，他已经把自己想要说的一切都说了，可仍旧没有办法阻止她，他也无可奈何。

苏央然的脚步却越走越慢，走到校长室门口的时候，她停了下来，手里的转学申请书捏得很紧。

"不想离开的话，就留下来。"忽然一个声音从侧边传了过来，苏央然转过头，看见华尚执着一朵玫瑰倚靠在旁边的墙壁上，阴影遮挡了他的面容，只能看见他手腕上的银饰闪闪发亮。

"我没有不想离开！"苏央然恼火地吼出一句。这些人是怎么了，一个个的，她都已经做好打算要离开了，非要跳出来惹得她心烦意乱。

华尚耸耸肩膀："那你干吗犹豫不决，直接将转学申请书送进办公室就好了。你站在门口一动不动，我当然会以为你舍不得，不想离开嘛。况且就这样走了好吗？前几天是谁在广播里说的，不管是谁都不会客气？"

——我是苏央然！从今天开始，我们灰色派系正式成立！我就是灰色派系的王，无论是谁，若是敢动灰色派系成员的一根汗毛，我会让你们知道惹怒我的后果！不管是哪个派系，我都不会客气！

是啊，她宣战了，她对着所有人宣战了！她怎么可以就这样逃走？她已经卷入了这场战役，就一定要将这场战争打赢！她怎么可以轻易逃走！

苏央然猛地抬起了手，刺啦刺啦几下，将手里的转学申请书撕成碎片。纸片一瞬间撒到了空中，苏央然直接掠过华尚身边重新走下楼。

她会留下来，她要留下来！

华尚一直都没有动，隔了几秒钟后他突然笑了起来，笑得很大声："哈哈哈，苏央然，你可真是有趣。是啊，这么简单就结束的战役多不好玩儿。况且……"

况且这么多年过去了，洛兰科斯的制度，也应该改一改了。

第四节

“华尚那个浑蛋！”一拳打在了学校走廊的扶手上，苏央然气得咬牙切齿，如果刚才不是被华尚挑衅，自己早就把转学申请书递交给校长了！这下可好，转学申请书都被自己撕了个粉碎！自己为什么会那么沉不住气啊？这分明就是激将法啊！

“哥。”旁边的苏彦不知道应该怎么安慰苏央然，只能劝慰道，“没事，既然哥想要留下来，我们留下来也没有关系……”

“谁想留在这个地方？我只是气不过！”苏央然摩拳擦掌，如果华尚现在还站在她面前的话，她早就冲上去揍他了。

旁边经过的几个红色派系的学生对着她指指点点，苏央然气得扭头就冲他们骂：“看什么看，有什么好看的！”

知道苏央然的厉害，他们立刻畏畏缩缩逃走了，尽管已经宣战，但迄今为止还没有多少人敢正面和苏央然产生冲突。那可是制伏了一大群红系学生的人啊，而且白色派系的白王朔连城又帮着她，没有人敢光明正大跟她作对。

因为转学的事情被搁置下来，白王朔连城又宣布站在苏央然这一条线上，洛兰科斯终于迎来了真正的世纪之战。

苏央然原本还算好脾气，自从被华尚气了之后，每天上课都绷着一张脸，在路上有红色派系的人经过，看见她面色不善全部缩头缩脑，有几个人忍不住恳求华尚帮忙，华尚却睁一只眼闭一只眼，假装不知道。蓝色派系的人又向来不喜欢凑热闹，人数也不多，眼下学校里大部分势力都被苏央然和朔连城占据了。

时间一长，局势又渐渐稳定下来，在学校里白色派系的人也越来越嚣张，而红色派系的人则隐忍着，可是他们心里已经暗藏着一股愤怒，只等待有一天爆发。

这一天，苏央然放学回来，一个个子不高，皮肤白皙的少年从远处向她跑过来，有些惧怕的样子，他把手里的信塞给苏央然就跑开了。

苏央然一头雾水：这是表白？

苏彦有些好奇地看了一眼那个信封，是学校里专用的，还印着洛兰科斯的标志，一般情书应该不会用这种信封的吧。

苏央然抽出一看，上面写着一句话：**苏彦被打，想知道真相的话，晚上十二点之后，来洛湖。**

“上面写了什么？”苏彦问了一句。

苏央然立刻将信收了起来："也没什么，无聊的挑衅罢了。"

苏彦被打的事情已经过去很久了，为什么忽然又在这个时候提了出来？是真的有人想要告诉她事情的经过，还是只是一个陷阱？

晚上苏彦先入睡了，大概是之前受了伤，最近这几日他的身体状况不太好，总是没有精神，下了课从食堂买了饭就回宿舍，看一会儿书就累得难受，只能早早睡下。苏央然一直照顾着他，寸步不离跟着他。可今天晚上要去赴约了，单独留下他有些担心，她得找个人帮忙保护他。

仔细想一想，这个学校里能够让她信任的人，还真是不多，如今想要寻求帮助，突然意识到能够依托的人没有几个。户那个家伙比苏彦更喜欢睡觉，如果让他帮忙照顾苏彦，实在不靠谱儿。那么还有谁？对了，朔连城。

她微微颤动了一下睫毛："原来，我已经那么信任他了呢。"

之前不曾发现，自己很信任他，从一开始觉得他是一个麻烦，到后来觉得他也算一个不错的同学，贴心的舍友，直到现在，想要寻求帮助的时候，竟然会立刻想到他。

从宿舍里走出来，她径直来到朔连城的房间外，还没有敲门，就听见里面的吵闹声："滚开，别碰我的东西，你这个化妆的恶心男！"

"什么恶心？我是为了展现自己最美好的一面给粉丝们看！保养懂不懂，形象懂不懂，你以为就你这样出去别人会看你一眼吗？"

"至少也比化妆好。"

"你再说一句？不要以为你是白王我就怕你！"

"你以为你是红王就了不起？要不是为了保护央然，我早就把你的红色派系给灭了！"

"你可以试试看，今天我们就可以分出一个胜负！"

是朔连城和华尚。他们两个住在一起？这才想起来，当初华尚是和苏彦同一个宿舍的，后来苏彦和朔连城换了房间，所以现在自然是朔连城和华尚住在一起了。这下可好，两大派系的王住在一块儿，不吵架才奇怪。

不过华尚不是在学校里有房子吗，不去住自己的别墅，跑来这里凑什么热闹，宿舍虽然条件不错，但怎么也比不上他的豪华别墅吧。

正犹豫着要不要敲门，只听见一句"浑蛋，跟你住在一起真没劲"，然后门就被打开了，苏央然站在门口，开门的朔连城一眼就看见了她："央然？"

"啊，央然来啦？"华尚激动地奔了过来。

朔连城把他推得老远，继续问："央然找我什么事情？有什么我可以帮得上你的吗？"

他还真了解自己，知道她找他是为了帮忙，于是苏央然开门见山："我要出去一趟，苏彦一个人在宿舍我不放心。”

“我帮你照顾他。”朔连城立刻应承了下来。

他刚要关上门去苏央然住处，里面的华尚就跟了上来：“我也要去。”

“你去凑什么热闹？闪开，你跟我们不是一派的！”朔连城要赶他，华尚哪里那么容易会如他所愿乖乖走人，他立刻挤了出来，蹦到苏央然的寝室门外。

第五节

苏央然无奈地耸了耸肩膀："你们一定要照顾好他，他身体不大好，别让他再出事了。还有，红色派系和蓝色派系的学生指不定会想要偷袭他，如果我回来看到他出事了，一定不会放过你们。"

说这话时还瞪了一眼红色派系的华尚，他委屈地噘起嘴巴："央然，我可从来没有与你为敌过，你不要冤枉我。"

"随便你，你要留下来就留吧。"苏央然懒得再与他们掰扯，直接打开了门放他们进去。

刚要转身离去，朔连城忽然喊住了她："这么晚了，你去外面有什么事吗？十一点是门禁，过了之后就只能翻墙进出。"

"这些我早就知道了。"十一点门禁之后学校里便不再有巡查的人，所有老师也都睡下了，没有一个人会知道学校里到底会发生什么事情。

苏央然不再理会他们，从楼梯上走了下去，宿舍外面也有一道围墙，她只抬手轻轻一撑，轻而易举就从里面跃到了外头。

十二点，洛湖。

她提前了十分钟到达目的地，夜晚的湖周围亮起了灯，为了提醒大家注意这儿有个湖，不要在黑夜中误入。周围有些昏暗，但所幸路灯明亮，多少还是能够看得清。她随便找了一棵树靠在那里等候，现在还没有看到什么人影儿，只是听见了隐隐约约的猫叫声，不过很快便没有了声音。

正迷迷糊糊间，忽然身后一股杀气袭来，她猛地转过身，湖对面已经有一片黑影在缓缓靠近。全部是洛兰科斯的学生！

他们取下了徽章，似乎不愿意让苏央然知道他们是哪个派系的人。不，或许不只是一个派系的，而是三个派系里，所有讨厌她的人联合起来，想要对付她！

"你还真是敢来啊，上一次是给你和你弟弟一个教训，这一次可没这么轻松了。"其中一个男生开了口。

苏央然扫视了一下那些黑影，至少有几十个……看来今天是凶多吉少了。

上一次苏彦受伤，想来就是这帮人做的吧。也算是找到了凶手！她的拳头一下子握紧，所有黑影都在这一刻蜂拥上来。

一场苦战就此开始！

她奋力反抗，毕竟寡不敌众，还是逐渐落入下风。

“她真是太强了！我们也伤了不少了！”

“我们的人也伤了不少啊！快点儿！”

那些人将她围了起来，苏央然已经感觉到全身无力了，心中闪现过一阵不安，她今晚定然无法全身而退了。

还有些不甘，已经找到了伤害弟弟的罪魁祸首，可没想到却没办法再帮他把受的委屈给讨回来。她还是不够强啊，不顾一切拼尽全力，还是不行啊。

她只觉得眼睛马上就要闭上了，又一根木棍朝着自己打了下来，连疼痛的感觉都没有了。

“喵。”不知道什么时候，耳边又传来了细细长长的猫叫声，苏央然拼了命让自己提起精神，千万不要睡下去，她还要回去见苏彦。

“还活着？”一个声音忽然从头上传了过来，苏央然一怔，勉强抬起头，对上了一双深邃的黑瞳，好像涌动在海底的一股暗流，但是又透着风平浪静的淡然，“起得来吗？”

他似乎拉起了她的手，牵扯到了伤口，苏央然微微喘了一口气，有液体弥漫到了眼睛里，看来是血啊，她看着所有的东西，似乎都变成了红色，只能轻声问：“你是谁……”

“还有力气问我是谁，看样子也没什么大碍。”拉着她的少年回头对着脚边的一只黑猫喊道，“小黑，你先回去吧，我又得送一个‘麻烦’去校医院了。”

“喵。”地上的猫颇为不满地叫了一声，踩着优雅的猫步跳入了灌木丛里。

第十二章

新来的转校生

第一节

有时候，人会在某个时刻突然想起很多事情。

从很遥远的时候开始，从天还没有暗下来的时候开始……那时候他们都很年幼，苏彦总是生病，父母要出去工作，自己只能留在屋子里照顾他。她不懂事，总觉得自己被苏彦拖累了，觉得有这样一个弟弟一点儿都不好，觉得父母偏心，觉得自己是童话故事里的灰姑娘。

可是苏彦很乖，从来不胡乱哭闹，只要她留在他身边，他就变得非常安静，安静得好像一棵沉静的树木，静悄悄生长着，牢牢扎根在自己的身边。

好像就是这份安静，让父母更加喜欢他，所有犯下的错误，都会怪到她的头上。她尽量让自己做到最好，不犯一点儿错误，让自己的成绩达到全校第一名，让父母觉得她是个乖巧不会犯错的孩子。

可是尽管她做得那么好，他们的目光似乎永远都在苏彦身上，只护着他。

“真的……好羡慕……你……”真的好羡慕你，可以无条件地得到他们的疼爱，而不用像自己一样拼了命去讨好；真的好羡慕你，可以任性地做自己想要做的事情，而不用像自己一样为了别人而活；真的好羡慕你，可以想笑就笑，想哭就哭，想退缩就退缩……苏彦，姐姐真的好羡慕你。

“羡慕我什么？”

耳边传来淡淡的呢喃，苏央然想要睁开眼睛，却发现自己全身都虚脱了，没有半点儿力气：“羡慕你是苏彦……而我是苏央然……”

脚步微微顿了一下，黑发少年扬起了嘴角。

苏央然……

——我是苏央然！从今天开始，我们灰色派系正式成立！我就是灰色派系的王，无论是谁，若是敢动灰色派系成员的一根汗毛，我会让你们知道惹怒我的后果！不管是哪个派系，我都不会客气！

原来就是那个苏央然。

被人伤得那么重，看样子是遭到了暗算，学校里已经开始乱了吗？以前的学生，根本不可能这样任意妄为。

到了校医院，值班老师看到全身是伤的苏央然，眼睛都瞪了起来：“怎么回事？”

“应该是被人攻击了，我找到他的时候她被一群人围着。对了，洛湖那边也有几十个学生，受伤了。”黑发少年抿了抿嘴，“你知道的，我动手不会留痕迹。剩余几个虽然被我教训了，但是绝对不会严重到要进校医院。”

“还废什么话！快把他放到病床上啊！”医生已经拿出了酒精和棉花，黑发少年将肩膀一松，挂在上面的苏央然整个人滑落了下来，在快要掉到床上的时候，少年伸手扶了他一把，视线落在他敞开的衣领口时，微微怔了一下：“嗯？”

没有喉结？而且……

“嗯什么？你放轻一点儿，他已经伤得很重了！”医生急得连忙把他拉开。

黑发少年还僵在那里，他看着躺在病床上略微皱眉闭着眼的苏央然，猛然伸手拦住了那个医生：“我想起了一件事情，我这个朋友最害怕别人碰她了，你简单给她止一下血，我带她回家吧，我家里有专门的医生可以为她治疗。”

“人都成这样了，还换什么地方？”那医生不悦地皱起眉头。

医生非常不同意，少年却百般恳求。他每次说话都诚恳地直视着对方，眼睛亮闪闪的，透着一副人畜无害的善良和真挚，总让人不忍心拒绝他：“罢了罢了，你快点儿送他去，别耽搁了。”

“是，遵命！”少年笑了笑，立刻扛起苏央然离开了校医院。

第二节

阁楼上的黑猫本来还在睡觉，听到声音之后立刻睁开了眼睛，它轻巧地跳到旁边的木柜上，只见黑发少年背着一个人从楼下咯吱咯吱地爬了上来，吃力地将身后的人放到了沙发上："累死了……真是看不出来，明明那么瘦，背起来却那么沉。"

他捶了捶背，然后眼睛弯弯地伸手摸了摸黑猫的头："小黑你帮我照顾她一下，我去买酒精棉和止血的绷带。放心，我会给你带牛奶。"

黑猫顺从地从柜台上跳了下来，落到熟睡的苏央然身边，小舌头轻轻舔舐着她的脸蛋儿。

少年出去了，过了半个多小时才回来，之后低矮的阁楼里一直传来各种抱怨声："都受了这么重的伤，还逞强！你别动！"

"果然是个女孩子。"

"那么多旧伤，到底是怎么搞的？难道每天都在打架吗？"

清晨醒过来，苏央然还没有睁开眼睛就感觉到左手侧一片温暖，她坐起来，看见一只黑猫蜷缩在那里，睡得正香。

黑猫？苏央然歪头回想，昨天晚上确实听到了猫叫声。

看了看四周，除了猫，就只有她一个人。低矮的阁楼，阳光欢快地从窗外照射进来，温暖地洒在脏兮兮的沙发布上，身上的伤口显然被包扎过了，而且包扎得很整齐，看来对方手法很熟练，她望着猫咪说："是你救了我吗？猫大侠……"

"如果非要这么说的话，的确是它救了你呢。"忽然一个声音从阁楼略低处的一块地板下传了过来，一个少年轻巧地将地板推开一块，从下面爬了上来。他一头黑发上面还落了一些纸屑，手里拎着一个袋子，袋子里热腾腾的，看来是装了什么吃的。

少年对着苏央然扬起一个笑脸，然后将手里的袋子放到了她面前："豆浆油条，早餐。除了牛奶，其他都是你的。"

他一边说着一边把那瓶牛奶拿了出来，倒在脚边的一个盘子里，那只本来熟睡的黑猫立刻动了动耳朵，一下子睁开眼睛跳下去，凑到盘子旁边喝起了牛奶。

苏央然还僵在那里，她看着少年很温柔地抚摸着黑猫的毛，并没有要解释的样子。她终于忍不住开口问道："是你救了我？"

"不，是小黑救了你。"那少年抬起头来，细长的眼睛弯成月牙形，"在你们动手之前，小黑就注意你了，它唤了我几次，让我出来帮你。等我出来的时候，你已经倒下了……那个时候已经很晚了，我又真的很困……"

“谢……谢谢……”苏央然呆在那里，原来是被人救了。难怪她伤得没有自己想的那么重，“我叫苏央然，是洛兰科斯的学生。”

少年挑了挑眉毛：“我叫氏锦冶志，也是洛兰科斯的学生。现在洛兰科斯还真是什么学生都收呢。”

“你这是什么意思？”什么叫什么学生都收啊？难道他在质疑自己是个坏学生吗？分明是那些人挑事的，苏央然鼓着腮帮子，有些不高兴地看着他，“我可是全校成绩第一的学生，每学期都拿奖学金的！”

“是是是，全校第一的学生。”黑发少年弯起嘴角，“把早饭吃了吧，你的伤口是我帮你随意包扎的，还得进一步处理，你自己去医院就行了。本来只要把你搬到校医院就行了，偏偏你是个女生，如果被校医发现了，你会很难办吧？”

整个人一下子僵硬在原地，她猛地抬起头来：“你……你怎么知道？”

“总之被我发现了。安心吧，我并没有偷看你。我对女孩子没兴趣，我更喜欢小黑。”黑发少年摸了摸那只黑猫的脑袋，然后扭过头看着苏央然，“吃完早餐就走吧，你的朋友应该会很担心你。”

“好，谢谢。”苏央然咬了咬下唇，打开了塑料袋，看见里面的油条还油光发亮，看来是特地一大早去给她买的早餐。

吃了早饭苏央然再三谢过氏锦冶志，就离开了阁楼。她回去的路上一直在想，红系和蓝系的人都想对付她，肯定不会是这两个派系的人帮她的，那么那个少年是哪个派系的？是白色派系的吗？还是学生会的？

不，学生会的人更加不会帮她，现在他们只求自保。那么，应该是白色派系的人吧……可是他那么厉害，之前却从来没有见到过。靠近他的时候，总觉得好像无形之中有一股非常强大的力量缠绕在他四周，尽管他一直摆着笑脸，依然让人觉得不好接近。

她走到洛湖的旁边，发现这里已经被清理过了，连打斗时被损坏的灌木也都重新移植了，像是什么也没有发生过似的，能够以这么高的效率完成这件事情，恐怕不是昨晚那些人会做的事……是学生会的人！她脑子一下子变空白了，是学生会的人处理了现场！

苏央然忽然觉得全身发冷。昨天晚上，学生会的人就在现场。或许他们看见了，或许他们一直躲在暗处看着，却没有一个人愿意站出来伸手帮她一下。看着她被打倒，看着她渐渐失去力气，看着她差一点儿就死在这里。

冷眼旁观，却没人出手相助。

整个后背都冒出了冷汗。这就是洛兰科斯！这就是残暴的洛兰科斯！在光鲜亮丽的外表下，却涌动着野兽的血腥和残忍！

第三节

回到宿舍已经是早上六点了，苏彦早就醒了过来，结果看见身边居然坐了两个男的。还是一红一白两王。他无比尴尬地要从床上爬起来，结果被朔连城直接按了回去："你哥让我们照顾你。"

"她去哪里了？"苏彦根本敌不过朔连城的力气，只能躺了回去。但是眼下的气氛真的很怪异，三个大男人这么大眼对小眼望着彼此。

而且其中两个还是坐在他的床头！

"她会回来的。"

华尚的话音刚落，就听见了开门声，他们连忙转过头来，看见苏央然全身伤痕累累地站在门口，她一声不响地走进寝室，坐到椅子上喝了两口水："上午的课帮我请假，我有些事情要处理。"

这下苏彦再也顾不上其他，直接从床上跳下来跑到她身边，双手紧紧拉住她的衣摆："你做了什么？身上这些伤……哥！你发生了什么事？"

"做了我应该做的事情。"苏央然铁青着脸，"我决不会这么善罢甘休！"

苏央然很快就行动了，她没有过目不忘的本事，可若有心要记住，还是能够将对方的脸深深印在自己的脑海里。档案室不能轻易进去，她前往学生会办公大楼，找学生会会长。大楼门口的学生会成员想要拦住她，她沉声道："我不想跟你们动手，但是真要动手，我绝对不会手下留情。"

她的话掷地有声，几个学生吓得立刻收回了手，再也不敢说什么。

她上了二层推开会长办公室大门："常加伊，我要进学生档案室。"

直接喊了他的名字，而不再唤他为会长。

正被文件搞得头痛的常加伊听到苏央然的声音，一下子抬起头来，原本脸上还扬着微笑，却被苏央然面无表情的脸弄得顿时愣住："怎么了？气势汹汹的，因为我将你逐出学生会，所以生我的气了吗？姐姐，不要随便生气，容易老哦。"

"我不想跟你废话。进学生档案室要你的印章，申请书我已经写好了，你只要盖一个章就可以放我进去。"苏央然冷冷地将手里的申请书拍在了他的桌上。

常加伊忽然不再说话，他双手抵着自己的下颚，然后缓缓侧过了脸问身边的副会长："她发生什么事了？"

副会长全身一颤，他抿了抿嘴："不知道。"

“装什么装？昨天我在洛湖被一群人围攻，你们学生会的人就在旁边躲着！后面的事情处理得倒是不错，一点儿痕迹都没有留下。帮学校掩盖丑闻，你们真是尽心尽力。”苏央然不冷不热吐出一句，“现在，要么在这张纸上盖章，要么等着我把昨天的事情公布出去，互联网现在这么发达，加上我这洛兰科斯学生的名义，也不怕别人不相信。”

这下常加伊是真的沉下了脸，他一下子从位置上站了起来，抓起旁边的副会长的衣领：“把昨天发生的事情说一遍！如果你还想在这个位置上继续坐下去，最好不要隐瞒我。”

“苏同学昨天被红蓝两派系，还有白系里一直对朔连城不满的人带到了洛湖。”副会长因为呼吸不畅，脸上已经憋得通红，“我们提前知道了这件事情，便在那里蹲点守着，后来苏同学被人救了，我们清理了现场。”

常加伊睁大了眼睛：“这是真的吗？你们没有阻止他们？”

“现在三大势力的力量我们已经无法——”

“啪！”

一个巴掌扇到了副会长的脸上，常加伊几乎是咬着牙蹦出几个字：“你们当时没有阻止他们？三大势力的力量又如何，我们学生会的宗旨是保证洛兰科斯里所有学生的生命安全！保护他们在洛兰科斯念书的这段时间里安然无恙！保护他们能够顺利从洛兰科斯毕业考入好的大学！可是你却因为不敢惹怒三大势力，而眼睁睁看着她这样被人攻击？”

常加伊似乎真的不知情……原本气势汹汹前来兴师问罪的苏央然纠结了。常加伊抓着那个可怜的副会长好一阵责骂，还是没有要停下来的意思，苏央然忍不住了：“喂，你这章到底盖还是不盖？我还有事。”

常加伊转过头来：“你进学生档案室干什么？”

“调查昨晚那几个家伙？”苏央然恶狠狠地说道。

常加伊颇为惊讶：“你都记得？”

“废话，昨晚找我麻烦的那些人，其中一部分是红色派系的人我见过，剩下的除了白色派系的人，还有三个是蓝色派系的，他们的脸、发型，我都记得清清楚楚，历历在目。”苏央然一脸阴冷。

常加伊原本想要阻止她，身为学生会会长，他并不希望学校里有太多的事情发生。可是毫无原因地，手不由自主握起了印章，敲到了那张纸上，嘴上还是忍不住叮嘱了一番：“不要闹出事情，否则我们无法收拾。”

“这句话你应该问问你身边的副会长。”苏央然冷笑道，随后拿起那纸进入学生档案室的申请书，离开了办公室。

苏央然离开之后，挨了巴掌的副会长恢复了之前一脸悲愤的表情，他站在桌边，看着常加伊怡然自得地回到了位置上，两条小腿前后摇晃着，手掌托着下颌："真是对不起哦，你知道的，我不想被她讨厌呢。"

"她可真厉害呢，原本以为那天，她真的会出什么事。却没想到，被那个人救了。不过也奇怪了，那个人一向不爱管闲事，可是这次却破天荒管了两次。第一次救了她的弟弟，第二次又救了她，你说……那个人会不会对苏央然感兴趣？"一对狡黠的眼瞳微微转动，常加伊抿起嘴，"嘻，看样子洛兰科斯真的会有很大的变动呢，不知道今后会发展成什么样子……你说，苏央然真的可以赢吗？"

"不知道，会长。"旁边的少年淡淡地答了一句，脸上的红肿还没有消退。

常加伊耸耸肩膀："那就拭目以待吧。"

学生档案室里，苏央然花了一个上午的时间，把昨晚遇到的所有人的资料都找了出来，其中有几个是高年级的，也有几个是低年级的。他们中一些人她甚至见过，是白色派系，当初想要跳出来取代朔连城的人，怕是早就按捺不住，想要找她报仇了吧。

很好呢，她似乎也已经按捺不住了。

第四节

洛兰科斯一直很平静，至少表面上如此。所有人都如往常一样上课、下课、放学，看不出什么异样。突然间，一个站在学生杂物柜前的少年大声尖叫起来，他连连后退，看着贴在杂物柜上的那张纸发抖。

"怎么了怎么了？"

"看，那边，那个人的柜子里好像贴了东西。"

"是一张纸，上面有字……"周围的一群学生拥过来，他们仔细地看着，阅读上面的文字。

旁边另一个衣领别着蓝色徽章的少年已经伸手将那张纸撕了下来："他全部都记得，一个不漏，肯定是进了学生档案室。"

那个跌倒在地上的红系少年吓得拼命爬起来拉住他的衣摆："他要报复我们！"

"你怕什么？他只有一个人，我们有四十多个人。"蓝色徽章的少年恶狠狠地将纸揉成团，"他未必可以赢得了我们。"

纸团被丢进了垃圾桶，几个不明所以的男生凑过来看，那纸上的字是用报纸剪下来的铅字拼贴而成的，字不大，胶水粘得也并不牢固，但是合在一起，却仿佛掷地有声般宣布着他的决定："你完蛋了。"

苏央然向来是一个果断决绝的人，她留了字条之后，那些袭击过她的学生中，有很大一部分都开始胆怯了，不敢再轻举妄动，而苏央然贴示威条的事，也被朔连城和华尚知道了。特别是朔连城，他并不知道苏央然出去又一身是伤地回来竟然是被那么多人围攻，后来听说了这件事情之后，立刻把那些收到示威条的白系学生喊到了拱桥下。

成员把他们围成一圈，看着半跪在地上的，瑟瑟发抖的学生。原本几个趾高气扬的，此刻也不敢动了，他们都知道朔连城的厉害，他下手从来不知轻重。

胆小的几个早就跪地求饶了，可求饶并没有用，朔连城不会轻易就放过他们。

"拿来。"一个白系的成员不声不响地从后面递上一根木棍，那木棍上还沾着血渍，是那晚他们殴打苏央然的时候所用的，当时被白系成员带走藏了起来。

朔连城紧紧握住了那根棍子，只要一想到那天晚上这根棍子打在苏央然身上，他整个身子都颤抖起来，忍不住扬起了自己的手，那几个跪着的人脸色发白："朔……朔大人……饶了我们吧，我们再也不敢了！"

"朔大人，我们再也不敢了，再也不敢了！"

“我们发誓，不会再碰苏央然一根汗毛，朔大人，朔大人。”

“让我饶了你们？那谁饶了央然？那天你们有谁想过要放了央然！”手里的棍子眼看要挥下去了，忽然棍头被身后一个人抓住，朔连城怎么用力也没有办法挥下去，他恼火地转过身，“谁？央然？”

看清来人居然是苏央然，他脸上的表情立刻转变，满身戾气消散了大半，开口的时候语气中不自觉带着一丝柔和：“你怎么来了……”

她将木棍拿了过来，直接折成两段：“我不需要你帮忙。”

“他们伤了你！”朔连城一下子提高了声音，特别是看到苏央然脖子、额头上的伤口，更是咬牙切齿，“我要帮你讨回来，他们伤你几分，我便还他们几分！”

“用不着你帮忙，我自己来。”苏央然直接将那两截木棍丢到了远处，“有时候我觉得你很麻烦，我自己的事情不需要别人插手，你以为你这样帮我，我就会感谢你吗？就是因为你毫无理由地偏袒我，才会有人因此记恨我。何况这些人，我可以自己搞定。”

她不需要他的保护，也不希望因为自己连累他。

朔连城还要解释什么，旁边一个白系的学生附耳悄悄跟他说了什么，他便顿时僵在了原地：“其他的……已经全部……”

“嗯，教训好了。只差你这几个，我找了半天才找到。”苏央然摸了摸下巴，“其实你这几个手下下手还算轻的，他们每个人伤了我多少，我都记得。自然，我也会十倍地偿还。”

她不主动惹事，可麻烦还是接踵而至，那她也不会继续回避，更何况他们伤害了她最重要的弟弟。

不过说来奇怪，她这么对付两大派系的人，竟然没有人出来帮助他们，红色派系的王华尚一直都睁一只眼闭一只眼，假装不知道。蓝色派系的王更是袖手旁观，他们已经很久没有见过了，也对她所做的事情不闻不问。加上朔连城一直站在她这一边，灰色派系渐渐在洛兰科斯有了声望，苏央然的名字，几乎被全校师生所知。

如今连三大王都不敢动她，她的成绩又遥遥领先，这个人到底会把洛兰科斯变成什么样子呢？

第五节

这一天，白色派系驱逐了多名成员，也就是那些伤害过苏央然的人。同一时间，红色派系也以各种借口驱逐了一百多位成员，摘下他们的徽章，将他们逐出洛兰科斯。洛兰科斯的学生个个人心惶惶，他们本以为只有白色派系的朔连城是站在苏央然这一边的，却没有料到连红王也选择站在了她这一边，尽管驱逐的借口不一，但是所驱逐的对象都有一个共同点——那就是被苏央然贴了示威条！

蓝王那边还没有什么反应，加上那几个被贴了条的蓝色派系学生一直在家休养没有再露面。没过几天，有一个蓝色派系的学生以身体不适需要休养为由从洛兰科斯休学了，还有两个学生也以自己家里的情况有些变化、父母要搬家等理由各自转了学。

至此，所有当初妄图伤害苏央然的人，已经逐一被清理出了洛兰科斯，那几个还没有离去却被剥夺了徽章的白色派系成员，也每天都被其他学生排挤谴责，有些忍不住转了学，有些则干脆不再来上课了。

朔连城会庇护她，苏央然还有几分相信，但是连红王和蓝王居然也无声无息站在了她这一边，这就有些奇怪了。

苏央然觉得奇怪，学生会会长常加伊却不觉得奇怪。除了朔连城，其他两王都是为了稳固三派鼎立的局面。因为苏央然的冲动，使白色派系和其他两大派系产生了冲突，即使现在灰色派系的确也算一方势力了，但是从人数和实力上看，它远远不及其他三大派系。所以灰色派系可以看作是盘子里的一颗杨梅，其他三个都是苹果。

如此，要保持这个盘子的平衡，三个苹果都必须站在各自的点上。可眼下白苹果却站到了杨梅这一边，重量不平衡，盘子最终要倾斜。如果在这个时候，其他两个苹果将杨梅推到正中，各自占据自己原本的点，那么盘子又会再次回到原本平衡的位置上。

苏央然的挑衅成功了，三大派系如果联合起来对付她，灰色派系必定无法在洛兰科斯生存。然而偏偏朔连城要保护她，为了维持平衡，其他两大派系的人只能一并保护了她，那么三者之间又回到了原来的位置上，这样的话，这颗小杨梅，无论溜到哪个角落，也都不会让盘子再次翘起来。

“看来他们做出了很大的让步呢。”正正方方的国际象棋盘上，穿着小礼服的男孩手指轻巧地勾起一枚棋子，走到了白色的方块中。

另一边，弯着细长的眼睛，手里抱着一只黑猫的少年随意地耸耸肩膀，把另一枚棋子勾了起来，占据到对方区域里：“毕竟那么多年了，洛兰科斯还是一所很墨守成规的学校呢。像你们学生会，不也一直都睁只眼闭只眼吗？”

常加伊的手一顿，他扬起一个笑脸："是吗？原来黑王是这么觉得的呀？"

"这不是大家都知道的事实吗？不过，我倒是没有想到，学生会会长还有这样的恶趣味，把一个女孩放在我们学校里生活，是想要把这沉寂的水面打破吗？既然下定决心要打破的话，为何不顺手帮她一把，反而一而再再而三地折腾她？"黑发少年挺可惜地感叹，"人家好歹也是一个女孩子，受伤了多可怜，害得我这个不爱管闲事的，都无法不理。"

"在洛兰科斯里，还没有一个人可以勉强黑王管闲事呢。"常加伊不冷不热地回了一句，随后将一枚棋子下到了对方禁地里，"将军。"

"唉，我也不想管，可是我家小黑发现了她，一个劲儿地叫唤，没办法。小黑要救她，我只能帮把手了。话说回来，下在这里真的好吗？"黑发少年抬起头，他也绽开一个笑容，"我也是将军哦。"

对方笑得纯良无害。

就这样，灰色派系也开始在洛兰科斯稳定了。三大派系依旧是三大派系，虽然多了一个灰色，但是也不重要了，毕竟没有人敢加入灰色派系，当然也没有人敢动灰色派系一分一毫。就在大家以为会这么一直安稳下去的时候，学校里竟然来了一个转学生。

按道理说，洛兰科斯转学生是非常少的。洛兰科斯的门槛十分高，能够进入学校的不是成绩十分优秀的，就是家庭背景雄厚的。能够在半途转学进洛兰科斯，想必那个转学生不仅家庭背景强大，成绩更是一等一了。

苏央然倒是不在乎这些，不管对方是谁，恐怕都不会跟她有多少交集，况且她一向对自己的成绩很自信。

但是她错了。

转学生进来的第一天，就进行了学期成绩测试，虽然对方年级比苏央然高一级，但是这次测试的试卷题却都是一样的。成绩出来之后，让所有人大吃一惊，一向成绩排在第一名的苏央然，竟然掉落到了第二，这个刚转学进来的人取而代之成为第一名。

最匪夷所思的是那个转学生的名字叫作沧弛鉴。

沧弛，和蓝王沧弛染寒是同一个姓氏，所以大家推测这个沧弛鉴，应该就是蓝王沧弛染寒的哥哥。

不过，沧弛鉴的发色和沧弛染寒的发色并不相同。沧弛染寒是金发，而沧弛鉴的头发却是棕黑色的。

学校里关于转校生的事传得沸沸扬扬，苏央然虽然有些惊讶，但很快便全心全意投入复习准备之中。她不是争强好胜，只是全校第一和全校第二的奖学金会相差甚远，她可不希望放假时成绩单寄回家里，一直稳居第一的自己突然变成了第二。所以她要全力以赴复习，争取重新冲上第一的宝座。

苏彦的成绩稍微提升了一点儿，但是和以往比起来，他还是退步了不少。苏央然以为是这几天发生的事情让他不安，所以成绩一直上不去，并没有考虑太多。

转校生沧弛鉴刚入学，所以徽章是灰色的，他似乎也并没有要更换的意思。苏央然权当不知道，她觉得再过几天，沧弛鉴就会挑选好自己想要去的派系，然后更换徽章颜色。只是她并不知道，这个家伙耐心竟然出奇地好，居然一直就这么留在灰色派系。

傍晚，洛兰科斯下课的铃声响起。食堂里又拥挤起来。苏央然来到食堂门口，户已经等在那里了。灰色派系原本就只有他们三个人，户在洛兰科斯里只认识苏央然，所以常常在一起吃饭。只不过户好像并不住校，至少苏央然从来没见他回宿舍。

打菜的时候所有学生都给苏央然让开了一条道，她挑选了几个菜慢悠悠端到餐桌上，户已经把筷子汤匙摆好了："买了紫菜汤没？"

"买了。我说，我们偶尔也换换别的，番茄蛋汤也不错啊，紫菜我们已经吃了一个星期了，我腻了。"苏央然很无奈，户同学似乎除了对那个太妃糖感兴趣之外，还偏爱紫菜汤，每次吃饭必会点一碗，她都快喝吐了。偏偏这汤每碗都很多，如果分开点，会很浪费。

户不满地撇撇嘴，纠结了一会儿，然后一声不吭地坐下来吃饭，吃了十几分钟，经历了无数的思想斗争，终于开了口："好吧。"

那时候苏央然早就把紫菜汤的事情忘了："好什么？"

"明天换番茄蛋汤。"

"你是不是太可爱了？"居然为了一个汤纠结这么久才回答！苏央然"扑哧"一声笑了出来，然后伸手在户的头上揉了揉，"如果你真的喜欢喝，我们大不了点两碗，也没关系。"

正说着，忽然一个阴影靠了过来，挡住了从玻璃窗外射进来的阳光。苏央然皱了皱眉头抬起头，看到一个棕黑色头发的男生站在桌边，对方身材非常高大，看着像外国人一样，而且五官精致立体，脸上带着一丝浅淡的笑容："我可以坐在这里吗？"

苏央然注意到他胸前的徽章是灰色的，立刻恍然他就是那个转校生——沧弛鉴。

旁边又不是没有空位，洛兰科斯的食堂可是大得很啊，何必非要跟他们挤到一块儿。总不会是来炫耀的吧？因为入学考试拿了第一？不管什么目的，她都无所谓。

原本绷着一张脸的苏央然换上了灿烂的笑容："坐。"

户看着她的笑容一阵恶寒，笑成这样的苏央然，其实很恐怖啊，总感觉这个笑容反倒让人有种寒气逼人的错觉。

沧弛鉴也有些意外，自己把他的第一名抢了，他非但不生气，还笑得那么开心，也不知道是心大还是缺根筋。况且这个人，是染寒他……罢了罢了，先不想这些，接触看看吧。

他也立刻将笑容扬得更灿烂："谢谢。"

两个人相视一笑，而且都笑得跟朵花似的，周围走过的几个学生被吓得不轻："他们怎么了？这是什么情况？"

"听说你在英语试卷上发现一个错误，所以老师多给了你一分，是吗？"苏央然面带微笑问某人。

某人面带微笑地回答道："只是一道很简单的题目罢了，一般人都可以看出那道题的漏洞，老师给我多加了一分，我也是受宠若惊。如果不是这样，也许我们两个的成绩就可以并列第一了。"

你是侧面夸自己细心看出它的漏洞吗？苏央然懊恼地捏着自己的筷子，不断用筷头去插盘子里的红烧狮子头，可怜的红烧狮子头被戳得一个洞一个洞的。苏央然一方面觉得自己不够细心，一方面又不想输了气势。

"是吗？我以为这么简单的试卷，洛兰科斯的老师是不会犯拼错字母这种低级错误的。"苏央然面带微笑从容反击道。

某人依旧笑若春风："我也是这么觉得，只是那个字母错在很显眼的地方，我根本无法忽视。"

这是变相在夸自己聪明细心嘲笑她疏忽大意吗？苏央然气得鼓着脸，那红烧狮子头快被戳成肉松了，旁边的户立刻把那狮子头给夹过来放进碗里吃掉，可不能浪费了。

苏彦察觉到气氛不妙，适时插进一句话转移话题："沧弛同学现在佩戴的是灰色徽章吧？你或许已经听过学校三大派系的事情，不知道你今后打算进哪一个派系。如果是学生会的话，沧弛同学来晚了，但是明年应该会再招一次人呢。"

"你说派系吗？我觉得灰色徽章挺好看，打算一直这么佩戴下去。"某人依旧答得平静。

苏央然要气炸了。

第十三章

无法挣脱的束缚

第一节

布满藤蔓的矮墙，阳光稀稀疏疏地从叶片之间照进来，在石子路画出一道一道的阴影，细长的手指轻轻敲打着矮墙的墙面……一下，一下，好像美妙的旋律。忽然，另一个阴影从头上覆盖下来，沧弛染寒一下子仰起头，看见一个棕黑色头发的男生从围墙上面跳落下来，轻巧地落到地面。

“你不应该来洛兰科斯。”沧弛染寒眯起眼睛，他一下子直起身子。

跳落下来的沧弛鉴扬起一个笑容：“母亲让我来，我哪敢不来？她三番五次找你回去，你偏不听，所以母亲派我来看看你，这所学校到底什么地方留住了你的心。”

“没有人可以留住我的心。”沧弛染寒冷冷道。

沧弛鉴嘴角一勾：“我可没有说是人，你答得那么快做什么？”

一时间，空气仿佛凝结了起来，沧弛染寒眼神冰冰冷冷，宛如化作一把利剑，要刺穿沧弛鉴的心脏。沧弛鉴却置之不理：“别用这么讨厌的眼神看我，母亲关心你，是因为今后你会作为她的继承人，弛家的公司迟早是要交给你的，而我也得为了我的目标而努力呢。今后你从商，我从政，沧弛家，必须把这关系延续下去呢。你若是不回去，母亲定然不会罢手。纵然你再厉害，逃得了这次，也逃不了下次。”

“我对沧弛家的事业不感兴趣，母亲会如何，也与我无关。”沧弛染寒一点儿都不想理睬这个哥哥……说是哥哥，其实他们之间根本就没有血缘关系。

当初沧家从政，弛家从商，两家都各有家室。后来沧家继承人的妻子因为血癌去世了，在政府这边的力量，也渐渐薄弱。而他的母亲，却在这个时候忽然选择联姻，离开了那个善良却又软弱无能的父亲，嫁给了沧家的继承人，两家带着各自的儿子，结成了这一段可笑的婚姻。他多了一个名义上的哥哥，而沧弛鉴也多了一个弟弟。这段令人啼笑皆非的婚姻却成功地让沧家和弛家再次雄起，只是从那一刻开始，沧弛染寒就恨透了自己的母亲，也恨透了沧家的人。

“过去的事情已经过去了，父亲母亲已经成婚，而且过了这么多年，你仍旧无法放下我们之间的隔阂吗？”沧弛鉴声音低沉下来，“有些时候还是要顾全大局，当初如若不是你母亲选择联姻，或许你们弛家，早就垮了。”

“哈。”沧弛染寒抬起头来，“当初如若不是她，父亲后来也不会抱憾辞世。”

母亲的脾气恶劣，做事又十分强硬，在这个世界上，唯一愿意忍受她这些缺点的只有父亲。虽然儿时的记忆有些模糊了，但是他依旧记得，父亲是一个会在早上煮好早餐，轻声细语唤他们起床的人。他温文儒雅，如同一股清泉，从来不会发脾气。无论他多吵闹，母亲对他有多凶，他总是微笑着，默默忍受他们的无理取闹。

父亲是母亲的秘书，对于一个男人来说这或许看起来并不是一份好的工作，两个人相遇相知再到相爱，最后不顾家里反对成婚，生下了他。可是母亲还是选择放弃了父亲。不般配的出身，不对等的家世，身为秘书的父亲，被认为是依附着女人活着。两个人实力的差距，让人们看不到父亲的优点，所以无论父亲多么温柔，无论父亲多么爱他们，母亲仍然是在名利面前屈服了，她残忍地将他驱赶，逼他离婚，妻离子散失去了一切的父亲最终郁郁而终。

“你父亲的死与母亲无关，纵然没有两家联姻的事情，母亲和你父亲也一样是要离婚的。我们沧家和你们弛家，怎么可能有自由婚姻？即便真的结婚了，到最后也一样会分开。”沧弛鉴知道这个弟弟很固执，从第一次见面的时候就知道了。

那时候他才十一岁，沧弛染寒只有九岁，沧弛两家联姻在第一天商定，第二天就举办了婚礼。沧弛染寒小小年纪，眼里却是满满的憎恨，无论是对他们，还是对母亲。

因为他的父亲就是在他们再婚前一天，在家中病逝了。

他也见过他的父亲，是一个很温柔的男子，戴着一副金丝边眼镜，手里永远执着一叠文件。当初是去弛家公司的时候，在董事长办公室看见他的，他和母亲在一起。那么温柔的一个男子，最终离世。也许是为了心爱的人，也为了自己的家庭。怎么会突然身体恶化成那样，没有一个人能够说得清楚。他的父亲在自家的后花园里那个长椅上痛苦又安静地走了。那个花园中有一棵很大的樱桃树，听说，他与母亲第一次约会，就在那棵树下。后来两个人结婚了，便把那棵樱桃树移栽到了花园里。只是没有想到，那会是他最后的归属。

“所以，你们可以不必把我当作沧弛家的人，我活着，就是为了脱离家族。”沧弛染寒冷漠地甩出一句话，离开了矮墙。

他也不会继承母亲的公司，更不会为了沧弛家卖命。他要过属于自己的生活，哪怕前路艰难险阻，他也不会回去，他会逃得远远的，逃离沧弛家，逃离那个只关注利益的世界。

他希望的温暖，是像那一晚一样，有一个人忽然跳出来拉住他的手，蛮不讲理地说：“反正我是救了你的，你得谢谢我，继续帮我保密，不要把我是女生的事情说出去。”

虽然是很任性的话，但是他却记住了，还牢牢记在了心里。尽管，那是一个总会惹上一大堆麻烦事的女孩，在她身边也围绕着许多钦慕她的人，她会为了自己的家人不惜公然与所有人作对。但是，在他看来，她是一个那么温柔、那么温暖的人。

第二节

沧弛家的事情苏央然自然是不知情的，别说是苏央然，就是洛兰科斯的其他人，也知道得不多。沧家和弛家两家的联姻当年虽然轰动，但是具体到底发生了什么事情，谁都不知道，也不清楚为什么原本各自有家庭的两个人会走在一起。除了弛家的公司里流传出一些谣言之外，没人知道真实情况。更没人知道，沧弛染寒的生父就是在他们成婚的前一天下午离世的。

自从沧弛鉴转学来洛兰科斯之后，似乎有什么不一样了。

苏央然依然每天勤奋认真地做作业，听课，背书。但是一次又一次的考试，那突如其来的沧弛鉴，成绩却一直在她之上！他也是一个全能人才，体育、音乐、绘画，他全都排在第一名。

苏央然心里不服气，却又没有办法。他偏偏还戴着灰色徽章，总是绕在她身边转来转去！不为别的，就为了炫耀自己。“上次的数学试卷很简单呢，我答完题之后觉得时间还挺长的，就又多想了几种解题方式，没想到老师多给了两分呢。”某人又开始了。

苏央然死死捏着手里的钢笔：“沧弛鉴同学，你似乎不是这个班的吧？”

她尽量维持自己面部表情的平和，控制自己的情绪。

沧弛鉴耸耸肩膀：“下课了，就过来看看你这个‘第二名’，好像还挺努力的样子啊，看来是真的很想超过我呢。‘第二名’，你可要努力啊，如果不加一把劲，可是很难赶超我的啊。不过看你这个劲头，或许你很快就能摆脱‘第二名’的称号，重回第一了。”

每说一个“第二名”，苏央然就觉得脑袋上像被什么“砰”地打了一下。她的忍耐已经快要到极限了，俗话说忍无可忍无须再忍，碰到这种脸皮厚得跟城墙似的家伙她随时都要崩溃。他肯定是故意的！

“哥，笔！你的笔……”旁边的苏彦已经看到那支可怜的钢笔，在苏央然的手中几乎快要变形。苏央然拼命在心里对自己说：要淡定，千万要淡定，不要跟这种自恋毒舌的家伙一般见识。她只需要保持自己的步调好好努力，不被任何人打扰。

“听说成功是百分之一的灵感加上百分之九十九的汗水……你一定要好好加油啊，没有我的天赋，但是靠后天勤奋也还是有希望的。”沧弛鉴一边说着一边慢悠悠地走出了教室。

苏央然手里的练习本直接丢了过去砸到门上：“快点儿走！”

她恶狠狠甩了甩手，那支钢笔算是报废了。她掏了半天想要掏纸巾擦手，结果才发现自己并没有带。旁边的苏彦叹口气，拿出一块手帕轻轻执起苏央然的手，细心地为她擦拭指间墨水：“就算不是第一名也没有关系，哥已经很厉害啦。”

她当然知道她很厉害，可是被人压着的感觉，真的不太好受。她想要赢，想要站到第一的位置上，证明自己的实力。

“我还得再努力！”她立刻扭头坐了下来，重新拿出一支笔开始做练习。

旁边的苏彦无奈地看着她，不知道在什么时候，也许是从那天她宣布成为灰色派系的王开始，她的注意力渐渐从自己身上转移开去，她不再总是小心翼翼地看着他，守着他，他也不再是她的牢笼，不再禁锢她的自由。

她开始做自己的事情，开始想要往更高的地方前进，开始奔跑，开始脱离原本的轨道。苏彦是高兴的，他高兴苏央然可以获得自由。可是他又是悲伤的，看着她一点儿一点儿走远，纵然他拼了命想要追赶上她的脚步，可还是没能赶上她。只能眼睁睁一直望着她，站在原地看着她。也许终有一天，她会消失在自己目光所及之处，消失在他的世界里。

第三节

没过多久成绩下来，苏央然终于成功站到了第一名，两个人并列第一，她和沧弛鉴一起。看到成绩公告栏上公布的成绩时，沧弛鉴忽然弯起了嘴角："她真的很努力呢，迄今为止，她算是我遇到的最努力的一个人。哈，和当初的你很像。"

同样站在公告栏前的沧弛染寒皱起了眉头："你要对她动手？"

"你说呢？"沧弛鉴笑得温柔。

拳头一下子握紧了，沧弛染寒沉默下来，只看着公告栏发呆。就在这个时候苏央然从对面走了过来，她无视沧弛染寒和沧弛鉴两兄弟，直接转向公告栏去。看到上面的第一名，终于松了口气。

户难得地表扬了一句："央然真的挺厉害。"

"我只是不认输罢了。"苏央然淡淡说道。不认输，她只是不认输罢了，不管对手是谁，她都不想轻言放弃。

"不认输"……这三个字忽然一下子惊醒了沧弛染寒。是的，不认输。他已经努力了这么久，怎么可以在这个时候放弃？脱离沧弛家，脱离那个禁锢住自己的牢笼，是他一直在努力的事情！没有父亲的家，他也不想称之为家，更不想承认那个人是自己的母亲。

他的家人只有那个离世的父亲，那个会微笑，会一直温柔地陪伴在他身边的父亲！

每次思念父亲的时候，他就会回到那棵樱桃树下。因为只有在那棵树下，他才会感觉到父亲的存在。那里埋藏着他对父亲的思念，埋藏着他们过去所有美好的回忆。

"如果你想对付她，可以试试看。"沧弛染寒冷不丁开了口，沧弛鉴一怔，僵在那里，看着自己的弟弟冷漠地回过头对他说，"她不是你可以动得了的。"

以苏央然的性格，恐怕比他还难妥协，朔家的人已经动了她一次，可是朔家顾忌朔连城，最终还是没有下狠手。而沧弛家的人必定不会像朔家一样，绝对不会因为心疼他而对苏央然手下留情，若是到了那个时候，哪怕真的要拼死一战，他也会护在她的身边！狂风暴雨又算什么，他已经亲眼见证了父亲的死亡，一无所有，所以无所畏惧。

这恐怕是沧弛鉴第一次见到如此坚定的沧弛染寒。以前他或许会反抗，或许会拒绝，却从来没有说过这样的话，像是某种承诺一般。以生命为誓许下的诺言，坚定而强大，望着那样的弟弟，一时间沧弛鉴僵住了。

只是因为苏央然而已啊。

缓缓转过头，站在旁边的苏央然已经离开了，他的身边一直跟着那两个少年，一个迷迷糊糊好像总是睡不够，一个身体柔弱好像随时都会倒下。可是他们始终坚定地跟随着他，不离不弃。在他的身上，似乎拥有一股力量，这股力量让所有人不断地靠近他，想要留在他的身边。

而沧弛染寒，怕是也被这股力量吸引了吧，所以才会说出这样的话。

如果真的是这样的话，他倒是想要试一试，能否将这股力量打碎！沧弛染寒必须回去继承弛家的公司，而他也有自己要走的仕途。这是早就设定好的路线，没有一个人可以改变，也没有任何力量可以阻挡。

“哇，苏央然又拿了第一。”

“啧啧，到底是灰色派系的王啊，不容小觑。”

“那跟她并列第一的，不也是灰色派系的成员。”

“好像灰色派系越来越厉害了，明年的招生，不知道会有多少人进入灰色派系呢。”

“我总觉得学校的体系好像开始发生改变了。”路过的学生都在纷纷讨论着公告栏上的成绩。

苏央然脸上没什么表情，心里还是很高兴的，奖学金终于又增多了，爸爸妈妈也一定会很高兴吧？毕竟她从来都不曾让他们失望。

但是一个星期后，成绩公告栏上重新变回了沧弛鉴第一名，苏央然第二名。

苏央然看到公告栏的时候有些不可置信。

“哥，你不必在意，前几天校长已经公布了，最优奖学金取前三名，只要你在前三，无论你得第几名，奖学金的金额都是一样的。”苏彦已经不知道该怎么安慰她了。

苏央然还是有些不高兴，暗暗发誓一定要再努力一些。

户一直在思考着什么，笔横架在鼻梁上，好一会儿，他忽然抬起头：“沧弛鉴，是不是想要挑衅你？”

“啊？”这下连苏央然都愣住了。

“他已经获得了法国PHD（哲学博士）最高学位。因为年龄的关系，他还没有正式开始工作，沧弛家就两个儿子，一个从政一个从商，沧弛鉴应该是从政的吧。以他的成绩根本就不用来这所学校上课啊。可以说他是为了他的弟弟沧弛染寒来的吧。所以，央然赢不过他是理所当然的，那一次成绩故意和你持平，说不定就是故意的。”户说的话让苏央然目瞪口呆。

沧弛鉴那个浑蛋，原来一直在耍着她玩？等等，可是他为什么要挑衅她？

“他为什么要挑衅我哥？”苏彦问出了苏央然心中的疑惑。

户很认真地思考了一下：“这个我也不清楚，沧弛鉴来学校大概是为了他弟弟。可是为什么会跟央然杠上呢……难道……”

“难道？”

“难道他看央然不顺眼？”

“我跟他素不相识，他不可能无缘无故看我不顺眼。”她气呼呼地叉着腰，“我看啊，他一定是想做灰色派系的王，想要我妥协。也或许他是沧弛染寒派来的间谍，夺得灰色派系的王位之后，就要把我们并入蓝色派系。不管怎么样我都不会让他得逞，就算是博士硕士那又怎么样，我绝对不会服输！”

苏央然许下诺言，继续拼死拼活为了考试成绩而努力。与此同时，沧弛鉴也开始暗暗部署对付苏央然的计划，自然不会只是从成绩上打压她而已，他还有很多办法，让她无法在洛兰科斯生存下去。

而埋头努力中的苏央然，并没有发现曾经一直站在自己身边的苏彦，已经悄悄开始发生了变化。他不再总是跟着自己，不再总是绽放笑颜。尽管只要一回头，她就可以看见他，可是她却没有注意到两个人的距离正在以难以察觉的速度，越来越远。

第四节

“再过一段时间去医院检查吧。不要担心，妈，不会有问题的。是呢，我们学校里也有校医院，我们每隔一个月就会体检一次。好，我会保重身体的，晚安。”静悄悄的夜，阳台上的风徐徐地吹来，温柔得仿佛是母亲的手轻抚脸庞。苏彦挂了电话，仰头看着天上的星辰，一闪一闪仿佛点亮的烛光，在云层之间若隐若现。

他的身体，已经越来越差了。

自己非常清楚，早就从校医院的医生那里得到了检查报告。他还年轻，病情控制得好的话，应该可以活得更久一些。但是也可能会有意外，他忽然之间无法再跟随在苏央然身边，可能就这样倒下，再也没有办法醒过来。

如果现在就把身体的情况告诉父母，他们必定会让他退学，留在医院里休养。而苏央然，也许也会因为他而退学。好不容易让她找到了可以翱翔的天际，难道让她再一次像折断了翅膀的鸟儿，被关进他给予的鸟笼吗？

不，他不要这样，他想要放她自由。

但是父母不会，他们必定会把那钥匙抓得牢牢的，无论如何也不松手。所以，他不愿意告诉他们事实，不愿意苏央然被囚禁在永无止境的笼子里。

“苏彦，你怎么还不休息？”半夜，苏央然出来倒水喝，看见苏彦坐在阳台上，身上只穿了一件衬衣。夜晚的风特别冷，她顺手将自己的校服外套罩在他的身上，“好好注意自己的身体，想要感冒不成？”

“我只是睡不着，所以出来吹吹风。”苏彦扬起一个温柔的微笑。

苏央然很无语：“睡不着就数绵羊，还吹什么风啊，很容易感染风寒的。走，进屋去。”她伸手将苏彦从椅子上拉起，谁知苏彦竟然一个没站稳，差点儿倒在地上，幸亏苏央然眼疾手快，一把将他抱住。

手掌轻轻贴在他的后背，冰冰凉凉的肌肤，透过衬衣传递到她的掌心里：“你身上怎么这么冰？”

“可能是吹风吹久了。”苏彦依旧保持着这个动作，他的身体的确很冷，而苏央然却是火热的。很小的时候，他也总是这样依附在她的身旁，贪婪地享受她的温度。后来他长大了，即使他们是姐弟，却也不会像小时候那般亲昵。可是如今当自己再次倚靠在她怀里的时候，他又是如此怀念，不愿意离去。

“姐。”夜半无人，苏彦轻轻颤动了一下嘴唇，“如果我死了，你能替我好好地活下去吗？”

“你在说什么胡话，不要乌鸦嘴。”苏央然郁闷地丢出一句，拉着他进了屋里。

阳台的门被关上了，她带着他进了房间，伸手将他按到床上：“好好休息吧，不要想东想西的，如果实在睡不着，就数绵羊。对了，你药吃了没？睡不着的话，我给你热一杯牛奶。”

“嗯。”苏彦也不反驳，只是乖巧地答应。

苏央然和沧弛鉴的争斗依然在进行中，但是不知道为什么，洛兰科斯的学生开始渐渐关心起灰色派系的王位来了。他们一致认为苏央然应该退位让贤，把王位让给沧弛鉴，毕竟现在大家都有目共睹，她的能力不如沧弛鉴。

沧弛鉴来到洛兰科斯之后为学校做了很多事情，包括捐献了很大一笔钱，建造了新的食堂，还扩展土地要为学生们建造专门的休息室和健身房。这对洛兰科斯的男生来说可是一件大好事，他们早就想要健身房了。

加上近日学生之中经常听到一些谣言，说苏央然之所以能够成为灰色派系的王，都是因为依靠了白王朔连城和红王华尚。如果没有这两个王的帮助，苏央然根本不可能在这里立足。还引起了两王之间的斗争，蓝王也差点儿卷入其中，这次蓝王的哥哥来学校，就是专门为了阻止苏央然。

苏央然听到这些谣言脸色都白了。

“哥，你不要在意他们说的话，他们只是道听途说。”苏彦知道苏央然最近心情不是很好，多了一个沧弛鉴，学校里又传出这种谣言，对她各种谩骂和污蔑。苏央然根本就不是那样的人，在他心里，她永远都是一个很温柔的姐姐。

苏央然也很郁闷：“我也不想在意他们说的话，可我活在这个世界上，总不能把我的耳朵封闭起来吧？清者自清是没有错，可是为什么我明明没有做那样的事情，却平白无故要被误会，被辱骂。我或许无法跟那些人一一解释，可是至少我得努力证明自己，证明我不是他们口中那样的人。”

“哥，不管怎么样，我都支持你。”苏彦笑了笑。

在背后这样煽风点火的人自然是沧弛鉴。他倒不是想要灰色派系的王位，他只是想把苏央然从洛兰科斯赶出去而已。那些谣言最初也不全是那样，谁知传到后来演变出那么多的版本。

谣言的力量可真是可怕啊。

话说，苏央然要是知道最初的谣言是从他的嘴里传出去的，估计会气得跳脚吧。苏央然眼下肯定已经抓狂了，哈，想起苏央然生气的样子，不知道为什么心里头就觉得特别好笑。

第五节

朔家的大别院里，跪坐在木质地板上的老者手里正执着一枚棋子，与对面一个年纪轻轻目光却深邃老到的男子下棋。旁边的管事接到了一个下人递上来的消息之后，轻轻上前一步，附在老者耳边说了几句话。

老者手里的棋子放了下来："沧弛家的人也跑到洛兰科斯搅和，他们还真是不怕添乱啊。"

他停止下棋之后，对面的男子也收了手，恭敬地跪坐在那里。

老者拄着拐杖站起身："加藤棋士，您先回去吧，这盘棋改天再继续。"

男子点了点头，然后执起了摆放在身旁的那把折扇，起身离开了这个凉亭。两个下人上来记下了棋盘的棋路，将它收了起来。

他们搬来一把藤椅，老者吃力地坐到了上面去："你说说吧，沧弛家的大公子在洛兰科斯做了什么事。怎么又会和那个女孩扯上关系，真是一个个都不让我省心啊。那个孩子不是当上什么灰色派系的王了吗？还有人欺负她？"

"回老爷的话，苏央然当上灰色派系的王之后，洛兰科斯的局势原本稳定了下来，沧弛家的大公子在前不久转学来了，他的成绩超过了苏央然，并且故意在学校里散布谣言，想要将她拉下台去，然后驱赶出学校。"管事回答着，还拿出了一份资料，是这一个多月来洛兰科斯考试的成绩表。

上面显示，苏央然每一次的考试成绩的确低于沧弛鉴，尽管大部分科目她都成绩优异，但沧弛鉴几近满分的成绩确实难以超越，甚至还会有附加分的情况，所以她一直排在第二。

"沧弛家的大公子不是应该重点关注自己的弟弟吗？怎么会惹上她？"朔家老爷不明白了，沧弛家的情况他们是知道一些的，二公子不肯继承家业，弛家的女主人三番五次找他谈话，最后不得已才派遣了大公子前来。可怎么又跟苏央然扯上了关系？

"并不知道缘由。"管事答了一句。

朔家老爷沉思了片刻："你去帮她一把，让校长将分数限定在原本的分数之内，没有附加分。还有，抑制学校里的谣言。"

"老爷……"

"我只是不想连城又为了她做出什么傻事来。"

"是。"

经过朔家的插手，总成绩去掉了附加分，苏央然的成绩终于又挤到了第一名，尽管是和沧弛鉴并列，但是也让她情绪缓和了不少。关于她的一些谣言也在最近这几日里渐渐消退了，她一直觉得这些子虚乌有的八卦，消退掉也实属正常。

只是灰色派系的王应该退位让贤的事情，还有人絮絮叨叨在念着。苏央然知道，她不拿出点儿实际行动是不行了，她也不希望自己在一片质疑之中当上灰色派系的王——毕竟说起来，当初还是她自封的。

考虑了良久，她终于下定决心，与沧弛鉴来一场比赛，胜者为王败者为寇！只有这样，才能堵住那些人的嘴。

如果她赢了，依然是灰色派系的王，如果她输了，她就将这位置让给沧弛鉴！

苏央然要和沧弛鉴比赛的消息立刻在整个洛兰科斯里散布开来，他们猜测着到底会比什么项目。成绩他们已经比了那么久了，自从调整了分数上限之后他们两个就一直没有分出胜负，那接下来会比什么？

体育？音乐？绘画？还是大战一场？

红白蓝三大派系的学生都万分期待着这场比赛的开始，而灰色派系里的人就没有那么高兴了，特别是苏彦，他一直很担心苏央然："哥，我觉得沧弛鉴是故意挑衅你的，就是为了让你提出这样的比试，你若是输了……"

"我不会输！"苏央然打断他斩钉截铁地说道，"你不必担心，我绝对不会输。"

"哥……"

苏彦还想说什么，苏央然安抚他道："你就如此不信任我吗？我说不会输，就不会输！哪怕倒下了，哪怕伤痕累累，我也会站起来！大不了重新来过，我不怕。"

"我不是这个意思，哥。"苏彦一下子拉住了她的衣摆，"我只是不想你再为了这些琐事伤神。如今灰色派系也成立了，所有人都知道你的存在，其他三大派系的人也承认你的实力了。哥，我们转学好不好，我们离开这个地方，去别的学校。过安安稳稳的日子，安安稳稳地念书。哥，我已经没有时间了……"

苏央然吓了一跳，苏彦从来没有如此哀求过她，还有他口中的"没有时间"，是什么意思？

"什么没有时间了？你怎么了？"她反手拉住了他。

苏彦抽出自己的手："没什么。我是说，我太累了，不想在这所学校里生活了。哥，我求求你，我们转学吧。"

转学吗？如果苏彦真的非要如此要求的话，待到这次比赛结束，无论胜负如何，她都可以带着他离开这所学校。

只是苏彦这一次真的太奇怪了，以前所有的事情都是父母自作主张要求她做到，苏彦从来都没有开过口，也从来都没有央求过她。

因为他总是觉得自己是个累赘，总是担心自己会拖累她，从来没有提出过自己的要求。其实她并没有这样认为，尽管偶尔会为父母的偏心而生气，但是作为姐姐，她当然愿意一直留在他身边的。

“苏彦，你告诉我，到底发生了什么事情？你是不是有事瞒着我？”苏央然皱起了眉头，她再次拉住了他的手，无论苏彦怎么想挣脱，都挣脱不开。

“没什么，哥，我只是有些累了。”他长长地叹了口气，重复道，“太累了。”

“真的只是累了吗？”苏央然有些狐疑地看着他。这几日她一直忙着跟沧弛鉴比试，没有像以前那样关注他，可是苏彦不是一直都这样吗？无声无息地跟随在自己身边，“上次校医院的检验单你知道了是吗？先天性心脏病而已，别瞎想，只要你好好休息，不做剧烈的运动，就不会有事的。”

“嗯，我知道，我只是累，哥。”苏彦扬起一个笑容。

苏央然拍了拍他的肩膀：“等我和沧弛鉴的比试结束了，我们转学吧。”虽然这所学校她待了那么久，可毕竟是男校，对她来说并不是最佳的选择，更何况当初就是陪着苏彦一起来的，如若苏彦要离开的话，她当然不会反对。

“好。”苏彦淡淡答应。他一直都是这样，从来不拒绝苏央然，也从来不会要求她做什么。这是破天荒第一次请求她，所以苏央然很重视。

比试的内容很简单，就是一场战斗，谁赢了，谁就是灰色派系的王，谁输了谁离开。

苏央然已经重新填写好了转学申请书，在比赛开始之前就交到了校长办公室。校长有些吃惊：“学校的生活不好吗？”

“不是，洛兰科斯是我所遇到的教学设备和师资力量最棒的学校。”苏央然回答道，“只是我弟弟身体不太好，我们还是决定去自己家附近的高中念书，非常感谢校长这半年多来的照顾，等那边的同意书开过来，我们就会转学了。”

校长自然是非常舍不得的，苏央然的成绩在洛兰科斯绝对是数一数二的，哪怕没有沧弛鉴，以她的成绩考入好的大学那是轻而易举的事情。还有苏彦，他的成绩虽然比苏央然略微差了些，但是上重点大学也绝对没问题。

可如今这两个优秀的孩子却忽然之间要转学了，这可怎么是好啊，他忍不住问：“是奖学金不够吗？还是因为上次奖学金没有给你的事情？”

“不是的，校长。洛兰科斯一直对我们很好，真的是因为苏彦的身体，让我非常担心。前不久校医院已经检查出他患有先天性心脏病，我们还是决定转回自己家附近的高中，这样家里的人也可以就近照顾他。”苏央然说得非常诚恳，“我只有他一个弟弟，爸爸妈妈也会很担心的。”

"家里已经通知了吗？"既然已经搬出了父母，校长也没有办法了。

苏央然回答："嗯，爸爸妈妈早就知道了，那边的高中也是他们帮我们联系的。过完这周，我们就会转到那边去。"

"那好吧，以后若是还想回洛兰科斯，只要你们开口，大门永远为你们敞开。"校长无可奈何地在申请书上盖了章。

苏央然也松了一口气，这样就可以了吧。自己无须再犹豫，可以彻彻底底地离开了。

第十四章

新的开始

第一节

这一边她在忙着转学以及比试的事情，那一边的朔家老爷，在听到苏央然要转校的事情时无比震惊："她要转学？"

"她怎么忽然又要转学了？她不是一直都很坚持，不会轻易离开吗？甚至不惜跟我们朔家作对都非要留在洛兰科斯吗？怎么突然又要离开？"朔家老爷不断地用拐杖敲着地面，一脸愤愤不平的样子，"张校长也不跟我通知一下就同意她转学了！"

"老爷请冷静。"旁边的管事有点儿尴尬，他没想到朔家老爷对这件事如此在意。

"冷静，我也想冷静！可是这算怎么回事？那孩子说转学就转学了，我连个心理准备都没有！"朔家老爷愤怒地敲着拐杖。

管事很头痛："老爷您原本不是就希望苏央然离开洛兰科斯，不要和少爷有什么纠葛吗？如今她要离去了，不是正合你意吗？"

"呃，说的也是啊。"像是突然反应过来，他一下子转过头，"你们知道她为什么要转学吗？"

"校长那边说，苏央然的弟弟苏彦身体不是很好，在校医院查出患有先天性心脏病，所以暂时想要转学回自己家附近就读，可以有父母照顾。"管事回答着，从旁边拿过来一份资料，"通过我们的调查，苏彦在校医院检查的记录总共有两次，第一次检查和第二次检查的时间间隔非常短，但是检查的结果却差距很大。苏彦的先天性心脏病非常严重，短短时间里已经到了心力衰竭的地步，如果再不住院，他随时可能会死去。"

"那么严重？那应该直接退学去医院了吧？"朔家老爷有些吃惊。

管事点了点头："的确是这样，而且苏彦本人应该知道这件事情。只是他一直压着这份检查报告，没有让苏央然知道。"

"现在的孩子怎么一个个都这么奇怪？自己身体有事却瞒着身边最亲的人。罢了罢了，他们要转学就转学吧，不过，你得监督着那个孩子，不能让她离开我们朔家的视线。"朔家老爷说了一句，视线落到了窗外。

管事毕恭毕敬地点头："是。"

沧弛鉴接到苏央然的挑战书时还是很平静的，他知道苏央然会向他发起挑战，也许并不是因为灰色派系的这个位置，而是苏央然的性格，他不想轻易认输。难怪自己的弟弟会那么在意他了，确实是一个挺有意思的人，很聪明，做什么事都很有干劲，还有着坚韧的性情。

不知道比试那一天会有什么意想不到的事情发生呢，好像还挺期待呢。

第二节

不知道有多久，没有站在这样的地方。

天蒙蒙亮，周围一片寂静。能够听得见的，只有风吹过地面的声音，轻盈，柔软。苏央然坐在围墙上，这墙壁矗立在这里，不管是里边还是外边，都还是洛兰科斯。

每当打架受了伤，或者觉得心情烦躁，还是觉得累了，她便会坐在很高很高的地方，看看脚下的世界，听听风的声音，鼻尖弥漫着青柠的香味，仿佛是天空拂动的云一般柔软……有时候她常常会想，自己是为了什么才来到这个世界上。

为了苏彦？为了父母？为了自己？

如果是为了自己，那为什么每次睁开眼睛，耳畔回响的都是别人的声音，别人的名字。

每当这样想，就忽然会觉得很孤单，好像身处空中没有支撑地飘浮着。

常常会做梦，梦见自己被关在一个院子里，周围都是盛开的百合花。天空远得无法靠近，院子四周仿佛有一个透明的玻璃罩，将自己罩在里头。有时候想要从这个院子里离开，却发现自己的脚下被拴了一根链子，无论怎么走，也无法走到门口。

梦里，有一个穿着白色衬衣的少年站在门口，身高和苏彦很像，起初她怀疑那就是苏彦，可是久了似乎并不像。他就这样一直冷冷地站在玻璃罩外，无论苏央然怎么呐喊，怎么哭泣，怎么绝望，他都不曾进来帮她。

就这样，一直被囚禁着，一直被囚禁着，看着百合凋谢盛开，看着玻璃罩外的云缱绻舒展。

这个梦困扰了她好多年，苏央然甚至想过会不会真的有这么一个人存在。

记得有这样一则故事：在美国有个马戏团里有这么一件怪事，一头大象被一根细细的小绳绑在柱子上，很多人都担心大象会挣断绳子跑掉，就告诉管理员，那根绳子太细，大象会跑掉的，管理员笑笑说：不会的。因为这头大象，小时候被抓回来就用这根绳子绑在柱子上的，开始它也拼命地挣扎，想挣断绳子跑掉，但由于当时它还小，力气也小，挣不断绳子，但它忘记了现在已经长大，可以有力量挣断它，只是它不再尝试，就被这样一根细细的绳子牢牢地系在那里。可其实系住它的不是那根细绳，而是它心中那根无形的绳子。

而她，是否也被这样一根无形的绳子系着，不敢挣扎，不会反抗……哪怕她知道，现在的她已经有能力挣脱这根绳子，有能力逃离那个玻璃罩。

“明天要比试了，你赢不了他的。”忽然一个声音从围墙下面传了过来，苏央然低下头，看见沧弛染寒站在下面，藤蔓遮挡了他的眼睛。

苏央然并没有多说话，她只是仰起头：“我会尽力。”

“你赢不了他，这样的比试毫无意义。”沧弛染寒对苏央然的固执有些无可奈何，他从阴影里走了出来，一把拉住了她的手腕，“如果你要做王，来我的派系，我可以将我的位置给你。如果你只是想要寻求一个庇护，没必要和他争斗。他只是……”

“他只是想要赶我走而已。”苏央然接过了他的话，然后扬起一个笑脸，“我懂你的意思。”

她从围墙上跳了下来：“你知道吗？其实我一直觉得自己被关在了一个透明的玻璃罩里。我好几次想要逃离，却总是不敢迈开一步。现如今我答应和沧弛鉴比试，就是想要尝试一次。我要逃离那个地方，我要逃离这颗被困锁的心。”

所以，这一次她像是发了疯一样，想要试试看。她不要像那头大象一样一直被一根细小的绳子困住，她要逃，她要挣脱开这根绳索，挣断那根柱子！

可是，她又犹豫着，就像那个玻璃罩外的人，他一直站在那里。好像是因为他在那里，所以她无法挣扎，无法逃离。

“好了，已经天亮了，我要回去了。”摇了摇头，不要自己多想，她收回了被沧弛染寒拉住的手，“我会努力的，你也一样要努力呢。”

“努力什么？”

“努力沿着你想要走的路，大步向前啊。”

沿着你想要走的路，大步向前啊。其实有的时候，很多人都会有这样的想法。从出生开始，一切都被规划好，没有自由，没有空间。我们脚下的路已经被严严实实铺平在那里，没有拐弯和岔口，可是怎么都望不见尽头。

然而我们行走着，行走着，却渐渐疲倦了。

多么希望这个时候，边上会突然出现一条崎岖的小路，可以让人带着好奇，被那条路上的风景吸引了视线。脚步渐渐移开，想要朝着那条小路走，想要看看更新奇更广阔的世界。或许路是崎岖的，它却深深吸引着自己。

你可以走，或许在这条路上还会遇到更多的分岔，可是没有关系，因为你知道总会有一条路适合你，会有一条路带你通往更光明的道路。那条路，只属于你，是你用双脚开辟的。

所以，她不仅仅希望自己可以离开这个玻璃罩，寻找属于自己的路，也希望眼前这个替她保守秘密的少年，可以寻找到属于自己的路。

从那一天他挣脱开保镖的束缚逃走开始，她就有一种感觉。他和她很相似，同样是被囚禁的，同样是被控制着，他已经在不断地挣脱，可是自己还站在原地，不敢离开。

所以我们都要沿着自己想走的路，去走啊。

第三节

沧弛鉴来的时候，树林里已经站满了人，那是一个石子儿铺满的平台。在最早的时候，这个地方还是洛兰科斯的正门入口。后来建造了高速公路，这条省道也没有很多车辆经过，所以出口便换了另一个地方，重新建造了更为宽敞的大路。

而这一边也就废置，种植了树木，除了这个被石子儿铺满的平台保留了下来。

石子儿有些已经磨损了，有些依然透亮地躺在那里。上面还可以看到用别的颜色铺出来的字，洛兰克斯，以及它的玫瑰标志。

他以为苏央然会迟来一些，可是他却错了，苏央然比他要早到许多。

她来的时候，这片树林还一个人都没有！

她要全力以赴，校服外套早就脱到了一边，只穿着白色的衬衣，衬衣微微浸湿。她就这么站在石子儿上面，赤着脚，裤腿卷得很高，双腿白皙而纤细，简直就像女孩子的腿一样。

“早安。”一个微笑，一句招呼，淡淡的，仿佛夹杂着叶草香。

“早。”沧弛鉴有一些恍惚，仿佛这不是一场比试，而是一次茶会，在这僻静而翠绿的树林间，在这风吹过树叶能够听见叶片哗哗声的石子路上。

当然，如果没有旁边那些嘈杂的人群，或许会更好一些。

“沧弛鉴来了，他来了。”

“王位争夺要开始了！我都等了好久了，身上被蚊子咬了好几个包啊。”

“真是的，怎么选择这种场地？可以去操场上嘛，反正学生会的人也睁只眼闭只眼，不会管的。”

“嘘，你小声点儿，旁边就是学生会的人。”

边上的人群吵吵嚷嚷的，挤在中间的几个学生会成员感到压力很大。

沧弛鉴真的有些无奈了，他面对着苏央然，没什么表情：“我们要不要换个地方？”

苏央然笑了笑：“没关系，他们若是喜欢看，便看吧。更何况，我们不管换到哪里，只要还在学校，他们都会找到。”

“也是。”沧弛鉴耸耸肩膀，然后摆了一个优雅的姿势，“你先请吧。”

“在开始之前，我有一些话想要问问你，可以吗？”苏央然没有动，她只是看着沧弛鉴，眼睛里仿佛有星辰流转，一晃间便闪过了。

沧弛鉴哑然，他微微怔愣了，随后答道：“知无不言，言无不尽。”

苏央然点了点头，然后开了口：“你喜欢洛兰科斯吗？”

这下不仅仅是沧弛鉴，周围所有等着他们开打的学生都哑然了，这算什么问题，喜欢洛兰科斯?

“你也来洛兰科斯很久了，虽然时间没有我们其他学生长，但是也经历了那么多，感受了那么多，待在洛兰科斯你还习惯吗？你喜欢这所学校吗？”她想了想，觉得应该问得简单明了一些，“你对这所学校的感受是什么？”

对这所学校的感受吗?

沧弛鉴呆呆地站在原地，他思考了很久，周围不知道为何变得很寂静，仿佛围观的人也一同陷入了思考。

感受吗？自从来到这所学校，他关注的只有弟弟沧弛染寒，还有苏央然，周围的环境如何，学校的设施如何，他还真的没有注意过。

如果硬要说的话，这是一所海纳百川的学校，包容性很强，甚至会让人有一种莫名的归属感。来到这个地方，他觉得很自由，活得很真实。

而这种归属感，让他忘了喜欢不喜欢的理由，讨厌不讨厌的借口。就像是或许人们会抱怨家的狭小，或者是贫穷，可是每次遇到困难最先想到的还是自己的家。因为人们知道那是自己遮风避雨的屋檐，一个属于自己的港湾。

对了，洛兰科斯，给他的感觉，就像一个陌生又熟悉的家。

明明来的时候没有抱任何期待，纯粹只是为了完成母亲给他的任务而来，可是却自然而然地，开始变得随意起来，开始在这所学校自由自在起来，因为……

“像家一样吧。”总觉得这个回答很难说出口，但竟然意外地下意识地从嘴里冒了出来。

同时，周围围观的人也已经开始窃窃私语了：“咱们洛兰科斯一直都挺好的。”

“是啊是啊，宿舍的设施是最棒的。”

“洛兰科斯的正门很大，而且虽然都是男生，却一点儿也不脏不乱。”

“那是，有保洁员嘛。”

“我们学校还有玫瑰花墙，风景优美。”

他们叽叽喳喳地讨论着，站在平台中间的苏央然却露出了笑容：“原来是像家啊……”

难怪，好几次她想要离去，总会觉得有些不舒服。本以为只是不甘罢了，原来是不舍啊。

像是埋藏在心底的东西被人挖了出来，苏央然忽然感觉到有一股力量从心脏更深的地方涌出，源源不断。

沧弛鉴已经退后了几步，他抬手指着树林尽头的一个地方：“洛兰科斯有一个被遗弃的玫瑰喷泉，在喷泉的最中央，是一个手托着玫瑰花环的少女雕像，雕像身上有一枚胸针，那枚胸针就是最初的学生徽章。我们今天的比试，就是去取得那枚胸针，谁最先得到它，谁就算胜利。”

“好！”苏央然毫不犹豫地应了下来。

在天空飞舞的一片翠叶落到地面的刹那，两个人便以风驰电掣的速度瞬间冲向树林之中。周围的人立刻跟着他们追了上去：“好快！走，快跟上！”

“他们去哪儿了？”

“树林里的喷泉啊！就是那个只有一摊死水，长满青苔，荒废很久的喷泉！”

一大拨人急急忙忙跟过来，但显然不如苏央然和沧弛鉴快。

苏央然比沧弛鉴更快一步，或许是身子轻巧的缘故，她在速度上明显快过沧弛鉴。可是没料到在一个拐弯处沧弛鉴突然出手，一拳攻击了过来！这一拳很有力，强劲的风一下子刮到苏央然脸上，让她根本来不及反应！

眼看拳头就要打到她了，突然沧弛鉴停住了手，拳头距离她的脸只有一厘米远：“想取得胸针，不是只看速度的。”

沧弛鉴是在给她一个警告，等快到喷泉的时候，他一定会出手！

“好。”苏央然扬起一个笑容，立刻一弓身一脚踩在路边一棵树的树干上，借力以两倍以上的速度冲向喷泉！

沧弛鉴迅速出手，一把抓住苏央然的脚腕往后一扯，苏央然一个后空翻甩开他的手，然后跳到另一棵树上。

她居高临下地站着，树下的沧弛鉴仍微笑着：“你的力量太弱了。”

苏央然能够感觉到刚才他并没有发挥全部的实力。想起凌晨沧弛染寒对她说的话：你赢不了他。的确，苏央然意识到自己真的很难赢他。她一直以为自己的力量已经足够强大了，这些年来她已经足够努力了，但是现在这一刻才发现，原来天才和人才之间还是有很大的区别。无论是之前的考试，还是这一次的比试，苏央然和沧弛鉴之间的实力悬殊，自己拼尽一切获得的，对于他而言是那么轻而易举。

如果是以前的她，必定是不甘心的，但是如今她却没有觉得不甘，没有觉得愤怒，反而觉得这才是真正的比试，这才是能够让她全力以赴的战斗！

没有任何犹豫，她开始率先出手！沧弛鉴一惊，侧身用手肘挡住苏央然的一击，等抬起头来的时候，看见她已经冲向了前方的喷泉之地！

沧弛鉴猛地加速，在苏央然就要触碰到喷泉雕像的时候，一瞬间赶到将她拦了下来，并且一把把她按入了喷泉的水中。苏央然狠狠抬脚踢在了他的小腿上，但沧弛鉴只是稍稍松了手，强大的力量依然死死压在她身上。

已经追赶而来的所有人看到这一幕时，全部目瞪口呆了："沧弛家的人果然厉害……"

"我第一次看到苏央然无法动弹。"

"这样看，苏央然简直弱得跟个女孩子一样。"

就在所有人觉得她肯定要输了的时候，苏央然再次出手，手背狠狠击打在了沧弛鉴的手臂上，迫使他不得不放开她，后退了好几步才能站稳。

苏央然从水中站起来，她显然伤得很重，后背被水底的石头磕得直疼，连站起来都有些吃力。旁边几名学生看得格外心疼，想要出手扶她一把，可又不敢贸然上前。苏央然扶着树干让自己站稳，她擦去了脸上的水，嘴角依旧挂着笑容。这点儿伤是很痛，但是和以前比起来，真是小巫见大巫了："你很厉害。"

其实她刚才一直感觉得到沧弛鉴有保留一部分力量，不过刚才那一击，总算把他的全力逼出来了。全身的力量开始源源不断地涌现，她微微扭了扭自己的手腕："不过要我认输还早着呢，可别手下留情。"

沧弛鉴眯起眼睛："你赢不了我。"

"也许吧。可是，在结束之前我不会放弃，比试就要全力以赴啊。"

第四节

苏央然迅速出手，这一次沧弛鉴来不及躲，只能侧身用手肘将她出的拳重重撞开。这一撞按道理会很疼，但对方却毫无反应般，反手重重一掌打上他的胸口，剧烈的疼痛蔓延上来，沧弛鉴牙齿一咬，血已经从嘴角溢了出来。

“她反击了。”

“哇，好激烈啊。”

“灰色派系有那么强大的人，难怪一直屹立不倒。”大概是比试太激烈了，围观的人自觉地往后退了一圈。

苏央然趁着这势头咄咄逼人地攻向沧弛鉴，沧弛鉴不再手下留情，他每一招每一式都用了全力，无论苏央然如何闪躲，如何抵挡，都无法阻止他的力量。

到了后来，她伤得实在太重，直接撞到了少女雕像上。

“你赢不了我。”沧弛鉴又重复了一遍。

苏央然勉强地睁着眼睛：“谁知道呢……”就像那块阻挡在心里的玻璃罩，它就一直在面前，她想要用手将它击碎，用尽全力，哪怕鲜血淋淋。

宿舍里，苏彦正在收拾东西。他知道苏央然去比试了，他也知道她一定会弄得伤痕累累。从以前开始，她就一直是这个样子，为了自己的目标全力以赴甚至可以赌上性命，一旦她想做一件事情，没有一个人可以阻止她。

所以，他不去阻止她，他就在寝室里，收拾好东西。等到比试结束了，他们就会离开这个地方，回到自己家去。

在那座城市，有一所普普通通的学校，他们可以去那里过平凡简单的生活，苏央然可以不用穿男装，不用整天为了保护他，而累得死去活来。

在那个地方，他可以留下点点滴滴的回忆，在生命结束之前，好好活着。

他还想，可以让自己保护苏央然一回，照顾苏央然一回，他希望自己可以为她遮风挡雨，不再一味躲在她的背后。

转头看了看窗外，天空已经渐渐暗了下来，应该差不多结束了吧。

或许走出这扇门，就可以看见苏央然回来。

也许一身狼狈，也许伤痕累累，但是他知道，她一定面带笑容，从不向失败妥协。

苏央然其实已经消耗了很多体力，她支撑着所有的力量靠着少女雕像站立起来，周围的人都看着这个一次一次被打倒，却又一次一次站起来的人。他们觉得，只要沧弛鉴再出手发动攻击，她恐怕就真的倒下认输了。

可是他们猜错了，当她站起来之后，沧弛鉴几乎是拼上全力对她发动进攻，她却依然纹丝不动屹然不倒。

更让所有人吃惊的是，苏央然在他出手的时候突然迅速抓住了他的手腕，并且用力一拉将他扯到了她的面前。在这么近的距离下他很难攻击，这也给了苏央然机会！她伸手就要去抢少女雕像上的胸针，沧弛鉴眉头一皱，跟她同时出手！

两个人的距离瞬间被拉得很近，外面的人看去就好像沧弛鉴紧紧压迫在苏央然身上。苏央然的指尖就快碰到胸针的边缘，突然一只黑猫从远处一跃而起，叼住胸针就跳到了另一边的花坛上！

苏央然和沧弛鉴都大吃一惊，谁也没料到这场比赛中会出现一个外来者，还是一只猫！

沧弛鉴收回手的时候猛然注意到自己离苏央然很近，低下头就能看到她晶莹剔透的脸，以及身上一股淡淡的香味。这种认知让他不由自主后退几步，脸上出现疑惑的神情，视线从她湿漉漉的发上往下移动，原本平静的眼睛缓缓睁大："你是女生？"

这句话仿佛惊雷炸响在整片树林中。周围原本喧哗的人群一下子寂静，连风吹起树叶在空中转圈的声音都听得见。

人群中，终于有人先缓神过来开口："什么？苏央然是女的？"

紧接着所有人都像爆炸了似的窃窃私语起来："是女孩子！她竟然是女孩子啊！"

"我一直都没有发现。"

"难怪觉得她长得那么秀气，原来是女的啊。"

"可她不是很厉害吗，上次把红色派系的人都打了，像个妖怪似的。"

"她真是女的吗？那么厉害！"

沧弛鉴仍愣在原地没反应过来，苏央然却不放过任何一个机会，她动作迅速地扑向花坛上的那只黑猫，一下子抱住了它的身子，并且顺利从它嘴里揪下了胸针！

当她把胸针缓缓举到空中的时候，那阻挡在内心深处的玻璃罩仿佛在这一刻瓦解，她听到无数碎片在脑中响彻，空气中涌动起了风，吹开了前方的浓雾！

花坛后面正睡得迷迷糊糊的黑发少年氏锦冶志已经醒了过来，他抬头看了一眼这边的苏央然，此时她正和自己的猫争抢一枚类似胸针的东西，可惜苏央然手比较长，可怜的小黑怎么跳也够不到。

这幅情景让他不由自主笑出了声，周围听见的人立刻把视线移了过去："黑王！"

氏锦冶志从苏央然身后探出手，几乎是在她完全没有意料到的情况下就拿走了胸针，然后一把抱起地上蹦跶的黑猫，将胸针递给了它。

苏央然还没有反应过来，甚至察觉不到他的靠近，这人的实力肯定不一般。

等等，周围的人好像喊他“黑王”？

还没回过神来，氏锦冶志怀中的黑猫已经伸出锋利的爪子，挠了他一脸花，然后从他怀里挣脱，重新跳到了苏央然肩上，叼着胸针蹲坐下来。

氏锦冶志沮丧着一张脸：“她欺负你，你还去她那儿？真是的。”明明天天给它喂饭的人是自己，可惜小黑却似乎更喜欢这个丫头。他一副难过的样子，默默走到苏央然身边，一脸委屈地看着自己的猫咪。

苏央然一把将黑猫抱到手上，连猫带胸针递给了站在原地仍旧是一副不解模样的沧弛鉴：“给你。”

“什么？”沧弛鉴没反应过来。

苏央然扬起一个淡淡笑容：“我已经递交了转学申请书，校长也批准了。”她突然道出的这句话，让正好赶过来的华尚和沧弛染寒一下子顿住了脚，他们以为她这一次拼上全力比试，是为了以后可以留下来，可是他们谁也没有想到，她竟然是为了离开。

“这枚胸针，从一开始就是属于你的。”

沧弛鉴难以置信地看着她手上的猫和胸针，那只猫似乎还一脸嫌弃地看着自己，脑海中忽然闪过之前苏央然对自己说过的话。

——你也来洛兰科斯很久了，虽然时间没有我们其他学生长，但是也经历了那么多，感受了那么多，待在洛兰科斯还习惯吗？

——你喜欢这所学校吗？

——和你以前所上过的那些学校比起来，它给你的印象是什么？你对这所学校的感受是什么？

如果不是还有留恋的话，就不会问出那些话来，不会一而再再而三让他回答。

“你是真的已经决定离开洛兰科斯，不再回来了吗？”

第五节

听到沧弛鉴反问的这句话，苏央然缓缓垂了眼帘。或许，这些问题她并不只是要问沧弛鉴，更是要问自己吧。

问问自己的心，是否喜欢这所学校，是否习惯这所学校的生活，是否舍得从这所学校头也不回地离开。而答案是，她舍不得，所以，当听到沧弛鉴说，学校就像家一样，她脸上的迷雾顿时散去，绽放了耀眼的笑容。

这样的笑容，吸引着所有人，吸引着他们去回想，自己是否也一样如此感受着，如此喜欢着洛兰科斯。

“嗯。”苏央然坦然地点了头，她再次看向周围的人时，眼神恳切而坚定，“我很喜欢洛兰科斯，也许以后会有机会再回来看看。但是还有更重要的人需要我去守护。所以，我并不是放弃了，而是我这颗心还是选择了家人。纵然再喜欢洛兰科斯，也还是决定回去了。”

还是选择了家人啊。

华尚微微上前一步，他想要开口说什么，却又忍住了：难道，不能为了我们中的某一个人，留下来吗？难道，真的看不见，我们就在你的身边，我们一直都在期待着你的目光可以在我们身上停留呢？

难道，你的眼睛就只能看到你自己和你的家人吗？没有办法看到我们这些也想要守护在你身边的人吗？分明已经走得足够近了，近得好像已经快到了触手可及的地方。但你还是选择走远了，难道你真的看不见我们的心吗？

将胸针交给沧弛鉴，苏央然像是释然了，对着周围人扬起一个灿烂笑容：“谢谢大家。”

以后有机会，她会常回来看看。

苏央然最终还是离开了。人群还没有散去，沧弛染寒沉默不语，只是看着阳光照映下的沧弛鉴，他的影子被拉得很长很长，拖成一个十字架的形状。

“我不知道她是女孩。”沧弛鉴过了不知道多久，终于郁闷地说。

“是你自己迟钝。”沧弛染寒不冷不热开了口。他一直都知道，这个没有丝毫血缘关系的哥哥是多么强大，强大到不会被任何人打败。

苏央然也是一样。唯一不一样的是，苏央然比别的人更倔强、更要强，更飞蛾扑火不顾一切，能够让沧弛鉴不得不认真起来用尽全力，就可以证明苏央然跟他曾经那些手下败将不一样。

她虽败犹荣。

苏央然离开比试场地之后，就先回了宿舍。在快到楼道的时候，忽然出现了一个人。

他似乎早就等在了那里，等了很久，孤单的身影掩埋在黑暗之中。

当苏央然出现的时候，他一下子站直了身子，眼睛紧紧盯住她，周围仿佛刹那间安静了，所有走动的人都消失不见，只有他和苏央然。

“你……”微微开口，朔连城的心早已经化成了一片，“为什么要走？”

苏央然一僵，她根本没有想到朔连城会出现在这个地方。她的视线一直在寻找他，可惜从比赛开始到结束，人群里都没有朔连城的影子，她还以为他不在学校。

“为什么？为什么？为什么？”朔连城几步走上前一把抓住了苏央然的胳膊，“你明明说已经不走了，你明明说会留下来的，为什么还要走？苏彦说你已经递交了转学申请书，是不是？你们今晚就要离开了？为什么瞒着我？明明已经决定要走了，却不早点儿告诉我！让我一直欣喜着，高兴着，到头来还要再次忍受你离开的痛苦！”

苏央然一下子僵住了，她以为朔连城是听到了她是女孩子的事情所以前来质问她的，没想到他在意的却是她突然转校的决定。

朔连城知道自己现在是完全失控了……自从遇到苏央然，他就一直在失控。从一开始的好奇，到后来觉得有趣，渐渐变成了无法移开自己的视线，等到自己回过头来的时候才发现他的整颗心都已经沦陷了。

后来当他得知她的真实身份，他决定替她隐瞒，不顾旁人目光直接向她表白，只要她愿意回过头看他一眼，他就会牢牢跟着她，决不放弃！

可是苏央然跑得太快，他每每想要接近，总像是有千道屏障升起来，将两个人阻隔。

如今，好不容易她决定留下来，留在洛兰科斯，好不容易等到她把那份转学申请书撕碎，可以不用离开这个地方，可以让自己一直陪伴在她的身边……她却突然决定要离开！如果早就决定要走了的话，为什么不在那天就让他知道?

如果是这样的话，至少他不会再怀抱着希望啊。

手指的力道非常大，朔连城紧紧地抓着苏央然，原本的伤口又裂了开来。苏央然皱了皱眉头，朔连城看到了血，吓得立刻收了手：“你怎么了？你为什么身上有血？你受伤了？”

“我和沧弛鉴比试，受了点儿伤，小事情而已。”苏央然伸手捂住了流血的伤口，刚才朔连城那副生气的样子，一直印在她的脑海里，她还是第一次看到这样的他，明明很生气，却压抑着自己的情绪，忍耐着。

其实她很想问，他到底喜欢她哪里？他是不是早就知道自己是女生的事情？她还在犹豫不决，抬起头打算开口的时候，苏彦忽然出现在了楼道口：“哥，东西已经收拾好了，晚上七点的车票，我们得走了。”

“好。”马上就要脱口而出的话又咽了回去，苏央然扬起一个笑脸，对朔连城说道：“以后我会常来看看你们的，虽然最初的时候我们闹得有些不愉快，但是你依然是我的朋友。能够在洛兰科斯遇到你，我觉得很荣幸。”

——你依然是我的朋友。

朋友吗？他很想开口，很想告诉她，他已经知道她的身份，他知道她是女孩，所以才喜欢她，所以才想和她在一起！可是张了张口，他却始终没有说出来，他害怕自己开了口，恐怕连朋友都没办法做了。

没想到自己作为堂堂的白王，堂堂的朔氏继承人，竟然会害怕自己一个小小的举动，会破坏跟她之间的关系，小心翼翼到这样的地步。

可是如果今天无法将自己想说的话传达给她，他怕从此以后再也没有机会了！

“如果……”他深呼吸一口，朔连城声音干涩，轻如蚊吟，“如果下辈子我是女生……我，可以喜欢你吗？”

——如果我可以告诉你我早已知道你的身份，你也无须再隐瞒，我可以喜欢你吗？

一瞬间，苏央然呆在了那里。这是朔连城，堂堂朔氏少爷所说的话吗？这是洛兰科斯的白王所说的话吗？这是朔家唯一继承人所说的话吗？他竟然……

苏央然完全怔住。

不知道过去多久，仿佛时间静止又仿佛飞速流逝，就在他以为永远也不会听到她的回答时，他终于清晰地听到了苏央然开口回答——“好。”

他还以为自己幻听了，难以置信地抬起头。

苏央然扬起一个灿烂的笑脸：“如果下辈子你是女生，我允许你喜欢我，也允许你留在我的身边。”

如果时间可以静止，那么在这一秒，朔连城希望时间就此停止，停在苏央然说完这句话的一瞬间。她说好，说允许他喜欢她，整个人仿佛在这一刻沸腾，他欣喜若狂地想要尖叫和呐喊！

站在另一边的苏彦微微颤动了一下眼帘，他一声不吭地站着，直到苏央然走到他的身边：“我们走吧。”

“嗯。”苏彦回了楼上，他与她肩并肩，“要和户打一声招呼吗？”

“我有他电话，到时候给他一个电话就好了。”苏央然答着，她看了一眼楼道的尽头，那扇透着光芒的玻璃窗，正闪闪发亮。时不时可以看见一只蝴蝶，轻盈地从外面飞过，划出一道金灿灿的痕迹。

尾声

尾声

阳光灿烂地照射在树枝尖端的叶片上，秋季的风散发着一股浓郁的桂花香，远远飘扬在空中，沁人心脾。尚佐第一高中的校门大道，路两旁行走的都是穿着校服的少年少女。

苏央然拖着一个笨重的箱子走在这条道上，身后跟着一个想伸手帮忙却屡次被拒绝的少年。周围的同学都十分友好，立刻有人上前帮忙，送她去了宿舍，又带着他们去教导处报到。当所有手续都齐全之后，她跟着新班级的班长，走在这所全新的学校里。

"这里是学校操场，那里是礼堂。"走在前面的班长正认真介绍学校的各个地方，"我们学校非常大，人也很多。我相信，你一定会喜欢的。"

苏央然笑笑："很漂亮。"

"是啊，我们学校在城里算是数一数二的呢。"

耳边班长的介绍声似乎渐渐远去，苏央然抬头看着这一片土地，她知道，从今以后，她会和苏彦一起留在这所学校里，重新生活。尽管不知道未来会如何，但她知道，她必须让自己更加强大，更加出色。

"你喜欢这所学校吗？和你以前所上过的那些学校比起来，它给你的印象是什么？"

"像家一样吧。"

是啊，像家一样。有呆呆萌萌的户，有吵吵闹闹的朔连城，有奇奇怪怪的华尚，还有不怎么爱说话却时刻担心自己的沧弛染寒，还有神秘的黑王氏锦冶志。

或许会有那么一天，她能够以真实的面目重新回到洛兰科斯。

——第一卷完——

意林品牌书系推荐

意林女生文学·《小小姐》品牌书系 中国女生文学第一品牌，纯正、阳光、向上，优质女孩必选文学读物

萌灵小说系列

《悠莉宠物店Ⅰ》 18.80
《悠莉宠物店Ⅱ》 18.80
《悠莉宠物店Ⅲ》 19.90
《悠莉宠物店Ⅳ》 19.90
《悠莉宠物店Ⅴ》 19.90
《封印之书·九尾狐》 19.80
《封印之书·独角兽》 19.80
《玛丽晴异闻录》 19.90
《薇妮天使旅行》 19.90
《苍岛有风①·人鱼过境》 19.90

冒险励志系列

《迷藏·海之迷雾》 18.80
《迷藏Ⅱ·月影迷踪》 19.90
《花与梦旅人Ⅰ》 19.80
《花与梦旅人Ⅱ》 19.90
《花与守梦人①·大公的苏醒》 19.90
《花与守梦人②·占星师的眼泪》 19.90
《萌侦探纪事Ⅰ》 18.80
《萌侦探纪事Ⅱ》 19.80
《萌侦探纪事Ⅲ》 19.90
《萌侦探纪事Ⅳ（大结局）》 19.90
《迷宫街物语》 19.80
《艾蜜儿宇航日记》 19.90

幸福蔷薇系列

《蔷薇少女馆Ⅰ》 18.80
《蔷薇少女馆Ⅱ》 18.80
《蔷薇少女馆Ⅲ》 19.80
《蔷薇少女馆Ⅳ》 19.90
《蔷薇少女馆Ⅴ》 19.90

浪漫古风系列

《七寻记Ⅰ》 18.80
《七寻记Ⅱ》 19.90
《七寻记Ⅲ》 19.90

果绿年华系列

《蝴蝶飞过旧时光》 19.80
《第一女执政官》 19.90
《风之少女琪琪格》 19.90
《霓裳小千金》 19.90
《两生花开时》 22.00

月舞流光系列

《前方江湖请绕行》 19.90
《三色堇骑士之歌》 19.90
《守望彼岸星海》 19.90

萌淑女驾到系列

《萌淑女驾到之美女训练营》 19.80
《萌淑女驾到之天使候补生》 19.80
《萌淑女驾到之人鱼的信奉》 19.90
《萌淑女驾到之天鹅公主成人礼》 19.90

星愿大陆系列

《星愿大陆①：天命巫女》 19.90
《星愿大陆②：白银蔷薇》 19.90
《星愿大陆③：幻月手杖》 19.90
《星愿大陆④：永恒星钻》 19.90
《星愿大陆⑤：夜之王子》 19.90

浪漫星语系列

《处女座：完美年华初相见》 20.90
《天蝎座：假面黑桃Q》 20.90
《双子座：闯进你的孤单星球》 20.90
《巨蟹座：追梦的水晶鞋》 20.90
《天秤座：优雅走过下雨天》 20.90
《白羊座：裙摆是花开的地方》 20.90
《摩羯座：寄给青春一座城》 20.90

淑女风尚馆·气质养成系列

《我要我的淑女范儿》 18.80
《优雅女孩的秘密》 18.80
《清新森女在路上》 18.80
《俏女孩的甜美主义》 18.80

小MM迷你爱藏本

《蝴蝶停在十六岁》 18.80
《焦糖玛奇朵天使咒》 18.80
《那一年，花开半夏》 18.80
《雨季微凉时》 18.80
《只穿一天公主裙》 18.80
《月色银蔷薇》 18.80
《傲娇公主的美丽回旋》 18.80
《花田明月照年少》 18.80

重磅作家系列

《薄荷香女孩》 19.80
《不说再见好吗（上）》 17.90
《不说再见好吗（下）》 17.90
《风走过树林》 17.90
《忆棠的夏天》 17.90

唯美新漫画系列

《钢琴小淑女（第一季）》 17.90
《钢琴小淑女（第二季）》 17.90
《钢琴小淑女（第三季）》 17.90
《钢琴小淑女（第四季）》 17.90
《最佳女主角（第一季）》 18.80
《七寻记·鎏金龙纹镯（漫画版）》 15.00
《七寻记·夔龙黄玉佩（漫画版）》 15.00
《天鹅座·鹅黄》 18.80
《天鹅座·柳青》 18.80
《天鹅座·冰蓝》 18.80
《天鹅座·禧红》 18.80

绘色缤纷系列

《淑女绘·花的学校》 22.00
《淑女绘·童话诗人》 22.00

《淑女绘·雪花的快乐》 22.00

日光倾城系列

《巧克力色微凉青春Ⅰ》 20.90
《巧克力色微凉青春Ⅱ》 20.90
《浅蓝色时光舞步Ⅰ》 20.90

纯美小说系列

《少女果味杂志书①：甜心草莓号》 14.80
《少女果味杂志书②：蜜桃慕斯号》 14.80
《少女果味杂志书③：焦糖布丁号》 16.80
《少女果味杂志书④：香草海绵号》 16.80
《少女果味杂志书⑤：可可森林号》 18.80
《少女果味杂志书⑥：果果米苏号》 18.80
《少女果味杂志书⑦：香橙泡芙号》 18.80
《少女果味杂志书⑧：樱桃芝士号》 18.80
《少女果味杂志书⑨：蓝莓布朗号》 18.80
《少女果味杂志书⑩：薄荷方糖号》 18.80
《少女果味杂志书⑪：樱花紫苏号》 18.80
《少女果味杂志书⑫：柠檬红茶号》 18.80
《少女果味杂志书⑬：红豆奶昔号》 18.80
《少女果味杂志书⑭：芒果西多号》 18.80

蝴蝶蓝系列

《蝴蝶蓝（第一季）·千面桃花姬》 19.90
《蝴蝶蓝（第二季）·紫莲山庄》 19.90

班花朵朵系列

《班花朵朵①·我是艺术生》 20.90
《班花朵朵②·电影初体验》 20.90
《班花朵朵③·偶像保卫战》 20.90

小 MM 四周年主题书

《现在是女生时代！》 28.80
《现在是女生时代！②·我们闺蜜吧》 28.80
《现在是女生时代！③·女生都是小怪物》 28.80

欢乐联萌系列

《养只萌呆镇镇宅①》 19.90
《养只萌呆镇镇宅②》 19.90
《养只萌呆镇镇宅③》 19.90
《养只萌呆镇镇宅④》 19.90
《养只萌呆镇镇宅⑤》 19.90
《萌师上线，顽徒请签收①》 19.90

天使在身边系列

《路过心上的哈士奇》 20.90
《当心！浣熊出没》 20.90
《萌动之森①·雪地精灵伶鼬》 20.90

公主天下系列

《清河公主·洙宛传》 22.80

《意林·轻小说》·轻文库品牌书系 引领校园小说阅读新潮流

绘梦古风系列

《公主驾到》 23.80
《花颜错》 23.80
《山寨世家》 23.80
《倾世迷迭书》 23.80
《凤九卿（一）》 23.80
《凤九卿（二）》 23.80
《凤九卿（三）》 23.80
《凤九卿（四）》 23.80
《凤九卿（五）》 24.80
《凤九卿（六）》 24.80
《美人千千泪西楼》 23.80
《郡主驾到·壹》 24.00
《郡主驾到·贰》 24.00
《木兰帝（上）》 23.80
《木兰帝（下）》 23.80
《俏娇小仙闹皇宫》 23.80
《连城赋（上）》 23.80

恋之水晶系列

《致淡玫瑰色的你》 22.80
《宁负流年不负君》 22.80
《世界第一的假面殿下》 25.00
《脱线萌星易容记》 25.00
《指尖花凉忆成殇》 22.00
《欢歌犹在意微醺》 22.00
《见习保镖呆呆兽》 25.00
《可可少女梦想纪》 25.00
《后天男神Ⅰ》 25.00
《后天男神Ⅱ》 25.00
《后天男神Ⅲ》 26.80
《世界第一的公主殿下Ⅰ》 23.80
《世界第一的公主殿下Ⅱ》 23.80
《挥手告别小时光》 23.80
《少年站在云之彼岸》 23.80
《我的青春，以你为名①偶像来了！》 23.80

奇幻仙境系列

《彼渡少年与妖怪契约》 23.80
《神典·末夜公主》 23.80
《御灵骑士团·诺茵与彩狸》 23.80
《逆世界之瞳》 23.80
《玫瑰帝国·荆棘鸟之冠》 25.80
《玫瑰帝国·黑羽蝶之翼》 25.00
《玫瑰帝国·白蔷薇之祭》 26.80

暗影迷踪系列

《终极推理事件簿》 22.80
《超级学园探案密码》 22.00

新炫武侠系列

《邻家武圣》 23.80

星光璀璨系列

《轻星球·仙女星云号》 19.80

灵气少女系列

《星有灵犀遇见你》 20.80

《萌熊改造计划》	20.80
《守护极速甜心》	20.80
《元气星女倾城记》	20.80
《公主病》	20.80

轻舞飞扬系列

《毛毛熊的浪漫樱花雨》	19.80
《发梢轻绾茉莉香》	19.80
《迷迭香在青春里绽放》	19.80

私人定制少女馆

《恋恋星煌十二宫》	25.00
《守护十二生辰石》	25.00

暖爱青春馆系列

《少年北顾，唯愿君安（上）》	25.00
《少年北顾，唯愿君安（下）》	25.00
《若你离去，后会无期 》	22.80
《想你的时候，抬头微笑 》	22.80

《意林·小文学》品牌书系　　阳光阅读·快乐写作

成长物语系列

《艾丽鲨半成年》	19.90
《换双翅膀飞翔》	19.90
《琥珀青春》	19.80

魅力悦读系列

《程家兄妹·永不毕业的少年》	19.90

幻之星球系列

《地球假日①：寻找洛神》	19.90

爆笑学园系列

《鬼马女神捕 ①：绝密卧底（上）》	14.80
《鬼马女神捕 ①：绝密卧底（下）》	14.80
《鬼马女神捕 ②：绝命预言（上）》	14.80
《鬼马女神捕 ②：绝命预言（下）》	14.80
《天神学院·魔女见习生》	19.90

动物奇缘系列

《萌兽报到，请多关照》	19.90

后天男神三部曲　甜蜜 & 虐恋引爆最终回

——男神间的卫冕之战！

《后天男神》的故事伴随了你们的青春，这或许是我们彼此间最好的礼物。

未来，我们——继续相遇吧。

定价：26.80 元

随书赠送精美同学录：

《男神女神，青春万万岁》

钱小芙，如果早知余生的每一天都不再有你，

我一定不会放开你的手。

陆铭熙，如果早知所有美好都将化作尘埃，

我宁愿从未遇见你。

单本定价：25.00 元